末日森林

女王蜂與掠顱者

I

崑崙——著　ALOKI——插畫

目次

開場

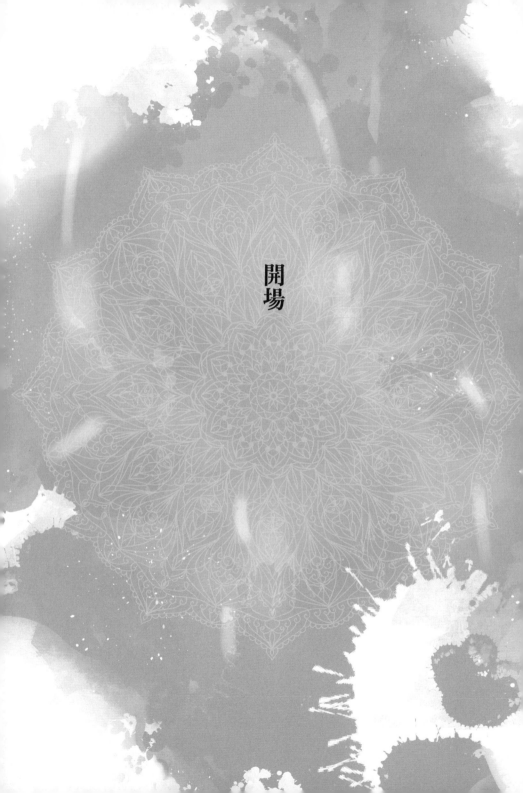

歡迎來到「永生樹」。

在尋找什麼？我能為你介紹。

這裡是好地方，什麼都有。走走晃晃，看一看。不必那麼拘謹。

來杯熱茶？加點蜂蜜。相信我，很香醇，甜而不膩。美好的上等貨。

你在看「熊」？如果講究純粹的武力，的確非「熊」莫屬。噢，那隻被僱用了，你得挑其他的，這裡還有很多供你選擇。

需要會耍手段、擅長看透人心的傢伙？看到「甜鼬」了嗎？別被那副甜美的外表給騙了，手段可是相當強悍呢。

有豪宅或是祕密倉庫的看守需求？找「狒狒」就對了，「赤鯊」也是狠角色。

喜歡玩一些見不得光的暗殺遊戲？目前「豹貓」是首選，「硫蠍」也很可靠。

需要精密有紀律的團隊？這裡有「狼群」呢，或是由「蝗佬」率領的蝗蟲們。

想要不計代價大鬧一番？這名「王蛇」會符合你的需求，但是後果無法保證。

你看了很久很久了。沒有順眼的？

放心，我從不讓訪客空手而歸。

收下這個。

說是「永生樹」介紹的就行了。

再見了，再見。

願你順利作出邀請。
「永生樹」永遠恭候你再次來訪。
Auf Wiedersehen.

一 苗床

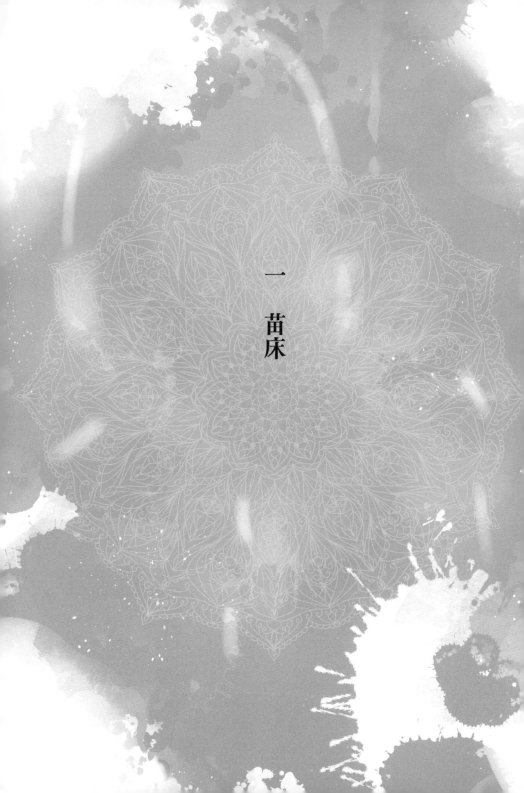

好冷的天。

陳俊霆縮在被窩裡滑手機，卻還是冷得頭痛。

那張冒滿鬍渣的臉孔鑲著一對困頓的眼珠，倒映著不停切換的手機畫面——從社群網站到各大論壇再到各種網頁，從社會新聞到地方趣談……

陳俊霆胡亂瀏覽各種資訊，其中一篇專題報導指出黑市的器官交易日漸猖獗，自願或被強迫出售器官的民眾越來越多……陳俊霆沒細看，直接滑掉。

接著他看到氣象報導，發現冷氣團才剛開始肆虐，明天晚上至後天清晨才會是最冷的時刻。他無法想像那該有多煎熬？現在整個房間像冷凍庫，就差沒有白霧與凝結的霜塊。

陳俊霆真的好冷，空蕩蕩的胃袋好像被揪住、扭轉，有陣陣空虛的發疼感。

陳俊霆推開門，窺探外面動靜。時間已經是晚餐過後，走廊空蕩蕩的，只剩樓梯口的光。小氣的房東沒留太多盞燈，只維持最低的照明限度。在這樣冷風颼颼的夜晚，讓陳俊霆感到格外淒涼。

確認外頭沒人，陳俊霆縮著肩膀下樓。推開樓下鐵門時，不忘先探頭確認，像某種偏執的習慣。

陳俊霆迎著冷冽的風艱難前行，終於抵達附近超商。目標明確的他來到關東煮區，拿紙碗裝了科學麵，再倒進大量熱湯。反正湯是免費的，亦是極大誘因。來回確認價目表後，他夾了一條魚卵捲還有一條黑輪。

雖然目光不捨地逗留在米血糕好久，陳俊霆還是放棄了。

碗裡的淡黃色湯汁漂浮著油光，陳俊霆低頭啜飲熱湯，緊繃的神經還有發冷的身體都舒緩下來，一眨眼就喝掉快半碗。趁店員不注意，他偷偷又來到關東煮區，再次裝滿湯。

陳俊霆返回座位區時，發現原本的位子旁坐了一個年輕女人。陳俊霆沒有印象這女人是什麼時候出現，也許是顧著避開店員才一時漏了。他打量女人，是沒燙沒染的黑色中分短髮，看起來十分俐落。

女人穿著深卡其色的Burberry風衣，配黑色修身長褲與黑色短靴，不是鋪張顯眼的穿著，但良好的質感一看就知道要價不便宜。女人的氣質也並非尋常路人。

這讓陳俊霆更加好奇，以為是哪來的韓系女星？他坐下時斜眼偷瞄，發現對方戴著黑色不織布口罩，只露出一對眼睛。

女人的眼睛同時也看著陳俊霆。

心虛的陳俊霆迴避目光，假裝沒事般坐下，乖乖把視線定焦在碗裡的泡麵。

「陳俊霆先生。」一旁邊的女人忽然開口。

陳俊霆一愣，視線下意識脫出控制，訝異地盯著女人。女人的眼眶彷彿是作工精細的玻璃眼珠，很漂亮，卻異常冷漠。

「我姓施，耽誤幾分鐘。討論你的債務。」

「債務」這兩個字像觸動了電擊開關，讓陳俊霆嚇得跳起來，還弄掉免洗筷。他完全顧不得撿，連熱呼呼的泡麵與關東煮都不敢管了，只想立刻逃開。

「這裡有監視器，你很安全。我只是提供建議，並非來向你討債。」

陳俊霆仍然猶豫。施小姐沒有給予過多的耐心，直戳痛處：「你選擇延後還款，但是利息一翻再翻，你已經無法償還。走投無路了。」

「對……。」在施小姐筆直的注視中，陳俊霆認命坐下。

施小姐無情宣判：「你知道還不出高利貸沒有好下場。」

「我可以報警……那個利息的計算方式根本不合理！」陳俊霆反駁，聲音無法控制地發顫。

「後續的報復比還不出錢更恐怖。」施小姐提醒。

這正是陳俊霆發顫的原因。他知道事情不會那麼簡單就解決，這也是為什麼他只有揚言報警，卻遲遲不敢有動作。

「我到底該怎麼辦？這麼大一筆錢真的還不出來，光利息就……妳到底找我要幹什麼？妳是他們派來嘲笑我的，還是要恐嚇我？」遭到刺激的陳俊霆情緒不穩，開始遷怒。

「提供你還款的管道。」

「妳也是放高利貸的？我根本就沒錢了！是要我怎麼借？怎麼還？」

「我不是高利貸。」施小姐表明立場：「我不提供借款。」

「那妳到底是什麼？」

「我要你的腎臟。」施小姐說。

「腎？」陳俊霆愕然。本來以為賣腎還款只會出現在電視劇，沒想到真讓自己遇上了。「沒有腎臟我要怎麼活？」

施小姐拋出了問題：「你想，人為什麼有兩顆腎臟？」

「為什麼？」陳俊霆不懂。

「因為一顆可以賣掉。」施小姐理所當然地說。

陳俊霆終於明白，面前這雙眼睛之所以如此冷漠，是因為施小姐根本沒把他當人看，只當成是可以提供器官的貨品。

「你好好考慮。」施小姐繼續說：「少一顆腎還是可以活。還不出債會比死掉還痛苦。他們有各種手段讓你生不如死，你不必懷疑這點。幸好只要還錢就可以從此一筆勾銷。」

陳俊霆吞了口水。碗裡的湯依然冒著熱煙，但他什麼香味都聞不到了，食欲也消散無蹤。

「難道沒有別的辦法嗎？」陳俊霆在座位上神經質地扭動，這份焦慮使他不經大腦便脫口抱怨：「真羨慕妳們女人，衣服脫掉就能躺著賺。只要下海就可以輕鬆還債。」

「你再說一次？」施小姐的語氣異常冷酷，毫不掩飾其中的攻擊性：「男人也可以賣，多的是被包養的小白臉。知不知道為什麼沒有提供這個選項給你？」

陳俊霆被施小姐的氣勢鎮住，只有搖頭表示不知道的份。

「因為你太醜。」

醜？陳俊霆啞口無言。

「不只醜，口條又差，而且不幽默。不會有任何女人願意花錢在你身上。你就連腦袋裡的東西也不值錢，才會創業失敗欠下一屁股債。」施小姐朝痛處猛打，完全不留餘地。

在這番凶狠的砲火之後，施小姐不忘補上一句強調：「這就是為什麼你只剩賣掉器官這條路。」

陳俊霆完全無法招架。這不單是被扯下皮囊而已，更是被鞭韃靈魂。自尊盡失的他垂下頭，哀聲抱怨：「我也不想失敗啊！當初跟朋友決定一起創業，然後……。」

「夠了。」施小姐打斷，沒讓陳俊霆傾訴又臭又長的往事。「車停在路口。我給你十分鐘考慮。

不管你來不來，十分鐘後車會直接開走。」

施小姐站了起來，居高臨下的視線有凌厲的威壓感。不變的是那股冷漠——完全不把人當人看的眼神。

「這是你最後的機會。」施小姐離開座位區，順手拿了巧克力到櫃檯結帳。

結完帳的施小姐折返回來。陳俊霆不解地望著，以為她帶來另外的轉機。

「不好意思。剛剛說你醜、口條差、沒幽默感而且頭腦不好，絕對不是要刻意貶低你。」施小姐解釋：「只是陳述事實，希望你不要誤會。」

施小姐說完之後，這次是真的離開了，步伐中帶著某種滿足的輕快感。

這女人特地掉頭只為了說這些？陳俊霆傻看施小姐昂首走過面前的玻璃窗。打從出生以來，陳俊霆還沒遇過這麼惡劣又壞心的人，在這之前還以為放高利貸的凶神惡煞夠恐怖了。

所謂的魔高一丈就是這個道理嗎？受挫的陳俊霆心想。

好不容易，飽受傷害的心靈稍微平復。陳俊霆思索這個令他發毛的邀請，不自覺伸手摸了側腹。

那是腎臟的位子。

寒風之中，施小姐倚靠在Toyota Granvia六人座商旅車旁，黑色的車身光滑如鏡，有她的倒影。

她把玩從超商買來的盒裝巧克力，來回翻轉盒子，看球形巧克力在塑膠盒裡碰撞。單調無趣，純粹是打發時間。

駕駛座的車窗搖下。駕駛沒探頭，只有男性的低沉嗓音傳來：「還剩兩分鐘。」

施小姐拉開風衣袖口，看了錶面的指針。

「如果沒來，直接找下一個。」她說。

「來得及送到客戶那邊嗎？」

「我什麼時候失手過？」

「從來沒有。冷血無情的『Miss S』從不失手。」駕駛座的人笑意裡帶著崇拜。

「Miss S」是施小姐專屬的代號，也是更為人所知的稱呼。至於「施小姐」的部分，是面對陳俊霆這類平凡市民時所使用的。

Miss S再次低頭看了錶面。最後一分鐘。此刻她認為，陳俊霆或許比預估的還要笨，無法清楚衡量局勢。一顆腎與全副身家性命相比，這個交換怎麼想都十分划算。

這個愚蠢的男人太珍惜微不足道的自己了，Miss S下了評論。

倒數十秒，Miss S拉開車門準備走人。

這時，遠遠的，有人朝這走來。畏縮遲疑的模樣像遺棄的犬隻，孤單的身影在寒風裡更是淒苦。

剛要跨進車內的Miss S收回腳，短靴在柏油路踏出清脆聲響。她看著陳俊霆蹣跚走來，感到相當滿意，決定收回剛才的評論，但還是認為陳俊霆是個愚蠢的人。

——如果不夠蠢，要如何把自己逼到這種境地？

「上車吧。」Miss S不具備所謂的熱情招呼，只有冰冷的催促。

猶豫不前的陳俊霆瞄了漆黑的車內，後座全部藏在陰影裡，車窗的隔熱紙遮去大半的光。

這份畏縮全被Miss S看在眼裡。

「無論發生什麼事，最後你失去的只會是一顆腎臟。除了手術的必須過程，不會對你施加多餘的皮肉傷。」Miss S聲明。

「真的？」陳俊霆下意識問。還不是真的下定決心，是絕望地發現無路可走。

「真的。你這個人沒有多餘的價值，不必這麼看重自己。」

再次遭受打擊的陳俊霆本來試圖回嘴，但嘴脣蠕動幾下就放棄了。

陳俊霆又觀察昏黑的車內幾秒，好像有什麼吃人的怪物潛伏。最後他明白怪物不存在，但比怪物更可怕的人到處都是，比如身旁的Miss S。

放棄掙扎的陳俊霆終於鑽進車裡，遁入黑暗的縫。

Miss S跟著上車，在陳俊霆旁邊坐下。關上車門後，Miss S拿出方形紙袋，要求陳俊霆套在頭上。

陳俊霆望著紙袋，遲遲沒有動作。

「照作就對了，不要有任何懷疑。」Miss S再次提醒：「我說過你沒有多餘的價值。戴上。」

陳俊霆認命把紙袋套在頭上，視野便一片黑。比起言語的羞辱，紙袋套頭更加難堪。

Miss S並非為了羞辱陳俊霆，是防止他知道路線。更何況Miss S從來不缺羞辱人的方式。

「開車。」在一片漆黑之中，陳俊霆聽到Miss S的聲音。

駕駛踏下油門。黑色Toyota Granvia緩慢起步。

兩旁的街景不斷倒退，像陳俊霆無法逆回的人生。

二 熊

在陳俊霆租屋附近的巷口，黑色Toyota Granvia緩慢駛來，在路邊停下。

車裡的陳俊霆取下套頭紙袋，茫然的他分不清楚現在的時間，也不知道那日上車後所經歷的一切耗去多少時日。他看向車外，明明是與當初一樣每日經過的街景，現在卻恍如隔世般陌生。

Miss S忽然扔來一個牛皮紙袋，落在陳俊霆懷裡。紙袋鼓鼓的，帶著重量。

陳俊霆不明白地望向Miss S。

「這是你的份。收著。」Miss S仍是那份不把他當人看的冷酷。

雖然被這樣輕蔑對待，陳俊霆卻開始認為Miss S那對眼睛很美。可能是戴著口罩的緣故，讓Miss S更添神祕感，也讓那對眼睛成為焦點，像精雕細琢的玻璃珠。不真實，但真的很美。

「你的債務一筆勾消了。」Miss S威脅：「你遇到的這些事不准聲張。下車。」

陳俊霆那側的車門鎖彈開。他帶著牛皮紙袋下了車，還不能肯定內容物究竟是什麼。在他關上車門後，黑色Toyota Granvia隨即駛離。

被丟下的陳俊霆看車遠去，然後看見更遠的天空。令人憂鬱的灰雲被風擾動，不斷推移遠去。

正如當初氣象預報所說的，又更冷了，吹掠的寒風不斷撥動陳俊霆的衣領。他應該盡快進入室內避寒，但可能是心理作用，總覺得體重比以前減輕許多，每一步都走得虛浮，無法好好踩穩。

走回租屋的路程比從前多花了些時間。不過，陳俊霆總算是抵達了。套房跟離開前一樣。一樣的亂，一樣的冰冷。

厚重的疲憊感驅使他在床沿坐下。

屁股陷進微軟的床墊。又是同樣的心理作用，陳俊霆覺得床墊下陷的程度不如以前。他呆坐幾分鐘，想起那個牛皮紙袋。打開一看，塞在裡面的是一疊鈔票，全部都是千鈔，有新有舊，混雜不一。

陳俊霆一張接一張清點。最後計算出來的總金額，不多不少剛好五萬塊。

他無法理解，怔怔地看著這疊鈔票。

從躲債到去超商吃泡麵，忽然被施小姐找到……然後割了腎。這之間發生的事，陳俊霆至今還無法好好理解。

他手探往口袋，摸索出一張折皺的文件。這是他的借貸資料，上面有嶄新鮮紅的章印，整體來說是債務已經償還，從此不必擔心被追債或有斷手斷腳的風險。

好不真實。陳俊霆把牛皮紙袋重新封好，考慮後選擇藏到床底下。

又是呆坐幾分鐘，陳俊霆終於無法忍受床鋪陌生的下陷感。

他起身進了浴室，在鏡子前站定。雖然鏡面布滿發白的水垢，但不影響鏡中人的模樣。那張臉沒有改變，只是鬍渣再多了些，依然是那個落魄邋遢的陳俊霆。

陳俊霆掀起衣服，這幾天的遭遇不是夢。

——左腹有一道縫合痕跡。

少了顆腎臟，卻也還清債務，更得到意料之外的報酬。

陳俊霆放下掀起的衣服，慢慢在浴室裡蹲下。

複雜的解脫感一點一點湧了上來。

陳俊霆抱著頭，對著磁磚地板喃喃自語：「我真的……可以重新開始了？」

黑色Toyota Granvia平穩地行駛在市區，與前車保持一定距離並注意交通號誌，不搶快也不任意按喇叭。儘管車內乘客專職非法活動，但在低調不惹事的前提下，還是安分地遵守交通規則。

送走割了腎的陳俊霆，車上就剩Miss S與開車的司機。Miss S特地換了座位，想要遠離陳俊霆曾經坐過的位子，毫不掩飾對低等生物的嫌惡。

等待紅燈時，司機向她搭話：「還以為他會當場拆開紙袋，真想看是什麼反應？」

這是個中年男人。一對彎彎的小眼睛笑得瞇起，配著和藹的圓臉與圓滾滾的肚子，看起來一副和善好人的模樣。

可是任何一個頭腦清楚的人都不會想隨意招惹他。因為中年男人異常壯碩，是使人直接聯想到摔角選手的肉厚身材。雖然肌肉線條不算明顯，但驚人的肌肉量任誰看了都能明白其中的威脅性。

中年男人的手臂更是誇張，快要跟平常人的大腿一樣粗壯。撐脹的袖子說不定隨時都會綻裂。

作為駕駛，中年男人的大手當然放在方向盤上，粗硬的指節好像只要用力，就會捏壞方向盤。

男人的綽號是熊叔，與這副大熊般的形象很合襯。

「絕對會傻住。那個苗床太笨了。」Miss S斷言。她說的果然沒錯。

「可能會一直道謝。誰想得到居然有錢拿，照理說要被吃乾抹淨的。」熊叔搖頭：「用這種方式製造恩惠，太諷刺了。那本來就是他們的器官。」

「你不用可憐他們，這就是那種人該有的下場。」Miss S之所以給錢倒不是出於憐憫想要施恩，而是製造反差讓陳俊霆誤會被施予援手。

一再強奪不是好事，會讓人反彈甚至引發反抗。Miss S要苗床乖乖的，這是她的算計。

熊叔感嘆：「啊啊，冷血無情的Miss S啊。」

Miss S對評價無動於衷，托腮看車外街景。她仍然戴著黑色口罩，只露出鼻子以上的部分。瞳孔像一池靜止的死水，淡漠不帶情緒。

車子行駛之間忽然靠往路邊，就這麼停下。

「怎麼了？」Miss S問。

熊叔不好意思地笑，靦腆得像個羞澀少年：「那個，就是……等我一下，很快回來！」

Miss S明白是怎麼一回事。她翻了白眼，沒好氣地說：「不要拖太久。」

「馬上回來！」陪著笑臉的熊叔推開車門，一溜煙跑走。

Miss S從車窗目睹這壯如熊的中年大叔跑過斑馬線。熊叔的身材雖然厚重，動作卻非常敏捷，一眨眼便奔到對街去了。

Miss S收回視線，滑起手機確認名單。名單上的每個人都跟陳俊霆一樣欠了高利貸還不出錢，差不多是走投無路了。

所以這些名單才會落到她手上。

Miss S所屬的組織與放高利貸的黑幫合作，討來欠債人名單，再威脅利誘欠債人摘除器官。販售器官的獲利會先扣除借貸的本金與利息，這部分歸黑幫所有，剩下的利潤才屬於Miss S這方。

無論黑幫施加在被害人身上的手段有多凶殘，目的始終是要錢，弄出人命倒不是那麼重要。Miss S

恰好提供了換錢的管道，雙方合作愉快，各取所需。

Miss S瞄過名單一個個名字。在她眼裡，這些欠債人都像供器官生長的「苗床」。這些苗床隨時可供摘取，可惜是一次性的，因為器官無法再生。苗床不單指欠債人，Miss S認為任何有販售器官價值的人都適用這樣的稱呼。

這就是她看待人的方式。

「回來了！」熊叔鑽回車裡，把幾個紙盒放到副駕駛座。他興奮地打開其中一盒，轉身往後座獻寶：「吃點心！」

Miss S看了熊叔遞來的紙盒，都是粉紅色草莓甜甜圈。她對這種充滿少女情懷的顏色有點感冒。

「嗯？不喜歡草莓？可是上次買妳有吃。」熊叔無辜地打開另一盒：「雙層巧克力怎麼樣？」

巧克力倒還可以，Miss S勉強接受。她拿了一個，不急著吃，只是意思意思捧個場。

熊叔倒是非常開心地享用起來，先咬一口左手拿的草莓甜甜圈，再咬右手邊的雙層巧克力口味。大啖之間，他的嘴邊沾滿粉紅與黑的碎屑，衣服也都是掉落的糖粉。

Miss S掏了面紙給熊叔。「吃得滿嘴都是。明明都是大叔的年紀了，還那麼愛吃甜甜圈。」

雖然被當小孩看待，但熊叔沒有生氣，還靦腆地笑答：「要好好補充熱量才不會讓肌肉流失啊，而且吃甜的會讓心情很好。」

Miss S看他滿足得像頭憨厚的熊，帶點無奈地提醒：「別耽誤太久。」

熊叔點頭，把紙盒內的甜甜圈接連往嘴裡塞，塞得臉頰都鼓了起來。隨著他用力咀嚼，臉頰的咀嚼肌跟著脹起，看起來連石頭都能咬碎。

很快地，熊叔嘴裡的甜甜圈都被吞嚥下肚，紙盒也全空了。

「好了，能量補充完畢。」熊叔打開中央扶手下的置物空間，裡面暗藏一個銀灰色的方形鐵盒。

「再等我一下，很快就好。」

「沒關係，還有時間。」Miss S早就知道熊叔不是單純嘴饞，只是對他嗜甜有意見。

「太好了。」熊叔安心地說，另外拿出盒裝的酒精棉片。

熊叔捲起左邊袖子。這個對一般人來說再簡單不過的舉動，對熊叔卻花了些時間。因為他的手臂實在太粗，與袖子之間幾乎毫無空隙。

好不容易捲起袖子，熊叔用酒精棉片仔細擦拭左手臂的二頭肌，接著打開方形鐵盒。盒內防碰撞的海綿塊中鑲著兩支針筒，內裝的液體是蔓越莓汁般的豔紅色。

熊叔拿出其中一支針筒，取下針頭護套，對準左手臂的靜脈注入。

隨著針筒的推動，他跟著咬牙，發出壓抑的低吼。額前跟頸子的血管接連浮起，彷彿要穿出皮囊。這是異常誇張的血管數量，密密麻麻的程度讓皮膚一度呈現青色。

熊叔注射得很緩慢，針筒中透明紅的液體顯然造成極大的不適。

在推入最後剩餘的分量時，難以壓抑的熊叔發出痛苦的吼叫，臉孔猙獰得像要殺人。等到注射完畢時，他的額頭全溼，盡是汗水，衣服後背也透出大片汗漬。

「呼啊！」力氣放盡的熊叔靠倒在椅背，不停劇烈喘息。

他用發顫的雙手把空針筒放回鐵盒，再將鐵盒藏回中央扶手下的置物空間，謹慎收妥。

「你的表情很經典，每次看都很有趣。」Miss S以看戲的口吻說，對於熊叔受苦的模樣好像感到很開心。「注射那東西有這麼痛苦？」

「超級痛苦的！」熊叔哀號。「一開始打進去肌肉會很痠，然後變得很燙，有很可怕的灼痛感。好像被幾千隻紅火蟻咬到！」

「那你還注射？」

熊叔苦笑，用剛才擦嘴的面紙抹汗，「沒辦法，有捨才有得嘛。這是『斐先生的禮物』，當然要珍惜啦。」他轉過身，彎起手臂展示圍度驚人的二頭肌。「怎麼樣！很厲害吧！」

Miss S禮貌性地拍拍手：「很好，好棒。」

「太敷衍了，我好心痛。」熊叔裝出哭臉，拍拍方向盤，「好啦不再耽擱了。出發！」

三　人行道

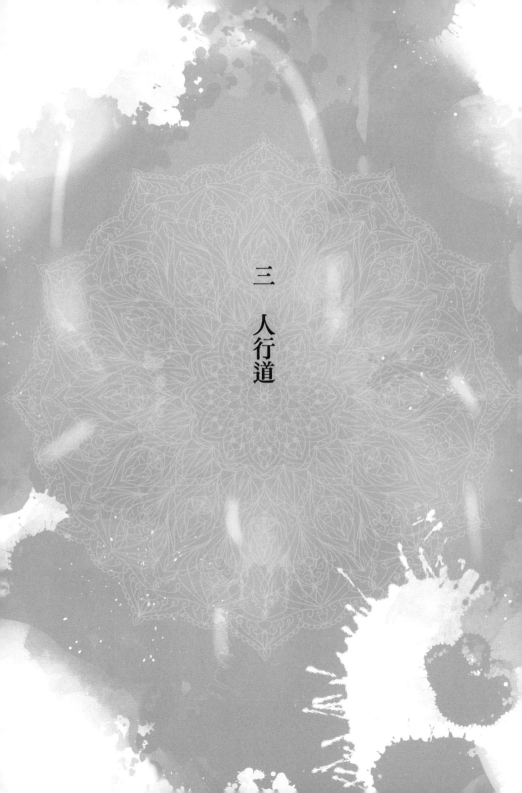

在某座高架橋下的道路，夜間燃起人造的燈火，橘色燈光照亮散落的紙屑與檳榔渣。人行道上有幾張突兀的彈簧床墊，老舊、布滿汙漬，破損的邊緣刺出壞損的彈簧。幾張床墊上有隆起的髒棉被，透過棉被的縫隙，可以看見遊民翹出的亂髮與暗沉的臉孔。有些遊民沒躺床墊，選擇挨著人行道的硬牆呆坐。身邊大包小包的塑膠袋裡頭塞滿了更多、更多的塑膠袋。或許是出自某種不安所形成的偏執，遊民用揉爛的塑膠袋去填滿塑膠袋，好像就此彌補了失序生活中的巨大空洞。

像這樣能夠遮風避雨的場所，不知不覺成了遊民的聚集地，更不知道是誰搬來床墊，來源是謎。反正夜間沒人趕，這些遊民便待了下來，白天則消失不見，各有各的行蹤，床墊也會整齊疊好，像在暗示他們很安分，只求一處容身，懇求別來找碴。

另外有幾臺計程車停靠在人行道旁，司機放下椅背假寐，求一個短暫安穩的睡眠。

有談笑聲接近，是兩男一女的組合，都是十五、十六歲左右，帶著不知天高地厚的無知與自大。兩個男生頂著拖把般的厚瀏海，外套下是窄管褲，有一對鴨子腳般瘦弱的雙腿。唯一的女孩長得很可愛，因此被當成公主簇擁著。

他們發現散落在人行道的床墊，一個男生大驚小怪地喊：「你們看，有遊民在睡覺耶！」

「那你也去睡啊，你長得就像遊民。」另一個男生取笑。

這兩個男生除了動口，手也沒閒著，隨手撿起路上的水泥碎塊，往其中一張彈簧床扔去。

「不要鬧啦！」女孩嘴上雖然制止，但笑得很開心，擺明想看戲。

「起床啦！起床！」男生們大喊起來，高架橋下的遊民接連驚醒，有的掀去棉被，探頭看這些鬧事的不速之客。停靠小睡的計程車司機也隔著車窗怒瞪，醞釀破口大罵的情緒。

「起床喔！哈哈哈！」這些屁孩絲毫沒感受到現場眾人的怒意，自顧自叫囂。

遊民們沉著臉看屁孩胡鬧。在底層生活的他們習慣忍耐，被迫學會了不反抗，但在忽然之間全部變了臉色，好像撞見什麼不得了的恐怖存在。

幾個遊民飛快爬下床墊，抱了棉被拔腿就跑，沒睡床的遊民也是紛紛拿起家當跟著逃跑。計程車司機連椅背都沒歸位就急著駛離。

最後高架橋下只剩這些屁孩。

屁孩們你看我我看你，陸續笑了出來。「這麼膽小，活該只能乞討。廢物！」

笑著笑著，他們終於察覺氣氛不對勁，接連轉頭，發現嚇跑遊民及計程車司機的真正元凶。

那是一個披頭散髮的男遊民，亂髮的縫隙之間有雙空洞的眼睛，發直地瞪來。

「哇啊啊！」距離最近的男生被突然出現的男遊民嚇到，反射性地用力一推，雙手碰上男遊民時卻像打在大沙袋上，所有的力量都被消解。

推人的男生愣住，害怕地猜測男遊民在尺寸不合的寬大外套底下，到底藏了什麼武器？

「跟我——」男遊民緩緩出聲，雖然低沉，但聲音意外地年輕，「跟我說話……。」

女孩嫌惡地用手捂鼻，還退後好幾步。「好噁心！你們快把他趕走！」

女孩都開口了，想搶下芳心的男生便急著表現，立刻衝上去，揮拳打在男遊民的肩頭。男遊民在被拳頭打中的瞬間後收肩膀，再向前一撞。出拳的男生整個人被震飛，一屁股坐倒。

男生手按撞地的尾椎，整個人不停左右滾動想消解痛楚。本來就不算好看的臉孔痛苦地皺縮，刷新醜臉的下限。

另一個男生取笑：「在演什麼？不要鬧好不好？」說完同樣飛蛾撲火，藉由助跑衝上去飛踢。

男遊民平淡地側過身，讓踢擊毫無懸念地踢空，然後再伸手一抓，扣住男生的腳踝，順著原先的踢勢一拉，被扔飛的男生像馬戲團跳火圈的動物，在空中翻了一圈，臉朝下摔成狗吃屎。

解決兩個屁孩，男遊民還是同樣的一句話：「跟我說話。」

「說你媽啦說什麼！」摔成狗吃屎的男生狼狽爬起，無法接受在心儀的女孩面前出糗，氣得抽出口袋裡的彈簧刀，伸手就刺。

男遊民躲也不躲，隨手擋開，彈簧刀刺了個大歪，只碰到空氣。

「啊……。」拿刀亂刺的男生頭皮發麻，知道事情要糟。

男遊民欺身逼前，雙手成掌閃電一拍。只聽到斷骨的悶響，男生像墜落的風箏飛了出去，遠遠落在地上，雙腿抖了抖，昏過去再也沒有動靜。

另一個尾椎撞地的男生正要爬起，男遊民走上前，直接一掌將他拍暈，像在打蚊子似的。

最後，現場還站著的只剩男遊民跟那女孩。

女孩頭腦一陣空白，呆站原地，傻傻看男遊民步步逼近，竟然不知道要跑。

在人行道路燈的照耀下，男遊民看上去格外深沉。雖是人形，卻具備常人沒有的黑暗氣息，彷彿是從非人地獄來到人間的陰森鬼魂。

男遊民來到女孩身前，提出同樣的請求：「跟我說話。」

叩的一聲，女孩的手機掉了，卻不敢去撿。

嚇得噤聲的她只能用力點頭，不敢忤逆。

「然後老師就決定要臨時抽考，因為班上同學都顧著聊天……老師在黑板寫題目要我們抄在測驗紙上然後作答……那些我都不會，因為我都沒聽老師講課，老師常常課本講一講就講到其他地方，講他家的冰箱壞掉不然就是抱怨鄰居見面都不會打招呼……。」

女孩坐在彈簧床墊上，緊張地一直說話。盡可能說話。

男遊民盤腿坐地，面向女孩入神地聽著。因為太專注的緣故，讓這場面乍看有幾分釋迦牟尼在樹下向世人開釋的味道。

「還有隔壁班的女生……這個好像說過了……。」女孩終於詞窮，急著想找內容接續下去。

「隔壁班的女生怎麼了？」男遊民追問，比擠不出聊天內容的女孩更急切。

「就是、就是……。」女孩手抓外套衣角，越抓越緊，終於急得放聲大哭：「不知道！我不知道了，我不知道還能說什麼……嗚……。」

「還沒。還不可以。再跟我說話。繼續說。」男遊民竟然也慌張了。「繼續、繼續。」

「我不要說了……真的沒東西可以講了……你去找別人好不好？放過我，拜託……。」女孩越哭越慘，連鼻涕流出來都顧不得擦掉，就是一直哭。

與她同行的兩個男生還倒在地上，就這樣癱死不動。

這看在女孩眼裡格外驚悚，是發自本能感到的危機。她有強烈的預感，面前這個一頭亂髮、穿著大件外套跟鬆垮牛仔褲的邋遢遊民，能夠輕易殺死她。

女孩真的很怕，已經被逼得講好久的話，都榨乾了，再也沒有可以訴說的內容。

「再說、再說一點⋯⋯。」男遊民落寞地垂下頭。

女孩本來以為男遊民即將就此作罷，還覺得他有點可憐，像許願落空得不到禮物的孩子。

不料男遊民猛然抬頭，厲聲咆哮：「跟我說話！」

男遊民突來的失控嚇得女孩崩潰，僅存的理智跟著喪失，嚇得不斷尖叫：「啊！啊！啊！」

男遊民悍然搥地，鋪地的水泥磚竟然綻出裂縫。

聽到碎裂聲的女孩低頭一看，即使理智斷了線，發自本能的危機感還是當場回歸。她立刻閉嘴，深怕再來被打裂的就是自己。

男遊民抱著頭，不停喃喃自語：「說話、說話、說話⋯⋯跟我說話⋯⋯。」

「我、我⋯⋯。」怕死的女孩試圖再說些什麼，忽然有幾臺黑色賓士駛來。跟剛才直接經過的車輛不一樣，黑色賓士停靠在人行道旁。

一個全套黑西裝打扮的年輕男人下了車，俐落跨過人行道的矮圍欄，大步來到男遊民面前。

「我是『永生樹』介紹的。」西裝男人遞出一張黑色的硬質卡片，卡面有綠色的燙金圖紋，印著複雜的曼陀羅圖樣。

西裝男人頓了頓，透過墨鏡打量男遊民的反應。

關鍵字與卡片奏效。瘋瘋癲癲的男遊民停止自言自語，緩緩抬頭。遮面的亂髮往旁滑開，露出稜角分明的下顎。

「你就是『武當』？」西裝男人需要確認。

西裝男人猜是錯覺，就在那一瞬間，男遊民亂髮下的眼睛似乎有暴漲的殺意一閃而過。

「我是。」男遊民搖搖晃晃站起，雙手軟綿綿垂在身側，一副無力又無害的模樣。

「我是拓磨，代表閻山組而來，要找人辦件事。」西裝男人說。

「這不是正式的邀請。」被喚作「武當」的男遊民說，語氣像是抱怨。

「這件事很重要，我不能貿然僱用你。就算是『永生樹』特別介紹的，還是需要先試試身手。」拓磨回頭對停靠的幾輛賓士使了眼色。車門同時打開，裡頭的人接連下車。

下車的閻山組眾人是與拓磨同樣的成套黑西裝，身帶悍然的氣勢，顯然是打手或專業保鏢。他們迅速躍過人行道圍籬，團團圍住武當。

「如果失禮，還請見諒。」拓磨說完退開，悠然點了根菸。

點菸是信號。

一眾打手發起進攻。

逃脫的女孩不時回頭，甩飛幾點淚滴，慌張地看著人行道的入口。在彷彿能將人吞噬的洞口之中，有虛弱的微光，以及陣陣吼叫迴盪。

只有女孩趁隙脫身，同行的兩個男生還倒在汙穢的人行道昏迷不醒。

她從沒想到普通的夜遊竟會撞見這麼恐怖的人，終於拾回的手機緊緊握在手中，但不敢報警。

女孩發誓要把今晚撞見的一切忘掉，鎖進記憶最底層。最好明天就轉學，搬家逃得遠遠的。

高架橋下的人行道。

拓磨從頭到尾只點了一根菸。那根菸現在還叼在嘴上，尚未燒完。

看呆的拓磨嘴巴微張，菸從嘴邊脫落，撞在地上灑出細小的火星。

閻山組的一票打手四散在人行道上，像消毒後的街道橫躺成群的蟑螂。此起彼落的呻吟伴以遍灑的血花，還有被揍到吐出的酸水與嘔吐物……

獨自站在這慘烈景象之中的，是昂首而立的武當。

武當的身上不見一點傷。縱使有血跡，也不是他的血。

武當遙遙看來，望向拓磨。

「換你？」

「不、不。」拓磨連連搖頭，「現在提出正式邀請，請你務必接受！」

「我接受。」武當的聲音嘶啞，不悲不喜，空蕩蕩的。

看著武當收下「永生樹」的黑色卡片，拓磨腦中只有一個想法。

——這是非人的怪物。

四　苗床之二

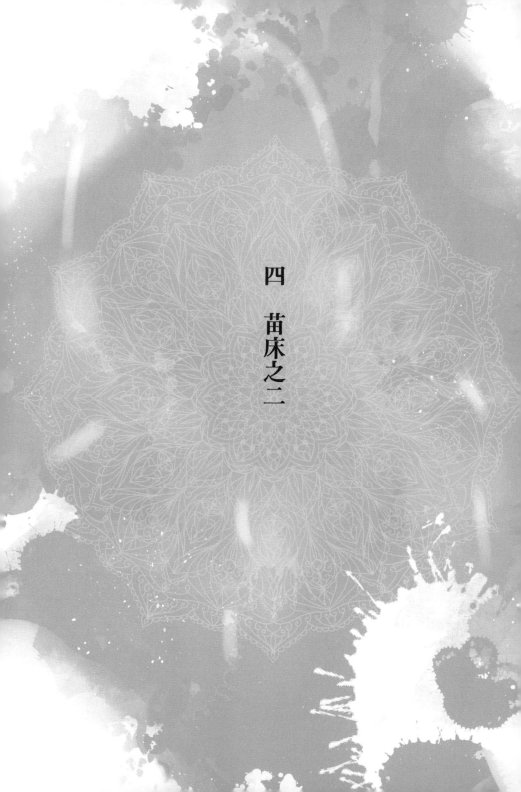

黑色Toyota Granvia駛入巷子，像潛伏的蛇富有耐心，持續往獵物逼近。

有個中年男人踱步在巷中，身穿的羽絨外套不僅老舊，背後還有一大道破損，露出裡頭的填料。下半身卻突兀地搭著西裝短褲，腳踩的藍白拖早已褪色，蒙著一層髒灰。

中年男人手拿棕色玻璃瓶裝的紅標米酒，不時喝上一口。隨著米酒入喉，整張臉跟著一皺，擠出許多難看的皺紋。

他的步伐搖搖晃晃，看似是酒力作用，但不自然外張的左腿才是搖晃的主因。

「啊……。」男人張嘴哈出酒氣，臉上皺紋隨之舒展。

現在是平日白天，是多數人得認命上班的勞碌日子，男人卻已經喝茫，被車子尾隨也沒發現。

駕駛座的熊叔盯著那男人，然後眼睛看了後照鏡，對後座的Miss S詢問：「就是他？」

「沒錯。」Miss S再次確認名單，這次的苗床又是男的，叫作曾麒祥。對於性別比例懸殊的名單，Miss S並不意外，因為女人的確有更多還款的管道。

「他就住前面。這是急件不用客氣。」Miss S吩咐。名單提供相當多資料，也包括地址。

曾麒祥晃到鄰近的一樓民房。作為出入口的鐵捲門被潑上刺眼的紅漆，警告的意味十足濃厚。

曾麒祥往口袋摸索，掉出幾張揉爛的發票後，終於找到遙控器。他按下遙控器，鐵捲門在尖銳的金屬摩擦聲中遲緩上升。

在鐵捲門終於爬升到能夠供人通行的高度時，黑色Toyota Granvia直接斜插過去，蠻橫地把曾麒祥困在門與車之間。

「啊？」喝茫的曾麒祥困惑回頭，瞪著面前這輛不客氣的黑色商旅車，長形的車身看起來真像靈車，讓他更不開心。「這裡是人家門口，你停什麼車！開、開走！擋住出入了！」

仗著酒意作用，大膽幾分的曾麒祥還敢揮舞手臂，像要驅趕蒼蠅。

車門開了又關。熊叔大步邁出，勾住曾麒祥的脖子，把人拖進屋裡。

「啊！喂！」曾麒祥像條爛毛巾掛在熊叔粗壯的手臂上。紅標米酒跟著掉落，濺出嗆鼻的酒水。

Miss S接著下車，不忘確認四周。熊叔的動作極快，曾麒祥來不及呼救，沒有鄰居或路人起疑。跨過地上的紅標米酒，Miss S調整口罩完整遮住鼻子，擋去難聞的酒臭以及屋內的汙濁臭氣。

Miss S進屋第一件事是從口袋拿出空氣清淨劑，對空中連噴好幾下，才接著拉下鐵捲門。

熊叔聽到空氣清淨劑的噴灑聲，好奇回頭。「啊，有這麼臭嗎？」

「臭死了。」Miss S嫌棄地說。

熊叔趕緊拉起衣服的領口嗅了嗅，又抬起手聞了左右腋下。「沒有啊，沒汗臭！」

「我是指窮人的臭味。」Miss S冷漠表示。

熊叔鬆一口氣，咧齒傻笑。原來不是在說他。

Miss S暫時沒理曾麒祥。這酒鬼坐倒在地，與骯髒的地板幾乎融為一體。Miss S先是環顧所在的客廳，這裡很符合曾麒祥的醉漢形象，髒亂、沒有秩序，從破洞的藤椅到蓋著一層厚灰的電視旁，隨處可見廉價的空酒瓶。

最後，Miss S的視線終於落到曾麒祥身上。

曾麒祥經過這一嚇，多少有點酒醒了。他指著Miss S，遲疑地問：「你們是不是……。」

Miss S看著那根指向自己的手指頭，指甲縫積滿黑色的汙垢。噁心，她想，但不必糾結在這部分，該直接切入重點。

「耽誤幾分鐘。討論你的債務。」

「啊！啊！」被關鍵字刺激到的曾麒祥大叫起來，縮起左腳並緊緊抱住，癲狂地說著：「沒有、沒有！真的沒錢。再兩個月、不！一個月就好，我買的那支股票開始漲了，讓我找時間操作，還有當沖！我有在當沖！到時候就有錢、有錢可以還！」

這反應在Miss S的預期內。名單亦預先告知，這個苗床就是因為玩股票結果賠光身家。

Miss S的沉默嚇得曾麒祥說得更多：「真的、真的。我買了好幾張，股市分析的老師說那支股票會反彈，等漲停以後……。」

曾麒祥著急解釋，卻發現沒人在聽。他看看Miss S又看看熊叔，再把左腳抱得更緊，彷彿再多伸出去一些，就會整條腿斷掉似的。

「我還有買樂透，有好幾張。都還沒對，讓我對一下……。」曾麒祥忽然泛淚，哽咽地問：「為什麼要這樣？為什麼要這樣？跟當初說的不一樣，我明明沒借那麼多錢，明明都照股市群組給的內線消息買……還有老師說的……。」

「你的債務跟我沒關係。你借多少，利息多少也跟我無關。我來這裡只有一件事，那就是提供你還款的方法。」Miss S聲明。

「我知道你想幹麼，我知道。那些潑漆的黑道有威脅過！」曾麒祥開始掉淚，混濁的眼淚爬了滿臉，鼻涕也流了出來，一路滑過上嘴唇，牽出黏稠的絲。

Miss S翻了白眼，受不了曾麒祥噁心的醜樣，所以別過頭不看，因此瞥見躲在一旁的小兄妹。

還是小學生的兄妹身形明顯偏瘦，是不健康的乾瘦，布滿皺摺的衣服好像長年被壓在衣櫃最底層，好不容易才翻出來穿。

這對小兄妹撞見Miss S冷酷的目光，紛紛退縮，卻因為擔心曾麒祥而沒有選擇逃開。

Miss S另外注意到了，這對小兄妹的頭髮各有一道被剃過的痕跡，短得可見頭皮。絕對不是什麼新潮流行的髮型，只讓人感到滑稽。

她知道這是討債的手法之一，狠狠地羞辱欠債人。那些黑幫的動作不少，在把曾麒祥列進名單前就以各種手段招呼過了。難怪小兄妹這個時間會躲在家，而非在學校上課。

曾麒祥也受了皮肉痛，剛才縮起左腿時，露出本來被褲子蓋住的部分，有大片紫色的瘀青。

曾麒祥還在哭，鼻涕眼淚都落到衣上。明明是年過四十的中年男子，卻哭得比小孩子還狼狽。

這不代表會引起Miss S的同情。

「哭夠了嗎？」Miss S鄙棄地問，「哭夠了就站起來，上車。」

她對熊叔示意。熊叔點頭後就要上前將人帶走。

不料曾麒祥忽然失控，抄起桌邊的空酒瓶砸向Miss S，但因為喝醉了沒丟準，酒瓶只擦過Miss S的風衣邊緣，撞在電視櫃上碎開。

「來啊！我命也不要了，跟你們拚了！」被逼急的曾麒祥咆哮，撐著桌子站起。才要繼續抄起酒瓶，忽然一道巨大的黑影逼前，壓得他眼前一黑。

曾麒祥還來不及看清楚那究竟是什麼，整個人先騰空飛起，飛越小桌，撞倒桌後的藤椅，激起如蠅飛散的灰塵。

熊叔雙眼瞇成殺意的縫。他收回拳頭，厚壯的手臂有密密麻麻暴漲的青筋，乍看像蛇盤據其上。

單憑拳頭就將成年男性擊飛，這是何等誇張的力量。

熊叔跨出大步，走向倒地暈死的曾麒祥，揪住他的領子一路拖行。

經過Miss S身邊時，熊叔問：「有沒有受傷？」

Miss S既不驚訝也不畏懼，她早已見識過熊叔的誇張力量，全是因為「斐先生的禮物」。

「沒有。扔到後座，把手腳捆住，嘴巴塞好。」Miss S吩咐。

「沒問題。」熊叔的步伐踏地有聲，一把拉起鐵捲門，把爛泥般的曾麒祥扔進後座。

熊叔的確是個友善親切的肉壯大叔。

至少多數時間真是如此。

留在屋裡的剩Miss S跟那對小兄妹。目睹父親被毆飛然後被抓走，這對小兄妹當然是嚇壞了。妹妹滿臉眼淚，哥哥呆愣著不知道該怎麼辦。

Miss S雙手插在風衣口袋，帶著慣有的凌人氣燄，筆直走向小兄妹。途中不客氣地踢開擋路雜物，讓小兄妹更加害怕。

「最晚後天，你們的爸爸就會回來了。不要擔心，擔心也沒用。反正你們不去上學，這兩天認命待著。」Miss S盯著小兄妹的臉，接著問：「家裡還有沒有人？」

小兄妹連連搖頭。

「媽媽跑了？」Miss S問。

「離婚了。」那哥哥小聲回答。

「我想也是。」Miss S毫不意外地說。「剛剛看到的不准告訴任何人，不然你們被剃掉的不會只是頭髮而已。」

小妹妹嚇得嗚咽，這反應讓Miss S很滿意，有得逞的快感。儘管口罩底下的嘴角微微彎起，但眼神毫無改變，依然是不把人當人看的冷然。她總是控制得很好。

「保密，不要多嘴就沒事了。這是你爸自找的，我提供他還錢的管道。」

小兄妹都睜大一雙眼，傻傻看著Miss S。兩人散發路邊紙屑似的窮酸感，讓Miss S看了心煩。

她從皮夾掏出一張千元大鈔。

「你們肚子餓了吧？很久沒有好好吃飯了。對不對？」

小妹妹咬著下唇，跟哥哥互看一眼。兄妹倆同聲說：「對……。」

「好可憐。」Miss S輕晃手中千鈔，「這個可以讓你們吃飽，還可以買新的衣服，也可以上髮廊把頭髮修剪好。所以你們要記住，這個很重要。懂不懂？」

「懂……。」兄妹倆又是同聲回答。

「很好。」Miss S把千鈔收回皮夾。

「咦？」小兄妹不得不困惑，原來那張千鈔不是要給他們、不是要幫助他們嗎？

「咦什麼？你們今天會餓肚子會被剃頭會被人闖進家裡全是你爸爸害的，是他要負起責任，跟我沒關係。不要恨我。要恨就恨你那個無能的爸爸。」Miss S加重語氣重複：「是他害你們今天變成這樣，你們以後也會跟他一樣又窮又慘。」

她撇頭便走，死寂骯髒的客廳有她短靴清脆的踏地聲。在走出鐵捲門之前，Miss S頭也不回，留下最後的提醒：「不要忘了，是無能的爸爸害了你們。」

來到外頭，Miss S立刻拉下口罩呼吸。好多了，她想，這樣的空氣好多了。

她回到黑色Toyota Granvia旁，打開後座便看到腳踏墊有團被黑布蓋住的人形物體。熊叔已經照她吩咐的，將曾麒祥處理好了。

Miss S打量一陣，用鞋跟大力踩了踩，像要確認曾麒祥的存在。

沒問題，這個無能的父親在這裡，她想。

關上後座的車門，Miss S坐進副駕駛座。熊叔早就預備好了，車子已經發動待命。

「開車。」Miss S說。

在車子開始行駛後，Miss S拿出隨身的小瓶空氣清淨劑，對後座噴了幾次。

「我都聞不到臭味。」熊叔納悶地說。

「那是因為你只在乎甜甜圈。」Miss S不留情地吐槽。

熊叔笑得憨厚，完全不見剛才出手的狠貌。「因為甜甜圈真的很好吃嘛！」

五狐

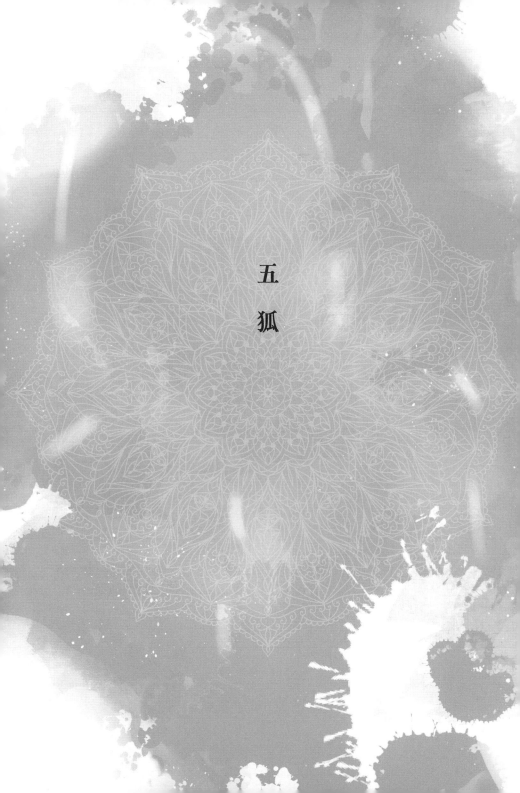

載著捕捉到的新苗床，黑色Toyota Granvia駛入市區一間汽車旅館。經過入口櫃檯時，熊叔降下車窗，對櫃檯人員微笑點頭。

彼此的默契讓雙方無須廢話，不必登記、不必付款、更不用拿房卡。

熊叔把車開往旅館中最偏僻的一座車庫。那處車庫的鐵捲門雖然是降下的，但熊叔擁有遙控器。一鍵按下，鐵捲門立刻升起。

將車駛入停好，熊叔再次按下遙控器，降下的鐵捲門阻擋外來視線，再也沒人能夠看見車庫裡發生的事，包括昏迷的曾麒祥被搬下車。

力壯的熊叔把曾麒祥扛上肩。這個酒鬼的雙手雙腳都綁了束帶。基於保險起見，嘴巴也塞進布團，免得途中醒來大吵。

Miss S走在前頭，沿著車庫內的鐵梯上樓。

她拿磁卡刷過門邊的感應器，門鎖應聲彈開。雖然是汽車旅館，但門後的空間不見一張床，更沒有任何與情趣搆得上邊的裝潢，反而更像辦公室。

一進門是呈直角擺放的兩套硬皮沙發，往內有大片霧面的隔間屏風，旁邊有當茶水間使用的小室，擺了冰箱跟飲水機。輕鋼架的天花板每隔一定距離鑲著日光燈管，讓整個空間更顯寬敞明亮。

沒有窗，這裡發生的一切都不可見光。

「啊，您回來啦。辛苦了。」坐在硬皮沙發上的小夥子放下手機，對Miss S點頭致意。這是個標準的奶油帥哥，皮膚白皙又有大眼挺鼻，是適合出演電視劇的好看長相。

這人叫做阿狐，是組織內的勸誘擔當，專門哄騙潛在的苗床出售器官。

「我有買巧克力，熊叔的甜甜圈也沒忘。」阿狐指著桌上的成堆零食。他買了不少，比熊叔平常購入的分量還多。

「又是衝動購物。」Miss S撇下阿狐，按了牆邊的對講機：「人帶來了，請準備。」

Miss S通報的對象是負責切除器官的黑市醫生，代號是手術服，專門替這個組織服務。

熊叔接著進來。雖然肩上扛著成年男性，但他看起來相當輕鬆，還有餘力發現桌上的驚喜。

「噢！有甜甜圈！」

「Krispy Kreme的喔！」阿狐豎起大拇指燦笑，露出潔白整齊的牙齒。

「太貼心了！」笑瞇眼的熊叔跟著豎起大拇指，一派天真爛漫，像頭傻憨憨的大棕熊。

「先作正事，把人帶進去。」Miss S打斷這樣的溫馨時刻，就像個難惹的主管。

阿狐立刻噤聲。熊叔亦乖乖聽話，把曾麒祥扛進霧面屏風後的手術間。

Miss S獨占整張雙人座沙發。她翹起腳，鞋尖輕晃。手指來回滑過手機螢幕，確認名單上尚存的苗床，分析各個苗床的狀況。有些苗床能用口頭方式勸誘，比如前幾天的陳俊霆。被列為急件的則適合用簡單粗暴的方式處理，比如今天捕來的曾麒祥。

除了苗床名單，Miss S一併整理客戶名單。

器官交易這門生意的客戶不少，畢竟器官一直有需求。在檯面上等不到合法器官，往往會轉入地下，試圖從非法地帶獲取。Miss S服務過許多客戶，其中不乏政商界人士。她認為跟這些人交易是件輕鬆的事，因為這種客戶特別注重隱私，低調保密，不會多惹麻煩。

畢竟染指器官交易這種事傳出去，對這些人的殺傷力極強，尤其是在政界打滾的客戶，一旦消息洩漏，必定被政敵拿來猛打，政治生涯恐怕就此結束，甚至還要入獄。

這座小島雖然嗜血，卻更偽善。器官交易這種事，還不到可以攤在日光下被大方接受的程度。

Miss S閱讀的速度極快，思緒清晰的頭腦對於整理資訊很有一套，加上從事這行累積的經驗與直覺，很快建構出接下來的行動藍圖。

在Miss S忙碌時，阿狐識相沒出聲，安靜地吃甜甜圈滑手機。

「你找到多少新苗床？」Miss S頭也不抬地問。

阿狐趕緊嚥下嘴裡的甜甜圈：「我這禮拜都耗在銀行，可是找不到可以下手的。太多人臉臭歸臭，但還沒有真的走投無路。我明天再換個地點，搞不好那間分行跟我不合。」

「這個月再湊出兩個有沒有問題？」

「有！大有問題！已經快月底了，就算被我幸運找到，也需要時間博感情。Miss S您說過要製造恩惠，讓人被賣卻還感謝賣掉他的人。這個我一直牢記在心，當成行動準則。」阿狐像個乖學生說。

「好，沒關係。」Miss S點點頭，繼續瀏覽資料。

「感謝Miss S的寬容大量。」阿狐雙手合十，虔誠得像拜佛。

「我的沒關係是指如果湊不出來，就把你賣給富婆當小白臉。缺欠的額度從那邊補。」

「什麼？」阿狐當場垮了臉。雖然垮歸垮，適合擔當電視劇男主角的臉還是一樣好看。「我覺得我留下可以賺來更多錢，就是這個月運氣比較差……。」

「在擔心什麼？你被包養還是能繼續這邊的工作。兩者沒有衝突。」Miss S說得輕描淡寫：「還是你希望被賣去當男優？我有管道，日本那邊有幾個製作公司在找男優拍激烈的片子，說激烈可能還客氣了，應該說是口味凶殘。不過有需求就有供給，說不定你去闖闖看會有不一樣的發展，不然浪費你這張臉。是不是？」

Miss S望向阿狐。沒脫口罩的她，眼睛罕見地露出笑意，讓阿狐打了寒顫。特別是Miss S剛才說到「激烈的片子」時還故意加重語氣。

「Miss S的S，是抖S的S啊……。」阿狐哀號，鼓起勇氣商量：「能不能讓我先抓一個、然後欠一個？」

「你覺得呢？」Miss S的聲音很輕，卻狠狠扎在阿狐心上，讓他又是一揪。

「還是抓一個然後欠兩個？多補的算是讓我拖欠的利息。」阿狐試著周旋，這個月實在沒把握完成Miss S要求的條件。

「ＯＫ，我同意。」Miss S點點頭，拿起桌上的金莎巧克力。拆去包裝紙後拉開口罩，從下方塞入嘴中。全程沒有露臉。

「您為什麼不脫掉口罩？」阿狐好奇問。

「習慣了。」Miss S回答。

「什麼習慣了？」返回的熊叔剛好聽到兩人對話。

「開始摘取了嗎？」Miss S最關心的還是進度。

「對。不過曾麒祥是慣性酗酒，不知道器官能不能用？」熊叔擔心地問，在阿狐旁坐下。

Miss S倒不顧慮這部分。「交給手術服他們判斷。如果真的不能用，名單上的苗床還很多。等等器官誰送？」

阿狐看看Miss S，又看看熊叔。

熊叔起初沒注意到，開心地把甜甜圈往嘴裡塞，後來才發現阿狐的目光。

「嗯？怎麼一直看我？你要甜甜圈？」

「熊叔……可不可以商量一件事？」阿狐慎重地問，配上那張臉，搞得像偶像劇主角要告白。

熊叔果斷拒絕：「運送的話不行，這次輪到你了。上次就講好的。今天我要看拳賽。」

阿狐哀號：「熊叔！你聽我說，我好不容易訂到很難訂的餐廳，真的是好不容易，我每天要打好幾次電話才打得進去。重點是我約了人，這次的女生真的是我的菜，好不容易才願意跟我吃飯！」

「你長這麼帥還不好約人啊？」熊叔嘴裡塞滿甜甜圈，含糊不清地說。

「因為長得帥會讓另一半很沒安全感，我也很困擾。」阿狐忽然想到，「Miss S您是不是長得很漂亮，所以才不肯拿下口罩？我是不是也該戴一個？」

「如果你擔心太帥，我有很多方法可以幫你毀容。」Miss S顯然不喜歡這種多嘴。

「不用！心領了。真的！」阿狐趕緊挪了位置，盡可能避開Miss S。

Miss S不再讓阿狐討價還價，直接指定：「今天你負責運送。送達後回報給我。」

「那我的約會……。」阿狐心涼了大半。

「如果你真的很在意，我可以把你賣給包養小白臉的富婆，你就不用擔心什麼約會了，每天服侍她就夠了。」Miss S更加嚴肅地表示：「再有異議，我直接打電話。」

「打什麼電話？」阿狐跟熊叔同聲問。

「幫你聯絡富婆。」Miss S無視阿狐慘白的臉，把金莎巧克力的包裝紙揉成一團，扔進桌邊的垃圾桶。「今天就這樣。」

Miss S站起，拉順風衣外套還拍了拍，把掉落的榛果碎屑拍掉。

「要不要載妳一程？我要去看拳賽。」熊叔倒不是刻意對異性獻殷勤，純粹是熱心。

「不用。」Miss S冷淡地說，對門內的感應器刷過磁卡，手插風衣口袋昂首離開。她的步伐總是那麼驕傲。

Miss S離開以後，阿狐好奇地打聽：「熊叔，你有看過Miss S長怎樣嗎？加入這麼久了，不管什麼時候看到她都是戴口罩。」

「有啊。不過是好久之前了。」

「Miss S到底長什麼樣子？這麼恐怖的人。是不是臉上有刀傷？」阿狐亂猜。

熊叔搖頭，「是很正常的一張臉。」

「真的？」

「真的。」

「為什麼要戴著口罩？久了很悶吧，對皮膚不好。」阿狐尋思，撕了塊甜甜圈往嘴裡塞。

「跟我喜歡吃甜甜圈一樣吧？」熊叔面前的甜甜圈紙盒已經空了，開始往下拆另一盒。

「哪裡一樣？Miss S喜歡吃口罩？」

「不不，當然不是。就是一種習慣，或說是喜好。」熊叔解釋，「也像你喜歡找女孩子約會。不要欺騙別人的感情喔，交往還是真誠比較好。」

「我很真誠啊。不是我自誇，我真的是很專一的人。」阿狐放下甜甜圈，表情忽然苦澀，就差沒落淚。「可是沒有女孩子願意跟我交往。我在想是不是因為這工作害的？熊叔你知道的，我們幹這些事都是非法的。像我，負責勾搭掉進絕境的窮人，想辦法套交情然後慫恿他們來摘器官。」

熊叔溫聲問：「你很歉疚嗎？覺得好像騙了他們？」

「這就是問題所在。」阿狐繼續說：「我沒什麼罪惡感，就是一個願打一個願挨。那些人那麼窮，生活都快要過不下去了，不是被逼到跳樓就是跳海。賣器官是一種選擇，至少有錢拿，能繼續苟延殘喘。因為死了就什麼都沒有了嘛。我跟Miss S不一樣，我溫柔太多了，從不強逼的。」

「如果不是歉疚，那你怎麼覺得是這工作害的？」

阿狐隨即回答：「報應啊！都是報應！所以我才會長這麼好看卻交不到女朋友。雖然說沒有罪惡感，但我知道搞器官交易是件壞事。你難道不擔心有報應嗎？」

熊叔微微一笑，還是那張憨厚和善的臉。「不會。」

「還是熊叔你覺得靠那身肌肉可以橫行無阻，所以不怕？」

「也不是。」熊叔給起意見：「你交不到女朋友，我想是因為不夠穩重。你試試把說話的語調放慢，講話的態度再堅定一點。可以微笑，但不要嘻皮笑臉的。」

「我還不夠正經嗎？」阿狐不懂。

「還差一點。」熊叔拿衛生紙擦手，按著膝蓋站起，順勢伸了懶腰。寬闊的背肌整個拉伸開來，彷彿手臂下長了兩塊翅膀。「我該走了。你運送小心，隨時注意安全。」

阿狐擺擺手，「沒問題，這沒什麼好擔心的。我們那麼低調，不會被盯上啦。」

「總之小心囉。」熊叔拍拍阿狐的肩膀。當然有留意要放輕力道，不然憑那身凶猛的力量，說不定會讓人肩膀脫臼。

「慢走啊。」阿狐往後一倒，讓身體完全陷進沙發，然後拿出手機迅速鍵入訊息，跟原本約好晚上要吃飯的女孩道歉。

在熊叔關門離開以後，阿狐喃喃自語起來：「不對啊。憑我的長相還有體貼入微的觀察力，真的不應該單身的啊……果然有報應嗎？」

六　鬥魚

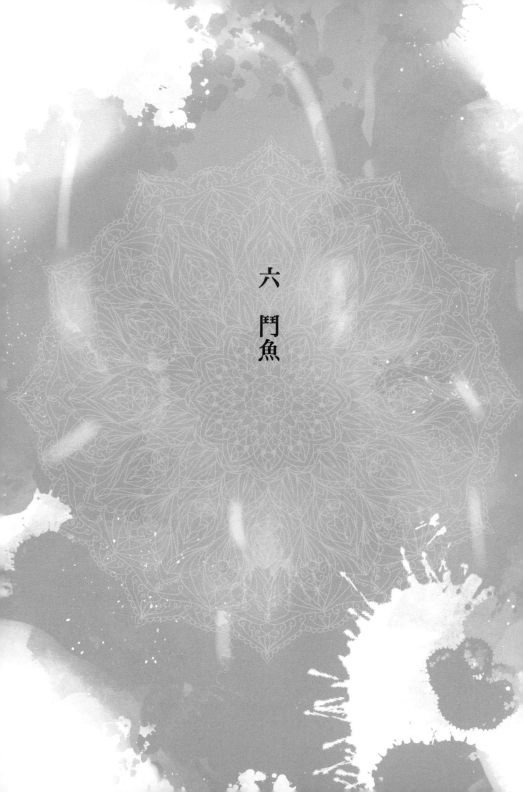

在民權東路上的水族街，放眼望去是成排水族店。玻璃窗面能看見展示的魚缸，鮮綠的水草間有色彩繽紛的魚悠然游過。

Miss S沿街慢行，隨性踏入順眼的水族店。

因為天冷，魚缸必須用加溫器維持溫度，讓店內瀰漫潮溼的熱氣。打氣機帶起缸中水的流動，潺潺水聲此起彼落，成了令人放鬆的白噪音。

Miss S走過空魚缸的展示區，經過滿滿一大缸翠綠色的水草，然後是孔雀魚與燈魚區，還有各類色彩豔麗的觀賞魚。

最後，她停駐在鬥魚區。

與其他在魚缸展示的魚種不同，鬥魚往往被放進狹小的塑膠杯，杯底常有沒清理的糞便殘渣。

Miss S把臉湊近，觀察鬥魚的狀況。

健康的鬥魚隨著Miss S靠近，面朝她的方向不斷鼓動魚鰭。展開的尾鰭形狀恰似馬的尾巴，所以叫馬尾鬥魚，是市面上最常見且廉價的品種。

Miss S的視線跳過有反應的鬥魚，落在動也不動、虛弱挨在杯底的鬥魚。從外觀可以看出明顯的不健康，鱗片色澤不僅偏淡，有些甚至發白。尾鰭東缺一塊西缺一塊，像飽經蹂躪的破爛風箏。

來回確認後，Miss S拿起兩個杯子，恰好一紅一藍。都是病懨懨的悽慘模樣。

付完帳，Miss S接過店員遞來的塑膠提袋。兩隻鬥魚連同杯子被放在袋中，隨著晃盪終於有些反應，魚鰭動了幾下，便不再有動靜。終究還是太虛弱，牠們不知道被困在這小小的杯子裡多久了。

生存力強是鬥魚的幸運，也是不幸。更別提能湊近水面自主攝取氧氣，這讓牠們在被販售時，總是擁有最差勁的展示環境，被關在窮酸的、狹小的、鮮少清理的塑膠杯。

拎著裝魚的提袋，Miss S漫步在街。街上四散撩亂的霓虹與招牌，不同的字體不同的大小不同的顏色與不同的光。下班時段的馬路有滿載的公車駛過，抓著吊環的乘客搖搖晃晃，擠在密閉的空間，像一隻又一隻觀賞魚。

Miss S則像缸外的看客。無須貼有標價，她也能判定人的價碼。年輕的較容易賣得好價錢，因為器官相對健康。至於老一些的則要視狀況而定，價碼普遍偏低。但不乏心急不願多等的買主，能給出高於市價的漂亮數字。

Miss S逛水族店常會想起一句俗爛的格言：「生命無價。」然後她一低頭，便看見鬥魚的標價：二十塊、二十五塊甚至三十塊，其他魚類亦有各自價碼。

人也是如此，可以簡單換算成數字：眼角膜、肝臟、腎臟、胰臟、血液、良好的精子、健康的子宮……都能貼上價碼出售。又或是能為帶來公司的產值，以其換算成薪水買走時間與青春。

數字。就只是數字，Miss S心想。

Miss S繼續走，沒急著返家。

現在對Miss S來說也是下班時間。她不急著把名單所有的苗床都摘完，這有時程的規畫。故意延後還能釣中急迫的買家，趁機哄抬價格。

數字。就只是數字，Miss S再次心想。

Miss S在街上兜晃一大圈，水泥叢林總是那幾種景色，她看得膩了，隨手招來計程車，安穩地坐入後座報了地址，便閉目養神。難得的是司機也沒多話，就是開車。

到了目的地，付過車資，Miss S拎著一藍一紅的鬥魚下車，再走過幾個街口，才轉入其中小巷。她從不直接搭車回自家樓下。

Miss S的家與整身昂貴的衣著很不搭，是老舊巷區裡的老公寓，還殘留幾十年前的那副光景，只是在少量的整修中多了些許新漆。

入口的信箱被貼上搬家公司的廣告貼紙，機車從門口亂停到巷裡，不在意會阻礙別人進出。有些鄰居在樓梯間擺放鞋櫃，亂塞又髒又臭的爛鞋，或是垃圾袋直接放門外。經過時不免有異味，還好Miss S戴口罩。

Miss S一路往上，在通往頂樓的最後一段階梯前，有道閉緊的鐵門。這是她擅自加上的，因為這扇門之後的所有空間都被她租下來了。她認為這很正當合理，樓下那些沒付錢的住戶休想踏足。

Miss S取出鑰匙打開鐵門，迎接她的是隱約可見閃爍星點的夜空。夜裡冷冽的風拂動髮絲，她隨手撥順，走到女兒牆往下眺望，望見鄰家燈火與巷裡的人車。

有幾戶鄰居沒關窗，能一眼看見廳裡的模樣。有一家老小圍在桌前吃飯看電視的、有老人獨自在椅上打盹的、也有開了燈與窗卻空無一人的。

他們在Miss S眼裡都是苗床。她暗自為這些人祈禱，願他們有一日窮困潦倒，讓她得以經手那些器官，將之化為帳戶裡的數字。沒錯，又是數字。

噹！在Miss S看得入神時，同是頂樓加蓋的隔壁鄰居傳來物品摔地的聲響。

「又來了。」Miss S皺眉。

她不懂新搬來的鄰居到底在搞什麼？總是吵吵鬧鬧。

在摔物的巨響後，隔壁忽然安靜，只剩盤據天臺的張狂冷風。Miss S好像聽到啜泣聲。

Miss S懶得管，這與她無關。

Miss S離開牆邊，進入租屋。雖然是頂樓加蓋，但採用鋼筋混凝土，不是劣質的鐵皮屋。位置也挑選過，不會撞上西晒，而且通風良好。除了沒有電梯得爬六層樓之外，沒有太多缺點。

至於鄰居吵鬧這問題一時無解。地狹人稠、住民素質普遍差勁的小島就是有這樣的通病。Miss S認了，反正不會永遠住在這裡，算是暫居。

雖然說是暫居，但一點也沒馬虎，打理下過一番功夫。住就要住得舒適，是Miss S的要求。

Miss S進了屋，裡面已經有光。

玄關旁是鞋櫃跟好坐的穿鞋椅。Miss S暫時擱下買來的鬥魚，脫下短靴換成室內拖鞋。踩進柔軟的室內拖鞋讓她有股解脫感，短靴並不難穿，但是鞋跟有高度，久了是折磨。

Miss S再次拎起提袋往屋裡走。玄關後的景象會讓目睹的人震驚地說不出話。

整個牆面都是黑色角鋼架，從上到下分成間距相等的好幾層。每層都擺了數個方形魚缸。飼養的魚類無一例外，全是鬥魚。一缸一隻，空間比可憐的塑膠杯要大上太多。

Miss S進屋時，之所以還未開燈便有光，便是來自這面鬥魚牆的光源。每一層的角鋼架都裝有LED燈管，提供照明給鬥魚。魚缸該有的設備也沒少，避免鬥魚受寒的加溫棒、兼具過濾雜質與增加溶氧功能的氣動式水中過濾器……整面牆的設備花費相當可觀。

Miss S把剛買來的兩條鬥魚放到桌上，打開塑膠杯的杯蓋。她看了看鬥魚牆，選中兩個空魚缸。雖然缸裡無魚，設備依然全天候運轉，維持乾淨的水質。

她拿來自製的滴流器，裝入空缸的水，把滴流器安放在塑膠杯上，讓水緩緩滴入。這個動作叫「對水」，目的是讓魚適應水質。

常有不懂養魚的新手一把魚帶回家，就急著丟入魚缸。忽略「對水」這個簡單但重要的步驟。待對水完畢，Miss S帶著兩個塑膠杯到水槽旁，預備好小撈網，把裝著紅色馬尾鬥魚的塑膠杯往撈網倒。水從網子的縫隙流光，魚留在網中。

Miss S快速帶著牠來到鬥魚牆，放入剛才挑中的空缸。雖然省略了「對溫」，也就是讓魚習慣新魚缸溫度的步驟，但她不在乎。

Miss S自認這種設定好溫度的缸絕對比塑膠杯溫暖舒適。二十四度至二十七度是鬥魚最適合的溫度，而她總是定溫在二十六度。

紅色鬥魚落入缸裡，一開始還沉底不動，後來慢慢地、小心地探索起來。或許是心理作用，但在Miss S看來，魚比在水族店時有活力多了。

把藍色那條鬥魚也放入新缸之後，Miss S拿出飼料罐，往兩個魚缸投入飼料。圓粒狀的飼料漂浮在水面，起初鬥魚沒察覺，後來味道漂開了，鬥魚開始往水面接近，嘴巴一啄，飼料便落入肚子。

Miss S一次只放一顆飼料，除了確定新鬥魚的食量，也避免飼料沒吃完汙染水質。

餵完新添入的兩條鬥魚，Miss S不會忽略其他隻，每缸依序放入飼料。她清楚知道每隻鬥魚的食量。每一隻。

這些鬥魚不只有馬尾鬥魚，還有尾鰭展開時會呈現半圓形的半月鬥魚、魚鰭像獅子鬃毛分岔的冠尾鬥魚、也有尾巴短小但體質強健的將軍鬥魚。

除了品種不同，色彩更是各異，不只是基本的藍與紅，另有黑白黃橘粉紅等顏色。Miss S所飼養的多數鬥魚都具有兩種混色。

比如她最喜愛的一條半月鬥魚，是藍色魚身配黑色魚鰭。大片的尾鰭在水中舒展時，看起來像黑色的紡紗洋裝，是那樣優雅好看。還有一條她格外偏愛的，是紅色魚身配白色魚鰭，兩色的交界呈現淡淡的粉紅色漸層。

既優雅又美麗，而且頑強，諸多優點讓Miss S無法不喜歡鬥魚這種生物。

結束餵食。Miss S坐在鬥魚牆前的沙發，欣賞這片美景。各色繽紛鬥魚在水中游動，大片尾鰭悠悠舒展。雖然兩隻新帶回的鬥魚顯得無力，但Miss S知道是暫時的。

這面鬥魚牆的所有魚，當初被Miss S挑中時，都是讓人不忍多看的病懨懨模樣。在她耐心照養下，每隻鬥魚的魚鱗長得色澤鮮艷，還帶漂亮的反光，殘破的尾鰭也變得飽滿。

雖然鬥魚在惡劣的環境也能生存，但在正常的環境可以活得更好。就像窮人，可以在貧窮的困境之中勉強過活。但沒有任何一條魚會甘願待在骯髒狹窄的塑膠杯，就像哪個人不想活得大富大貴？

Miss S也不例外。所以她努力賺錢，不擇手段。

Miss S逐漸閉上眼睛，露出從來不在旁人面前顯示的安心模樣。她靠著沙發，緩緩睡著。

忽然隔壁又傳來桌椅砸地聲，讓Miss S瞬間驚醒，然後有男人粗魯的吼罵。

明明上一個鄰居安靜得讓人感受不到存在，怎麼現在搬來這種爛貨？Miss S在心中咒罵。

這裡她住得很習慣，鬥魚也過得很好，所以還沒考慮搬家。因此不只一次思考過，要不要僱人把隔壁的新鄰居給宰了。

對，宰了。

這不難，花錢讓幾個人消失罷了，每天在任何地方都可能發生。但Miss S想到畢竟是一筆花費，要付出一定的金額，便暫時打消念頭。

她當然拿得出錢，只是不想浪費在這種鄰居身上。

隔壁又傳來尖叫，然後有年輕女生的哭喊與求饒。另外還有聽起來像媽媽輩的勸阻。Miss S的臉色越來越難看，這好像是家暴。

Miss S在乎的不是女兒被爸爸打死、甚至爸爸失手弄死全家，只在乎住家該有的安寧。

最後，Miss S拿出手機撥了號碼，順便脫下口罩。

「你好，我這邊有鄰居吵架喧嘩。好像是父親動手打女兒，下手聽起來很重。能不能麻煩派人過來看看？謝謝。地址是……。」

在Miss S報警之間，隔壁的哭叫與亂摔東西都沒停止。聲音大得連與Miss S通話的員警都聽到了，說會立刻派人到場。

報警完的Miss S看著手機。這次有什麼東西砸在牆上，讓Miss S這邊的牆跟著發出好大的聲音。

Miss S怒瞪一眼，立即點開手機的計算機，計算僱人宰掉隔壁鄰居全家需要多少錢。

至少是一家三口，兩大一小……女兒也可能是成年人，暫且算是三個大人，處理大人的費用比較貴，Miss S邊想邊按了數字，以既有的公定價計算。

凡事都有它的價碼，器官有器官的，買凶殺人有買凶殺人的。正如Miss S對阿狐說過的：「有需求就有供給。」

有人需要器官，所以Miss S負責仲介銷售。她想要有人死，那麼一定有人負責讓人死。這就是簡單直接的供需市場。

「有點貴。」按完數字，Miss S盯著手機瞧。不是很開心。

現在的Miss S沒有口罩遮臉。

正如熊叔說過的，那是很正常的一張臉，沒有刀傷或任何瘡疤。也恰好如阿狐亂猜的，Miss S長得很漂亮。真的好看。完全有一線女星的水準。

再次思索後，Miss S決定暫時作罷，先觀察待會警察如何處理隔壁鄰居。距離報警到現在還不足三分鐘，警察不會那麼快到場。

說到時間，Miss S心想負責運送的阿狐也該回報了。

七 隧道

留在據點的阿狐不斷看時間流逝，勉強趕上晚餐約會的幻想終於破滅。他默默趴倒在沙發，搥了好幾下椅墊，就差沒再流下幾行眼淚。

阿狐真恨自己的失策，竟然忘記這次輪到他運送。好不容易訂的餐廳、好不容易約到的女孩子，就這樣一場空。

雖然阿狐趕緊傳訊息道歉，對方也溫柔地表示沒關係下次還有機會，但這只令阿狐更不安，怕是被加入了黑名單，從此不願意往來。

「不……拜託不要啊。」阿狐哀嘆。

阿狐拿起手機看對方的照片，那張形狀美好的錐子臉、細緻立體的五官、細心保養有光澤的長髮……特別是那個身材，胸是胸、腰是腰、屁股是屁股，該有的曲線完全沒少。還很大方健談。這麼好的女孩到底要去哪裡找！

阿狐再搥了沙發幾下洩忿，也不怕搥壞。反正他自知不是熊叔，沒有那身恐怖的肌肉與力量，不要扭傷手腕就不錯了。

阿狐曾經試探地詢問熊叔為什麼能如此強壯？後來得知是所謂的「斐先生的禮物」。

就阿狐所知，「斐先生」是這個器官交易組織的真正老闆，Miss S則是負責管理。

當初阿狐被僱用時，稍微作了點調查，但是獲取的資訊有限，只能隱約知道斐先生除了器官交易，另外還從事各種活動牟利。

從熊叔的狀態推測，斐先生極可能擁有人體改造的技術甚至事業。畢竟熊叔的力量絕對不是人類依靠正常手段能夠達到的水準，阿狐也目睹過他注射藥劑。

當時，阿狐好奇地問：「這個藥劑我也可以打嗎？有沒有副作用？」

正在注射的熊叔雙眼都要瞪出血來，牙齒看起來都要咬崩了。等到注射完畢過了好幾分鐘，熊叔才能勉強說話：「如果體質不夠強壯，貿然注射可能會死。」

「這是不是故意嚇我？」

「我不會拿這個開玩笑。」熊叔嚴肅地說。只是打個針，卻像連續跑了好幾場競速賽跑般疲累，滿頭是汗，衣領與胸前也溼了。「你不能碰這個，這對你或許是好事。」

「熊叔你不要小看我。雖然我是用腦吃飯的，但也有鍛鍊體力。硬舉至少能作到二倍體重的重量，深蹲是二點五倍。」阿狐不服氣地強調，就差沒亮出健身房的會員卡。

「這個不一樣。用途不同。你那個是追求身體健康。」

「追求身體健康有什麼不好？這樣難道不算強壯的體質？」阿狐真心不懂，「如果那麼危險，為什麼熊叔你還願意定時注射？」

熊叔笑了，是在他臉上相當罕見的苦澀笑容。

「我想突破人體的極限。」

⁂

回憶了這段往事，阿狐有些感觸。可能是無法約會的打擊，讓他意外地悲觀。

「什麼人體極限。我們本來就不是正常人吧？」

阿狐搖搖頭，能夠進入「永生樹」的僱傭兵，其中不乏無法、或不願意適應社會規則，還有不能被常人理解的法外之徒。他跟熊叔都是如此。

「果然因為不是正常人，所以交不到女朋友！」阿狐哀傷地抱頭，都快哭出來了。「還是我去考公務員好了……可是這樣太正常了，正常到很無聊。太無聊的人還是會交不到女朋友……。」

在阿狐沉溺於內心小劇場時，一個穿綠色手術服的人越過屏風，來到阿狐面前。

這人戴著頭套跟手術口罩，只露出眼睛。是個男的，跟另外一個人專門負責器官摘取手術。因為另外一人總是穿著藍色手術服，所以Miss S等人乾脆以「綠手術服」跟「藍手術服」來稱呼。

綠手術服拿著金屬提箱，看上去重量略沉。為了支撐重量，綠手術服的身體微微往一邊傾斜。

阿狐看著冷冰冰的金屬提箱，這就是讓他苦等的現摘腎臟。

「為什麼這次特別久？」阿狐不滿地問。

「這次的人酗酒，必須等酒退了才開始摘取。」綠手術服說，「品質不算優良，但堪用。沒辦法，是急件。還是割了。」

「苗床現在怎麼樣了？死了沒有？」

「當然不會死，我只割走器官，沒割破他的頸動脈。他的麻醉沒退，還在昏迷。熊叔交代多打一點藥讓他昏睡，明天再送走。」

「我等等回來就在他身上捅幾刀。喝什麼酒、到底喝什麼酒……害我的約會……。」

「捅完記得止血。」

「不，我要讓他血流光。死一死好了！」阿狐大喊。

「可以喔。只要不弄髒手術房都可以。」綠手術服說得淡定。「拿著，我手痠了。」

「喔好。」阿狐雙手接過金屬提箱。這是特製的低溫保存箱，拿來存放腎臟以便運送。為了顧及買家的隱私，不會在這個據點進行移植。阿狐這趟只是先將器官送到專門的移植地。阿狐不在乎手術時間，反正移植地另外有專人處理。最重要的是收款入帳。戶頭增加的漂亮數字是他甘願涉險的原因。

阿狐拿起金屬提箱，拿取統一掛在牆邊的車鑰匙跟遙控器，再拿了棍型電擊棒。因為沒有熊叔的剽悍武力，阿狐選擇用道具彌補。

阿狐拎著提箱跟電擊棒走入茶水間。裡面有一扇門，打開後是狹窄通道，通往隔壁車庫。

阿狐走下鐵梯，車庫裡停著一臺黑色馬自達。每次他看到這臺車，都會想起電影《黑金》的經典臺詞：「你坐馬自達，你根本沒有資格來參加這個會啊。」

「還連約會都約不成。」阿狐碎念有詞，把金屬提箱放在副駕駛座，「都是為了你啊。」

阿狐鑽進車裡，繫好安全帶，深深嘆氣後才認命出發。

黑色馬自達開出汽車旅館，俐落轉彎進入大馬路，行駛相當平穩，這讓阿狐亂猜：「開起來不錯啊，拍《黑金》的導演是跟馬自達有仇吧。」

已經過了晚間巔峰的車潮時段，阿狐不必開開停停，一路順暢行進。如果扣除掉約會泡湯的不愉快，真有點像在兜風。

看著副駕駛座的金屬提箱，阿狐哀怨低訴：「如果不是要運送的腎臟，而是女朋友就好了。」

車一路駛進自強隧道，隧道頂端的燈點在行進中接連閃逝，不斷往前延伸看似沒有盡頭。

離峰時段的車流量大減，前後不見有車。不變的重複景象讓阿狐看得倦了，忍不住打起呵欠。

咚！

車頂忽然有聲響，車身跟著震了一下。

阿狐停下呵欠，眉頭微皺，瞥了車頂一眼。「什麼東西？隧道要塌了？」

阿狐登時警覺，想來個緊急煞車作試探，但還沒踏下煞車，副駕駛座的車窗竟先爆開！

阿狐一手反射性舉起，擋住飛碎的玻璃，同時踏下煞車，馬自達劃出黑色胎痕，勉強靜止。

一個人影從破開的車窗鑽入，隨即一拳揮來，打得阿狐護住身體的手臂斷折。

隨著遮擋的手臂吃痛垂下，阿狐看見對方的樣貌，披散的亂髮跟寬大的髒外套，簡直就是遊民。

阿狐不知道面前這人同樣跟「永生樹」有淵源，更是其中特異的存在。

——武當。

「喂！你……。」阿狐試圖威嚇。

沉默的武當一拳刺出，精準打中阿狐喉頭，讓他的呼吸一滯。

這還沒完，武當這幾下攻擊只是要制住阿狐的動作。現在才真正開始下重手。他雙手攤平成掌，掌心的厚繭粗糙龜裂，挾著恐怖的勁道擊打在阿狐身上。

「哇啊！」即使綁了安全帶，阿狐仍然重重撞上車門，接連的碰撞令他以為內臟都移位了。

阿狐著急一瞥，已經不見要運送的器官，視野全被披頭散髮的武當阻住。在這樣狹窄的空間內，竟然完全不影響武當出手。

慌亂的阿狐仍然清楚判斷，面前這遊民不是他能徒手對付的，立刻搶拿棍型電擊棒。

武當動作更快，赫然扣住阿狐後腦杓，直接抓著阿狐的頭往方向盤撞落。

第一下。

阿狐的鼻樑歪折，噴出鼻血，把方向盤染紅染溼。

第二下。

阿狐的前排牙齒全部斷光，伴隨激烈的鼻血灑滿駕駛座。

第三下。

阿狐痛到想哀號，卻被逆流的鼻血嗆住。

第四下。

阿狐的左臉頰顴骨碎裂，凹了一大塊。

然後是第五下、第六下、第七下……

不堪折磨的阿狐在劇痛中昏死。

停手的武當搶走金屬提箱，從副駕駛座破碎的車窗躍出，風一般在隧道中逆向狂奔。

一臺小客車迎面駛來，驚覺有人。瘋狂按喇叭要武當迴避。

武當不閃不避，將速度提昇隨即躍起，先踩上引擎蓋再踏上車頂，直接跨越整臺小客車。

小客車嚇得急煞，駕駛降下車窗，不可思議地看武當像個沒事人奔遠。

「南無阿彌陀佛……南無阿彌陀佛……。」駕駛禱念不止，以為撞鬼。

從此以後自強隧道的鬼故事又多一則。

身為始作俑者的武當抱著金屬提箱，與他無關似的奔出隧道，消失在漆黑的夜中。

八鯨

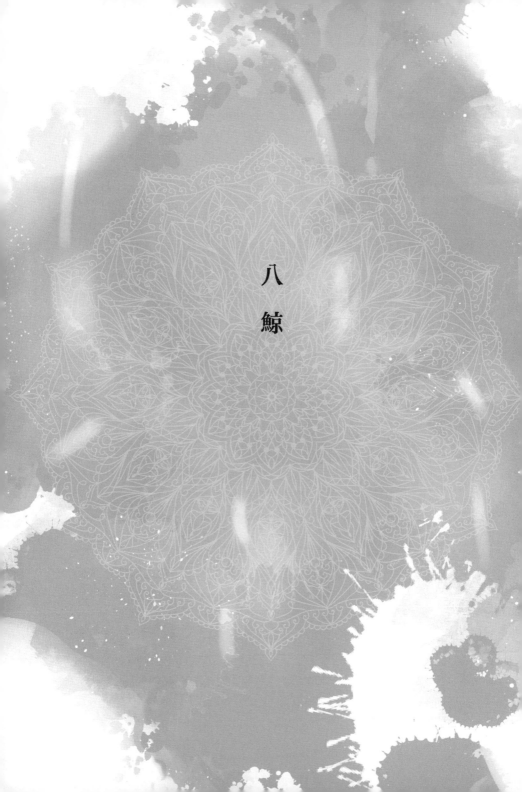

離開據點的熊叔來到鬧區。

儘管晚了，城市依然熱鬧，在成堆的人潮之中，高壯的熊叔在等過馬路時受到額外矚目。

到了這個處變不驚的歲數，熊叔已經習慣那些目光，還能面帶微笑享受。

「可不可以跟你拍照？你真的好壯。」有兩個年輕女生鼓起勇氣上前詢問。

「好啊。」熊叔笑得靦腆。雖然不是明星，但也不是第一次有人找他拍照了。熊叔彎起手臂，擠出饅頭大的二頭肌。手臂幾乎與那兩個年輕女生的腰一樣粗。

兩個女生輪流拿手機替對方拍下與熊叔的合照，看了照片又看看熊叔，都是捂嘴掩笑，紛紛讚嘆：「你真的好壯。有沒有人說過你很像馬東石？拍屍速列車的那個演員。」

「馬東石啊，我知道，但他比我帥很多呢。」熊叔謙虛地搔搔頭。

「哪會，你也很帥啊！」一個女生撒嬌地說。

另一個女生馬上爆料：「你就喜歡大叔型的！大叔，你可不可以留ＬＩＮＥ給她？她單身喔！」

「對不起我結婚了。」熊叔雙手合十，陪笑道歉：「老婆知道會要我跪算盤的。對不起。很開心跟妳們合照，我要先過馬路……。」

趁著紅燈轉綠，熊叔一邊揮手道別，一邊快速走上斑馬線脫身。身為和藹可親的肉壯大叔，有時會遭逢受到異性青睞的場合，他自有一套開脫的說詞。

有老婆是假，熊叔現今單身。比起尋覓伴侶，他另外有更熱衷看重的事。

來到捷運站周遭，這裡出入的人又更多了。熊叔走得小心，避免不小心撞到人。以他身負的怪力來說，撞到人可不是開玩笑的。

一路經過ZARA跟明曜百貨，熊叔抓住空隙脫出了人潮，接著轉了彎脫出大街。

熊叔走入巷區，巷裡有個精緻華麗的黑色招牌，招牌鑲了金框，暗金色的英文字印著「Devil's Whisper」，意指惡魔的耳語。

這是間酒吧，更是熊叔的目的地。

他推門進入。

酒吧中的燈光昏黃，桌椅與吧檯都是乾淨的黑，牆面則是紅色的天鵝絨。

酒吧很安靜。所有人靜靜喝酒，像躲雨的鴨子那樣安分。只有零星幾人抬頭看，漠然的表情沒有額外反應，隨後又低頭，繼續飲酒與沉思。

熊叔知道這不是真正的客人，只是製造讓擅闖的人不敢輕易入座的氣氛。

黑襯衫配紅色領結的油頭酒保沒有招呼，酷酷地扳著一張臉，把塊狀的冰磚削成圓球。

熊叔來到吧檯前，價目表上的價碼明顯比其他酒吧貴上許多。他看也沒看，直接點了：「一杯Ecstasy，不要冰塊。」

「確定不要？」酒保反問。

「更不要稀釋。」熊叔強調。

酒保繼續埋頭削冰，直到將已成球狀的冰塊放入酒杯，才拿起白毛巾慢慢擦手。

酒保扔掉毛巾，打開吧檯後的黑色冰箱，冰冷的白霧竄出，覆蓋酒保伸入冰箱中的雙手。

當酒保的手從白霧中抽出，手上多出一個黑色的玻璃杯，表面有猙獰人臉的浮雕。他把空杯遞到熊叔面前，完全沒有裝酒。

「Ecstasy。」酒保說。

「Ecstasy。」熊叔拿起人臉酒杯，往酒吧內移動。

熊叔來到一間包廂門口，敲了敲門。應門的人同樣是黑襯衫與紅領結，這人的視線沒有停留在熊叔身上太久，而是先確認了人臉酒杯。那人側身讓開，熊叔繼續往前。

包廂裡沒有任何桌椅，只有一個往下的通道。

熊叔推開通道盡頭的門，沸騰的人聲釋放出來。這裡與酒吧完全是不同的天地，不僅更為寬敞，還有八角鐵籠格鬥場。

這才是真正的Devil's Whisper，它並非酒吧，而是地下格鬥場。這也是為什麼酒保踐得要命卻還沒被人拖出去打，沒人想隨意招惹這裡的背後勢力。

經營Devil's Whisper的主人來頭不小，人稱「惡魔老爺子」，是個狠角色。

熊叔在自助區裝了冰啤酒，小心擠過熱烈交談的群眾。談話內容當然是猜今晚誰會獲勝，或是回味先前的比賽廝殺。

有人發現熊叔，紛紛舉杯向他致意。熊叔舉杯回禮，繼續繞開人群。

熊叔挑了人少的看臺位置待著。看臺區是他的最愛，能夠俯瞰八角鐵籠格鬥場。

有些人喜歡離格鬥場越近越好，可以近距離觀看選手互毆，甚至會被噴到汗水或血，熊叔則偏好看清過程的全貌。畢竟從上方俯瞰不會被擋住視線。

熊叔啜飲美味的冰啤酒，聽著節奏激昂的會場音樂，有些熱血沸騰。

「啊，還是這裡最好。」熊叔舒暢地嘆息，嘴唇有一圈啤酒泡沫。

底下的人群騷動起來，選手開始進場。首先踏進八角鐵籠的是個奈及利亞黑人，與熊叔的體型相似，都是肉壯大漢，但身高整整逼近兩百公分。

這是目前聲勢最強的選手「大鯨」，已經拿下四連勝。

這是不容易的戰績。這個地下格鬥場為求刺激，除了不能使用武器之外毫無限制，不分量級與國籍、不穿戴護具、能夠任意攻擊要害，殺死對方也在許可範圍。

風險高，報酬更高。

能夠進入這個格鬥場的觀眾，有一定的財力或身家水準。雖然熊叔有不少積蓄，但他之所以能夠成為這裡的固定會員，是因為過去曾是選手。

熊叔累計的總成績是十一勝三敗。剛才有人向他舉杯便是一種敬意。不僅是漂亮的勝場數，沒有遭遇毀滅性的傷害或被殺死，在這八角格鬥場上更是實力高強的象徵。

「叮叮！」會場內傳出音效。這是下注的結束音。

除了觀賞選手廝殺，這裡還提供下注。每次的選項不一定相同，除了基本的勝負盤，有時也包含猜測多少時間內結束比賽、選手是否被打至殘廢，當然也沒少了選手能不能活著走出格鬥場的選項。

熊叔對下注毫無興趣，只想看比賽。

先入場的大鯨繞著八角鐵籠走了一圈，不斷振臂吶喊，接受觀眾的歡呼。只穿一條短褲的大鯨充分顯現凶猛的身材，又黑又亮的肌肉飽滿聳起，隨便的舉手投足便充滿威嚇力。

與大鯨對戰的選手「昇龍」接著入場。

與綽號很合稱，昇龍是亞洲人的臉孔，眼上一雙銳利的劍眉。熊叔沒看過他，多半是新加入的選手。總是定期有追求高報酬，或無法被一般比賽滿足的狂人會主動投入這裡的賽事。

雖然昇龍在大鯨面前幾乎小了一號，但至少有一百八十公分左右的高度，絕對不算矮。同樣只穿短褲的昇龍可以看見身材非常精實，不見贅肉。背肌更是寬闊，稍一用力便浮出明顯的線條。

在裁判的示意下，大鯨與昇龍來到場中央。一黑一黃的對立。

大鯨怒張鼻孔，高高抬起下巴，睥睨矮他一截的昇龍。接著大鯨咧嘴一笑，露出整排白色的門牙，大拇指緩緩往脖子劃過，比出割喉手勢，挑釁的意味十足。

在大鯨獲得的四連勝中，兩場是當場殺死對手，還有一場是對手重傷幾日後不治死亡。

面對這樣惡名昭彰的大鯨，昇龍毫無懼意，高高昂起頭，直瞪大鯨的雙瞳。

「Ready? Ready? Fight!」裁判一手揮下，隨即退開，之後再也沒他的事了。在這種不講規則的廝鬥中，裁判不過是個形式。

大鯨率先搶攻，配合邁前的步伐不斷揮拳，仗著手長優勢拉出距離，迫使昇龍一再躲避。

大鯨的重拳接連擦過空氣，劃出銳利的風切聲。昇龍扭腰，左閃右閃，直到大鯨忽然變招，踹出直擊頭部的高踢腿。

昇龍彎身避開，柔軟度與敏捷性相當好。

踢空的大鯨開口嘲弄：「Come on, small boy!」

昇龍沒被激怒，架式依舊沉穩。

「In your face!」大鯨仗著手長腳長的優勢一再進攻，卻總是被昇龍輕易閃過。

當觀眾以為昇龍只會躲避，所以開始不耐煩地鼓譟時，昇龍抓住大鯨收腿的空隙，迅速跨步逼前，架肘直中大鯨胸口。

「哇喔！」在群起的驚呼聲中，高大的大鯨被震得後退，重重撞上鐵網。

「頂心肘！是八極拳啊。」熊叔看出剛才那招是講究剛猛暴烈的八極拳，殺傷力十足。據傳政要人物比如溥儀、蔣經國、李登輝等人的貼身護衛都有八極拳的底子。

大鯨喉頭鼓動，嘔出大灘酸水。他一手緊摀胸口，另外一手護在身前，防範昇龍的攻擊。

昇龍的大拇指刻意緩慢往喉嚨劃過，以割喉手勢回敬。這幕讓觀眾爆出喝采。

「You motherfucker!」大鯨痛罵，氣得鼻孔更加怒張。

大鯨重新擺起架式，快速逼近昇龍。看似要出拳的他忽然壓低身體撲前擒抱，氣勢就像瘋狂的巨鯨要撲撞船隻。

大鯨擒抱的速度極快，直接把昇龍撞倒，以優勢的上位將昇龍壓制在地。

「I caught you!」大鯨吼著宣示。拳頭如槌重砸昇龍的臉。昇龍雙手護頭，忍受大鯨的搥打。

「Fuck you! Fuck you! Fuck you!」大鯨不斷咒罵不斷痛打，汗水如雨噴飛。

雖然處於挨打劣勢，昇龍藏在手臂後的臉孔冷靜不慌。從雙臂的縫隙間看清大鯨揮拳的頻率。

遠在看臺上的熊叔忽然一凜，後頸寒毛豎起。多次在生死邊緣血戰的他識得這種殺意。

砰！

忽然一聲大響，現場觀眾的鼓譟同時靜止，所有人呆呆看著。

壓制著昇龍痛打的大鯨，竟然整個人被擊飛。昇龍霍然而起，一拳朝天的架式彷彿飛龍騰空。

雙腳離地的大鯨後仰倒地，同時有一小塊物體跟著掉落。

是顆眼球。

大鯨的眼球。

昇龍的氣勢陡變，在狂漲的殺意之中，臉上盡顯不耐煩。他拾起血淋淋的眼球，夾在食指與大拇指之間不屑地端詳。

噗滋。眼球被他捏破，甩開，撞在鐵網上。黏糊糊的水晶體與組織液噴開，濺到鐵網外的觀眾，引起尖叫。

其他目睹眼球被捏破的觀眾嘩然作嘔，有人別過頭不敢再看，也有人越加興奮。

八角鐵籠內的昇龍緩步走來，睥睨倒地不起的大鯨。

這個拿下四連勝看似占據優勢的肌肉大棒子，竟然被一拳秒殺，半邊臉給打凹滲血、噴出眼球，顱骨更是破裂變形。

大鯨發出斷斷續續的哀號，因為劇痛不停扭動。

昇龍單膝跪下，右手的五指併攏，指尖抵著大鯨的太陽穴。大鯨完好的那眼緊閉，另外半邊眼窩缺去眼球，變形的兩片眼皮縫隙不停冒血。

昇龍的舉動促使大鯨反射性舉臂，試圖擋開。

這樣軟弱無力的反抗等同紙糊。

昇龍凝神，雙眼的殺意如寒光閃爍。

他乍然發力，右手五指一收瞬間成拳，拳面擊上大鯨的頭骨。現場觀眾不約而同聽到「啵！」的一聲響，大鯨的頭骨應聲破裂，像撞壞的西瓜噴出鮮紅色的碎塊，摻雜白與粉紅的黏糊糊腦漿。

全場死寂無聲，不敢置信竟有人能徒手打破頭顱。

昇龍獨自挺立，右手一揮，溼淋淋的血肉甩到八角鐵籠外，落到一名觀眾的臉上。

那觀眾伸手一摸，傻傻地拿到眼前一看，發現除了爛肉還藏著一小塊碎骨，隨即張口乾嘔。響亮的嘔聲解除了現場令人屏息的寂靜。

「昇龍！昇龍！昇龍！」觀眾振臂高呼，像發現新一代的救世主般熱烈。

這個男人帶來前所未見的極致暴力。

昇龍跳下八角鐵籠，帶著一臉無趣的嫌棄神情離場。觀眾識相地讓出一條空路，不斷舉杯致意，就差沒有大灑花瓣與吹響號角。

在昇龍離開後，觀眾不停討論剛才的比賽，特別是那記反擊的上鉤拳，沒人知道昇龍是如何在眨眼間掙脫大鯨的壓制。

熊叔看得仔細，知道昇龍靠的不是別的技巧，而是憑藉誇張的身體素質掙開，再還以上鉤拳。這說起來簡單，但大鯨的體重至少破百公斤，又是在奮力壓制的狀況。

因此熊叔合理猜測，昇龍是刻意留手，故意先讓大鯨表現。當昇龍發現大鯨不過如此的時候，才會面帶嫌惡，轉眼間痛下殺手。

「怎麼還有這麼多恐怖的怪物？『斐先生的禮物』應該不是外流了吧？」熊叔笑了，握緊厚實粗糙的拳頭，暴漲的青筋從手背一路蔓延。

熊叔的手在顫抖。

不只是手，熊叔整個身體都在發顫。並非恐懼，是興奮的戰意。

當初熊叔會從地下格鬥場引退，不是因為受傷或戰敗，是驚覺少有可以令他顫慄的對手，亦失落地了解到人體的極限。即使拿下一百場勝場，也無法突破先天受限的隘口。

這是導致他引退，以及之後毅然接受「斐先生的禮物」的原因。

現在熊叔固定來看拳賽，只是想回溫當時的滋味。畢竟在Miss S底下做事，經濟的保障是有，但出手的機會少了太多，面對的也不是什麼強悍的貨色，讓熊叔只能大啖甜食抒發。

趁著一時興奮難耐，熊叔決定私下會一會昇龍。

仗著以前是選手對場地的熟悉，熊叔趁沒人注意時溜往選手的休息區。他遠遠看見昇龍走進其中一間休息室，想過去搭話。

熊叔還沒走到休息室門口，便先察覺身後有人。他已經準備好說詞，就說自己曾是選手，因為太懷念所以來看看。

結果當他一轉身，發現在身後的並不是工作人員，而是昇龍。

熊叔愣住。他明明親眼看昇龍走進休息室才跟上來的，怎麼出現在身後？

昇龍理都沒理熊叔，直接擦肩而過，又一次進了休息室，還順手關門。

愣在原地的熊叔看著緊閉的門，本來沸騰的情緒瞬間冷卻。他眨了幾次眼睛定神，嘆氣後決定暫時作罷。猜想或許是太興奮了所以眼花，誤把其他選手認成昇龍。

「希望有一天，可以交個手。」熊叔失落地看著讓他吃閉門羹的休息室，許了個願。

熊叔本來打算走回看臺區，觀賞下一場比賽，但手機忽然作響。是Miss S的來電。

熊叔輕輕咳嗽，整理情緒後平靜接聽：「晚上好。」

「緊急狀態。去回收阿狐。」Miss S的聲音很冷，讓人發毛。

「怎麼了？」

「他沒有把器官送到移植地，也無法聯絡。車停在自強隧道不動。你立刻過去回收，趕在警察到場之前處理完畢。」

「收到。」熊叔毫不廢話。對Miss S知道阿狐的位置也不感到疑問。因為車上裝有定位系統，讓Miss S隨時都能監控。這是三人皆知的公開祕密。

把人臉酒杯交還給油頭酒保，收斂所有笑臉的熊叔迅速離開酒吧，奔往停車處。

地下格鬥場的休息室。

昇龍坐在折疊鐵椅上，臭著臉喝瓶裝氣泡水。

與他相對而坐的，是長相一模一樣的男人。不單是長相，連體型都是同個模子。

——這是一對雙胞胎。

昇龍與降虎。

這本來該是容易猜測到的事，但熊叔的腦袋空白了，因為他的潛意識完全不敢去想，如此極端的存在竟然還有第二人。

「這裡保護得太好了。」昇龍依然難掩嫌棄。在劇烈的鬥毆之後，身上也沒見到多少汗。

「什麼意思？」降虎問。

「我只能殺鐵籠裡的人。」昇龍很失望，「跟紙屑一樣。」

「一樣爛。」

「還不夠。」昇龍把氣泡水瓶砸到牆上洩忿，寶特瓶應聲爆開，炸出水花。

「要更多。」降虎亦懂。

「要找出其他人。」昇龍向降虎伸出手，降虎同樣照作。面對面的兩人十指相扣。同樣的面孔同樣的動作，有如鏡像反射。

「殺死他們。」雙胞胎同聲宣告。

九　手術服

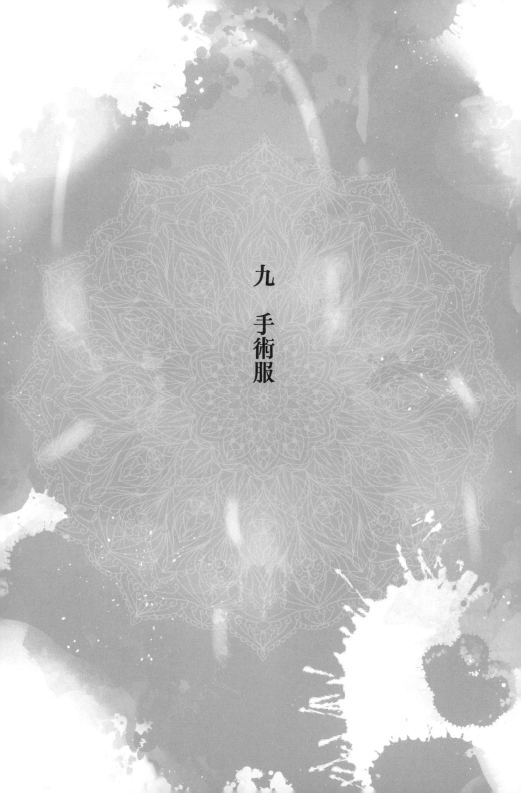

在指派熊叔進行回收作業之後，Miss S也有動作，準備趕回據點。

她不忘確認兩隻新來的鬥魚的狀況，當然還是虛弱，不過沒有出現其他異狀便不必擔心。

然後她再看了鬥魚牆一眼，並排的魚缸各有不同的鬥魚悠遊，展開的尾鰭輕柔好看。Miss S的神情難得溫柔，駐足凝望幾秒才捨得離開。

對她而言，這些鬥魚是家人。唯一認可的家人。

關門離開時，隔壁那戶新鄰居又摔了東西，彷彿在對她道別。這次聽起來是把櫃子給掀倒，因為在巨響後有許多零碎物品接著落地。

Miss S冷眼一瞪，發現僱人殺死隔壁鄰居這個選項雖然浪費錢，卻越來越吸引她。

她捺著怒意下樓。不僅器官的運送出了差錯，還碰上吵鬧的惡鄰，真是狗屎爛蛋的組合。

出了大門，有警用機車停在隔壁公寓樓下。是剛才Miss S報的案。

先交給警察處理，Miss S心想，然後再觀察一陣子。真要出手就請人偽裝成父親發狂殺了全家再內疚自殺。這不難，有專家可以辦到。

一定要讓亂摔東西的鄰居死得很痛苦，Miss S默記在心，這是她追求的重點。

迎著街邊冷風，Miss S遵循不暴露自家位置的原則，快步走過三個街口才招了計程車。對司機報地點時同樣不直接指定作為據點的汽車旅館，而是選了鄰近地標。

一路上Miss S不停思索。

目前有幾個可能性，Miss S首先排除阿狐為了約會所以撇下運送不管。阿狐雖然油腔滑調，但具備最基本的職業道德。何況這還不是玩命，風險相對來說是微乎其微。

也許是阿狐出了車禍，所以才一直停在自強隧道不動？Miss S再猜。阿狐始終沒接電話，若是車禍，那麼他可能傷得很嚴重。反之，若不是車禍，一定是阿狐遇上什麼令他無法回報，甚至不能接聽電話的狀況。

被警察臨檢逮到？Miss S刪去這個可能性。即使是被警察攔車，絕對有足夠的反應時間發出緊急簡訊。這是基本的共識且必須遵守的規定，這樣才能讓Miss S聯絡警方的內應出面解圍。

被襲擊？Miss S猜想。對方怎麼盯上的？一直以來都很低調，得罪的只會是欠債的可憐苗床，他們毫無反擊的餘地，更不知道據點與運送車輛，頂多認得那臺黑色Toyota Granvia，但這線索不足以讓意圖復仇的苗床堵到阿狐的運送路線。

這門生意畢竟是高獲利，理所當然會伴隨高風險。所以Miss S一直很謹慎，低調不招搖，對提供欠債人名單的黑幫也是客客氣氣，絕對是準時付款而且一塊錢都不會少，這樣一來一往讓她建立良好的信用與合作關係。

結果今天還是出事了。

Miss S當然沒有永遠平平安安的天真幻想。只是真的遇上了，還是讓她很不愉快。

那麼是阿狐反叛了？動機是什麼？有腦袋的人只要稍微衡量，就知道背叛可以獲得的利益與背負的風險不成正比。

在最初會面時，Miss S就事先聲明，如果想背地裡搞小動作，或有任何危及這門生意的打算，她絕對不會吝嗇花錢，從「永生樹」大量僱人作報復。

Miss S想到最後的一種可能。

頭痛了。Miss S用大拇指按壓太陽穴舒緩。如果真是她猜想的那樣，那麼事態將非常棘手，更不是短時間能夠解決的。

Miss S暫時停下思考，望著車窗外面流動的景象讓腦袋休息。

街上的小吃店陸續打烊，關閉的零售店漆黑無人只有招牌亮著。超商店員還在忙著結帳，疲於應付排隊的客人。晚歸的人與車帶著濃重的疲憊氣息，出現又消失，如此反覆。

Miss S看著。這些是大眾習以為常的生活，努力工作然後下班。日復一日。賺得的也就那些錢。就那麼一點點。

Miss S選擇跳出這樣的生態，現在所遭遇的不過是必然背負的風險之一。出問題就解決問題。有人阻礙，就剷除阻礙的人。

簡單明瞭的是非題。Miss S心想。

來到據點之後，答案跟著揭曉。

從阿狐的慘狀加上器官被搶走，驗證了Miss S的猜測。

「會死嗎？」Miss S平靜地問。

手術服雙人組正埋頭為阿狐作創傷處理。綠手術服拿著縫針，用一副事不關己的口氣回答：「不會。但是需要做顏面重建手術。這個我不熟，得找其他人。」

「也不是我的專長。」藍手術服補充。

「可惜了一張臉。」Miss S說。對於阿狐而言，除了細膩能洞察人心的本領，他好看的長相也是武器之一，容易使人放輕戒心。對女性的效果更是顯著。

綠手術服倒是有不同意見：「這樣比較好看。我不喜歡奶油小生，沒有男子氣概。」他說歸說，從頭到尾都沒看Miss S，只盯著正在處理的傷口，手上動作也沒停。

「奶油小生都有會把女生肚子搞大，然後就逃跑不負責的窩囊感。」藍手術服幫腔，「有閱歷的成熟大叔比較好。」

「我同意。」綠手術服連連點頭，還與藍手術服開始討論起吳彥祖、金允錫、河正宇、陳道明、小田切讓以及麥斯・米科爾森等一票熟男演員。

Miss S無心多聽，冷靜打量手術臺上的阿狐。

那張臉血肉糢糊，原本的輪廓已經難以分辨。歪扁的鼻樑斷成好幾段，無法閉合的嘴唇有嚴重的撕裂傷，不停滲血的牙齦還殘留部分斷牙。

一根管子插在阿狐口中，正在抽出積蓄的血水。本來應該略微突出的顴骨也扁了，像洩氣的皮球向內凹陷。

阿狐額頭覆滿的血漬底下有無法忽略的紫黑色，是嚴重的大片瘀青。同樣瘀青的還有眼皮，像兩團肉瘤高高腫起，擠得眼睛細成一條線。

「交給你們了。」Miss S離開手術房，回到沙發區。熊叔仍在待命。

「情況怎麼樣？」熊叔露出關心的眼神。

「死不了。但是很醜，被毀容了。你有什麼看法？關於下手的人。」Miss S問。因為熊叔來自「永生樹」，是這方面的行家，他的意見有絕對的價值。

「我確認了現場，還有觀察整臺車內的打鬥狀況。阿狐從頭到尾都是挨打的劣勢。全部時間可能不超過兩分鐘。對方下手不只凶狠，還非常俐落。毫無疑問是專業的。」熊叔分析。

「絕對是早有預謀。很早就盯上了，直到今天才出手。」Miss S斷定。

「對方其實可以殺死阿狐，但是有留手。是故意把阿狐打成重殘，這有警告的意味。」

「對方也覬覦器官交易這門生意，試著警告我們收手。」這就是令Miss S頭痛的可能性。

「妳打算怎麼作？或許往後都由我負責運送？」熊叔提議。

「不，」Miss S直接否決，「失去了阿狐，要更謹慎運用你這個戰力。你熟悉這裡的所有運作，也見過斐先生。如果連你也賠上，那我得全部重新訓練，會阻礙生意的進行。」

「那麼妳要跟『永生樹』聯絡？」

「為了確保運送。」Miss S有點懊惱，當初為求低調，所以沒有特別擴增組織內的人數。扣除掉負責摘除的手術服二人組，這邊就以她、熊叔與阿狐三人為主。

她本來的盤算是若需要人手，隨時可以從「永生樹」僱用。但三人合作順利，所以一直維持這樣的規模。現在忽然遇襲，這個運作的平衡直接被破壞，讓她懊悔當初應該多少訓練幾個備用人力。

「僱用時會特別觀察，看有沒有人適合成為我們的一員。」既然發現漏洞，Miss S馬上修正。

「啊，新夥伴。我跟妳走一趟。現在不安全。」

「等我先回報斐先生。」Miss S有把握，知道斐先生一定會贊同她從「永生樹」擴編人手。畢竟與器官生意帶來的利潤相比，這點支出完全不算什麼。

「替我向斐先生問好。」熊叔的語氣恭敬，因為斐先生助他突破了長久無法跨越的人體極限。

Miss S拿出手機，熊叔立即起身：「我先去車庫檢查車子。」

「謝謝。」Miss S應了聲。她就是欣賞熊叔的得體與識相。

熊叔還以微笑，輕輕關上門離開。

待他一走，Miss S褪下口罩，手指撥入號碼，如臨大敵般將手機靠在臉旁。就算是與普通撥號一模一樣的響鈴聲，聽在Miss S耳中卻格外沉重。

響鈴停了。

接通了。

手機那端傳來其他聲音，是個偏尖銳的男性嗓音：「喔、喔！是S傾向過頭的S小姐。怎麼了？在這種時間？」

「斐先生晚安。」Miss S對這樣戲謔的調侃沒有絲毫不悅。「抱歉打擾，我有事報告。」

「說吧，都說。別客氣。」

「我的手下在運送時遭到襲擊，器官被搶走。有人盯上我們。」

「總算啊，終於又盼到這天了！」斐先生竟然聽起來很興奮，「有句俗語怎麼說？我想想。對了！是賠錢的生意沒人作，殺頭的生意倒是搶著幹。我就在想，總該要有人眼紅找上門了，這是有周期性的對吧！」

Miss S提出對策：「我希望再僱幾名傭兵幫忙運送，希望您能同意這筆支出。」

「只有這樣？」斐先生失望地問。

Miss S一愣，「或是您有任何吩咐？」

「還有一句俗語是怎麼說的？我再想想。對了！是如果有人打你的右臉，該怎麼辦？不不不，絕對不是把左臉轉過來也給他打！有病嗎？受虐狂？在想什麼？」

「那麼應該怎麼作？」Miss S故意問，她知道斐先生的談話習慣。

「如果有人打你的右臉，就該弄斷他的雙手！有人干預你的生意，就讓他死全家！」斐先生大笑不止。Miss S被迫把手機拿遠，等到笑聲停歇才重新放在臉旁。

斐先生繼續說：「不要管什麼預算了，那種掃興的東西別理它。把對方全部揪出來，把他們都弄死。當殺雞儆猴也好，讓其他還在暗地裡眼紅的人知道不要亂來。」

「我不敢輕易動用資金，希望您能給個上限。」

說到興頭上的斐先生語速極快：「不不不我再強調一次，不要管預算！最近房市的投資回報很不錯。啊，S妳的那份紅利這幾天會匯過去。房地產真是美好的東西。只要政客手上持續握有多筆房地產、繼續跟建商爸爸拿錢，那朝房地產投資就對了。那個叫什麼正義來著的？對了對了，居住正義！好浪漫的名詞，不過管它叫什麼，只要與打房相關的議題都是假的，是選舉到了才拿出來騙騙小孩子的玩意。所謂政府這種東西呢，最主要的宗旨還是向財團還有權貴服務。S妳說對不對？」

「對。」Miss S附和，她早已看膩檯面上政客小打小鬧的逢場作戲。

除了房地產，斐先生還有多筆不同的投資與生意，這個器官交易僅僅是其中之一。

「多虧政客總是向錢靠攏，才能讓我的投資這麼順利。不過呢，」斐先生岔了題：「我個人有一點小小的心願。逮到那些人的時候能不能錄個影？拍照也可以。我想看他們的慘狀。沒什麼，就是當點消遣，喜劇片嘛對不對？也許還能配起司跟橄欖，再開一瓶紅酒。S妳知道的，酒精真的是舒緩神經的好東西。作實驗是很煩躁的一件事，結果總是不如預期。我真的需要酒精之外的一點消遣。」

「您的實驗不順利嗎？」Miss S關心地問。

「不完全是。還是有進展的，只是不夠完美。」斐先生突然停頓，發出一陣低低的笑聲，「滿是缺陷的生物卻妄想造出完美的成品，聽起來像不像笑話？不過很接近了，還差一步。我傾全力研發的這東西，會讓世界變得更美好。」

「我很期待看到您的成果。」

「妳會看到的。我需要妳那邊的生意維持住，我才有充裕的資金繼續進行研究。人的器官真是太好賣了，所以不要管預算，開心把那些人抓出來吧。記得錄影傳給我。」

「好的。請您等我消息。」

「一定要保重啊。我希望妳能活到最後親眼見證我的研究成果。」

通話結束。

Miss S放下手機，重新拉回口罩，調整成舒適的位置。

斐先生的意思很明白，讓Miss S沒有後顧之憂。

血淋淋的藍圖在她的腦中成形。

十

蔓苓

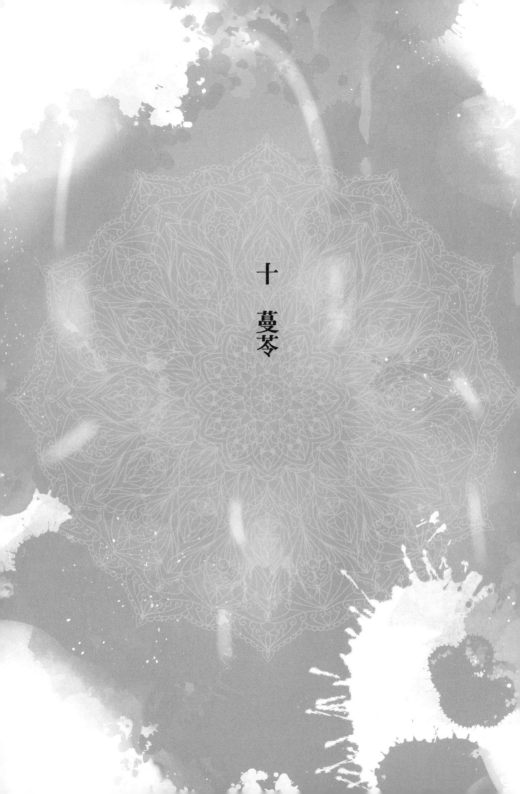

入夜後的高架橋下，又成了遊民聚集的場所。

蓬頭垢面的他們像寄居蟹選殼，挑出順眼的彈簧床墊，然後從隨身的行囊中翻出又髒又舊的薄被，把自己從頭到腳全部蓋住，瑟縮其中尋覓短暫的睡眠。

床墊四散的場景雖然突兀，卻是遊民們少有的安心之處。這樣的地點不總是能長時間擁有，要隨時注意任何接近的不速之客。

比如，武當。

當這個乍看與遊民沒兩樣的男子一現身，便有機警的遊民注意到，馬上向其他人發出警告，咿咿呀呀地抱著家當逃出高架橋下。一票遊民走避得極快，還有的顧不得收好棉被，直接拖著逃跑。

在倉皇的鳥獸散後，只剩下武當一人。

明明看起來與遊民像是同類，卻總是被排斥。因為遊民們都見識過他癲狂地找人說話的模樣，不敢多有牽扯。

「啊……。」武當無語，看著人行道遍地零散的彈簧床墊。

有團來不及帶走的塑膠袋被風吹倒，從中滾出空寶特瓶，在冷風的吹拂下又孤伶伶地滾了一圈，令場面倍感淒涼。

武當一手拿著金屬提箱，另一手是大袋的燒餅油條跟韭菜盒子，還冒著熱氣。他默默挑了燈下的位子坐著，金屬提箱就近擱在腳邊，反射著橘色的燈光。

武當拿了韭菜盒子，拿在手中時還有餘溫。他一口咬下，嘴裡盈滿韭菜與炒蝦米的香味。

他木然地咀嚼，看著人行道外久久才有車輛經過的馬路。

又把人嚇跑了。武當心想，不明白自己真有這麼可怕？明明沒出手傷過這些遊民，但他們總是把他當鬼看待。

武當原本計畫拿這些食物請遊民吃，試圖打好關係，這樣才方便有人跟他說話。

比起先前痛打夜遊小屁孩的癲狂，現在的武當非常平靜。扣除掉那頭亂髮跟明顯尺寸不搭的衣服，看上去還滿正常的。

只是，不知道是否冬夜的冷風太強悍，或襲擊阿狐時耗費了體力，一股強橫難受的虛弱感忽然湧上，重擊了武當。剎那間他以為這副皮囊下的血、肉和骨都給掏空，什麼都不剩。

可是武當人仍完好，依然坐在空曠汙穢的人行道，在隱約飄來的尿騷臭中吃著韭菜盒子。

武當手掌一鬆，咬沒幾口的韭菜盒子掉下，撒出碎冬粉跟韭菜。

「啊、啊……。」他垂下頭，雙臂環抱住自己，手指深深掐入肉中。

武當的思緒像失速的跑馬燈，瘋狂地切換又切換，無法抵禦的負面情緒接連湧上。像天候惡劣的海洋，凶暴的浪頭不斷拍打在岸。海岸被海浪侵襲不會疼痛，那不是非人可以體會的，武當卻是活生生的人。

他的雙眼痛苦瞪大，冒出細密血絲。整個人脫力地向前一跪，像祈求赦免的異教徒。

在淺又急促的呼吸之間，武當發白的嘴唇不斷吐出同樣的乞求：「說話。說話、跟我說話……誰來跟我說話？」

夜深的高架橋下不見任何一人，更遠處只有不見盡頭的漆黑，有太多無法被光照見的地方。

好冷。好冷。好冷。好冷。

武當高高舉起發顫的右手，猛然向地怒拍。

在揚起的粉塵之中，人行道的水泥磚應聲裂開。這還不夠，他這次換舉左手，五指併攏成掌拍下。同一塊水泥磚再綻開幾道裂縫。

高架橋下呼嘯的冷風之中，不斷傳出悶沉的劈地聲。武當雙手輪替，一掌又一掌，試圖把體內奔騰不安的情緒全部驅趕。

最後，那塊水泥磚被打裂成許多的小小碎塊，鄰近的磚塊也受到波及，有放射狀的裂縫。勉強鎮定的武當亂髮微溼，沾滿冷汗黏在臉上。又有風吹來，汗水未乾的他冷得哆嗦。

武當拉起外套，抱著雙臂發抖。

明明身負狂暴驚人的力量，卻又如此無助。

在武當強自壓抑，忍受情緒的浪潮肆虐時，兩輛黑色賓士駛進高架橋下。

下車的是被「永生樹」介紹來的拓磨。

在那日後續的交談之中，這個臺日混血的黑幫分子作了更詳細的自我介紹，他除了身為閻山組的代表前來邀請武當，更是組內的幹部。

閻山組之所以需要從「永生樹」找僱傭兵，是因為政界靠山的委託，要搶來器官移植名單，弄清楚涉入器官交易的有哪些政商人士，以便要脅或拉攏，更少不了想要攻擊政敵的意圖。

拓磨被組內指定處理這事，他本來就對器官交易的生意感興趣，知道背後的利潤驚人，恰好藉機染指，決定先派武當會會對方，給一些警告立威，方便日後談判。也許收些保護費，也考慮把這生意全部吞掉。

畢竟沒有人會嫌錢少，貪婪的黑幫分子永遠飢餓。擁有武當這個恐怖戰力，更是讓拓磨的野心膨脹，甚至開始計畫瞞著組內經營器官交易，私吞所有獲利，作為日後競爭或自立門戶的資本。

拓磨來到武當身旁，看到後者這副落魄狀態免不了要吃驚。武當仍維持跪姿，雙眼冷不防上抬，露出大片眼白，簡直像是不瞑目的惡鬼。

「得手了嗎？」拓磨定神後詢問。

武當抬起手，指向路燈下的金屬提箱。

拓磨上前確認，打開後果然見到冷藏保存的腎臟。即使知道那是曾經屬於人體的一部分，但在拓磨眼中卻像某種妖異的活物，彷彿隨時會有自主的意識活動起來。

「你沒殺死他們吧？」拓磨問，特別是看到武當身前那些被打碎的水泥磚，令他更加無法肯定。

「沒有。」武當的聲音有無法掩飾的虛弱。

「太好了。」

拓磨知道自己判斷的沒錯，武當是個驚喜！即使知道「永生樹」擁有各類本領非凡的僱傭兵，武當這樣的存在仍然使人訝異。

「你看起來不對勁。受傷了嗎？我們閻山組有合作的醫院，可以安排你接受治療。」

武當搖頭，往後坐倒，垂下的頭藏在膝蓋之間，像是脊椎失去支撐的作用。

「或是你有任何需要，不會從酬勞中扣除，是閻山組的一點心意。」

這似乎打動了武當。他問：「什麼都可以？」

「只要在能力範圍內，一定幫你準備。」

「有沒有人可以跟我說話？」

「說話？」拓磨想起初見武當那晚，他跟一個很年輕的女孩混在一塊……拓磨露出會心的微笑：「有。跟我來。」

拓磨對手下使了眼色，立刻有兩人上前攙扶武當，小心地扶他坐入車內。武當的衣服又髒又舊，沾滿泥灰，但拓磨毫不在意讓他坐進乾淨的賓士。因為武當的價值遠比一臺賓士要貴重太多了。

跟上的拓磨一坐入副駕駛座，隨即回頭確認武當的情況。

「離這邊稍微有一點路程。放心，一定不會讓你失望。到時候想選誰說話都可以。我甚至能用切腹作保證，品質都很好，全是精挑細選。」拓磨的笑意中帶著驕傲。

「可以說話都好。」武當還是那副要死不活的樣子，歷經情緒劇烈動盪後，實在過於疲憊了。

「你先休息。」拓磨示意手下開車。能夠對武當提供服務讓拓磨感到開心，雖然目前僅是僱傭關係，但他打算將武當吸收為闇山組的一員，上頭也贊同。

因為武當確實是個人才，更是世間少有的怪物。拓磨親眼見識過。

❖

車一路來到林森北路，林立的發亮招牌撩亂了夜間的街。

還沒等拓磨叫醒，閉目休息的武當瞬間睜眼，直接推門下車。他本來以為下車就能有人說話，卻發現街景過於繽紛。

武當傻了，知道這是什麼地方。

「你真性急。」下車的拓磨笑著說：「來吧，跟我來。讓你見識我經營的地盤。」

拓磨搭著武當的肩，帶他走入酒店。

門口的招待小弟們看到拓磨，都是九十度鞠躬問候：「晚上好。您辛苦了！」

武當不自在地點頭回禮，拓磨完全沒把接待小弟放在眼裡，領著武當到櫃檯，櫃檯人員也是惶恐鞠躬。「晚上好。您辛苦了！」

拓磨手指敲了敲櫃檯，不耐煩地說：「叫幹部出來。」

櫃檯人員馬上拿起分機撥號，掛斷後報告：「幹部立刻來。請您稍等。」

沒多久，一個綁著小馬尾的男人快步走來。他跟拓磨一樣穿著全套筆挺的黑西裝，還有發亮的尖頭皮鞋，生著一張典型好認的日本人臉孔。

小馬尾男人恭敬問好：「晚上好。您辛苦了。」

拓磨吩咐：「把沒檯的小姐都叫過來。」小馬尾男人點頭後跑開，拓磨帶著武當進入空包廂。

包廂的空間寬敞，整體裝潢是安穩的深藍色調，擺著一套多人座的沙發。拓磨自在地坐下，轉頭對候在門口的招待小弟說：「先來一瓶香檳。」

拓磨看武當還愣在門口，便熱情招手。「來，這邊坐。人等等就來了。」

「啊？喔。」武當坐下，不安地來回搓揉手掌。

拓磨好奇問：「第一次來這種地方？」

武當點頭。

「這裡不會讓你失望。這是我們閻山組經營的酒店，很榮幸成為你的初體驗。」拓磨說話之間，招待小弟送來裝有香檳的冰桶以及幾個高腳杯。拓磨抽出香檳，拿紙巾抹掉瓶上殘留的碎冰。

「啵！」拔去軟木塞的香檳發出清脆的聲響。武當跟著「啊」了一聲。

「怎麼了？不喜歡香檳？還有其他酒類，你想要哪種酒？我馬上叫人送來。」

「不是。很久沒聽到這種聲音，很懷念。」

「你以前常喝香檳是嗎？軟木塞拔掉的聲音真的很悅耳。」拓磨拿起高腳杯，往杯中注入香檳。

「打破頭顱會發出類似的聲音。啵一聲的。很懷念。」武當喃喃地說。

「頭顱？」

「人的頭。」

這番對話令拓磨瞬間警醒。本來看武當進入酒店後非常拘謹，像個生疏的純情處男，讓拓磨一時忘了武當身負非人的恐怖力量。

「抱歉。你容易喝醉嗎，會不會發酒瘋？」拓磨不得不提防，萬一武當真的酒後失控，屆時不知道得犧牲多少手下才能制止他。

「不會吧？不知道。沒喝過。」

「這樣啊。」拓磨看著剛倒好的香檳，躊躇是否別讓武當碰酒更好？

小馬尾男人這時敲了敲門，打開一道門縫報告：「打擾了。我把小姐都帶來了。」

「太好了，都進來。」被順勢解圍的拓磨立刻放下香檳。

幾個女人依序入內排成一列。她們穿著洋裝或小禮服，長腿配著高跟鞋，妝髮都下了功夫。

「拓磨哥！你好久沒來了喔！今天怎麼會捧場？」其中一個短髮女人燦笑。

「帶了重要的客人。」拓磨向武當示意：「挑你喜歡的，要幾個都可以。」

隨著拓磨說話，女人們終於發現武當的存在，因為武當一直默不出聲地坐在角落，把自身存在感壓至最低，隱匿了氣息。

這些女孩子顯然受過專業訓練，看到武當這副蓬頭垢面的模樣，雖然都受了驚嚇，但嫌惡與害怕的表情都是一閃而過，馬上又堆起笑容。

她們進入包廂前收到通知，還以為是要服務拓磨，沒想到是這麼邋遢的遊民。更不懂拓磨怎麼會帶這種人進來。這會是什麼重要的客人？

女孩們暗自祈禱不要被武當挑中。

拓磨催促：「來吧，挑一個。」

「挑？」頭一遭踏入酒店的武當還真不懂。

拓磨順著武當的心思解釋：「挑一個你希望她對你說話的。兩個、三個、或是要更多都可以。今天你是主角，她們都要服務你。」

「不是服務，我不是要這個。跟我說話就可以了。」武當亂髮下的視線依序越過每個女人。當她們發現武當在看自己時，臉上的笑容都僵了。

「怎麼了？不知道選誰嗎？」拓磨問。

「好像都可以。」

「我幫你挑。給個數字，你要幾個人？」

「一個就好。」

拓磨逐一打量，最先跟他打招呼的短髮女人突然建議：「拓磨哥，你要不要給蔓苓一點機會？她這幾天沒什麼人捧場噢。」

其他人馬上附和：「給蔓苓一點機會嘛！難得是拓磨哥你指名的重要客人！」

「蔓苓？哪一個？」拓磨問。這不難發現，在隊列中唯一顯得錯愕、沒有附和的女人便是了。

拓磨從頭到腳打量蔓苓，這個穿深藍色小禮服的女人明顯比其他人更稚嫩，更少了嬌媚與圓融。

「是新人？那個眼影的顏色怎麼回事？」拓磨問。因為蔓苓選用深紅色的口紅及橘色眼影，看上去顯凶，不是適合這場所的妝容。

這個質問令其他女人聽了都竊笑，唯獨蔓苓表情微僵。

「我喜歡這個顏色。」無視那些故意壓低但依然刺耳的訕笑聲，蔓苓倔強地說。

拓磨皺起眉頭，認為這個新人必須再教育。這樣不掩飾情緒的表現實在不專業，怕會傷了酒店的招牌。他可是自信地拿切腹向武當保證的。

「還是換個人吧。蔓苓妳等等跟我來。」拓磨說。

蔓苓的表情更僵了。聽拓磨這番話都能明白是怎麼一回事。她沒應聲，讓拓磨的臉也難看起來，準備要當場飆罵。

「她，她就好。」武當突然出聲。

「不，換一個吧？」拓磨為難地說。

「沒關係，就她。」武當望向蔓苓：「可以嗎？」

蔓苓猶豫幾秒後點頭。

拓磨按著額頭，苦惱地說：「好吧，既然是你要的。想換人隨時說，一定換到你滿意。」他從沙發起身，拉順西裝外套的下擺，催促還想看好戲的女人們離開。

經過蔓苓身邊時，拓磨按住她肩膀，湊近她耳邊吩咐：「他要妳做什麼妳就做什麼。不要擺一張臉，給我笑。不要讓他不開心。」

蔓苓抿著唇，眼睛飄往旁邊，沒看拓磨。

「聽到沒有？」拓磨再壓低聲音，凶狠地問。

「聽到了。」

門被關上。原本還熱鬧的包廂內只剩武當和蔓苓。蔓苓在拓磨原本的位子坐下，沒理桌上已經倒有香檳的高腳杯，拿了新的空杯再次倒酒。

她把高腳杯推給武當，透明黃的香檳在杯中微晃，冒出細緻的氣泡。「只要聊天就可以了嗎？你要聊什麼？美食？車？電影？旅行？還是你有其他感興趣的話題？」

「都可以。只要跟我說話。」武當說得誠懇，藏在頭髮間隙的眼神充滿期盼。

「好奇怪。」蔓苓的眉頭皺在一塊，配著眼影看起來更凶了，好像在生氣。「你真的好奇怪。」

「我知道。」

「你可不可以告訴我，為什麼拓磨這麼重視你？因為你看起來好像……。」蔓苓思索用詞，除了流浪漢、遊民、街友之外，找不到更貼切的名詞。還好武當身上沒飄出汗酸味，這點倒是讓她慶幸。

「遊民。」武當倒是有自知之明。

「你也知道？」

「我知道。」

「你是故意走這種路線？這樣子很嚇人。」

「我只是要有人跟我說話。」

「你這樣子才沒有人敢跟你說話。除了我，倒楣被推出來。」

「對不起。」

「不要道歉。又不是你陷害我。你不喝嗎？」蔓苓指了指香檳。

「喔，好。」武當拿起高腳杯一口氣喝完，身體突然震了一下，「嗝！」

「不是這樣的，你以為在喝汽水嗎？小口小口慢慢喝就好。你要喝多其實沒關係，我可以賺業績。你還沒告訴我，為什麼拓磨這麼重視你？你是不是替他擋子彈？」

「我擋不住子彈。」武當坦承，又打了個小嗝。

「也是喔，如果擋子彈的話，你應該躺在醫院。醫院會收遊民嗎？」

「閻山組有合作的醫院。」

「閻山組合作的多著呢，有醫院有酒店，還有高利貸。嗯，高利貸，我就是欠債才會在這裡。我沒借錢，是幫家人還債。你是我第……我數數……。」蔓苓扳起手指算著，「嗯，你是第三個客人。他們說我長得漂亮就把我抓進來上班，結果業績很差。可能因為我不懂，不喜歡擺笑臉迎合客人，也不喜歡化不習慣的妝，所以沒人點我。真是謝謝你點我喔。」

蔓苓的口氣怎麼聽都沒有感謝的意思。她再替武當倒了香檳，不忘叮嚀：「別喝太快。」

武當拿起高腳杯，這次有照蔓苓的提醒小口小口地啜飲。

兩人一時無話，武當本來就是想聽人說話的那方，所以維持喝香檳的動作。蔓苓托著腮，一臉無聊地盯著武當瞧。她也不是那麼聽話的人，只想混時間打發。

冷清的包廂裡只剩沉默，空蕩蕩的，一時好像被武當嚇跑了所有人的那個高架橋下。

「妳的……。」沒想到會換武當說話。

「我的什麼？」蔓苓狐疑地問。

「妳的眼影跟口紅，顏色很好看。」

「哈哈哈！」蔓苓突然笑彎了眼，露出形狀漂亮的上排門牙。「真是謝謝你喔！這是我這幾天聽到最笨拙但是最貼心的稱讚了。」

蔓苓抱著手臂，仰頭大笑，笑得眼裡有淚。

武當不知道怎麼一回事，為什麼蔓苓反應這麼大？他只是誠實地發表感想。可是那份笑聲感染了他，所以他也開心，跟著笑。

這樣的笑聲讓候在門外的招待小弟都嚇了一跳，差點要找人支援。

包廂裡的兩人就這麼放聲大笑，好像這輩子第一次懂得笑。

十一 貓頭鷹

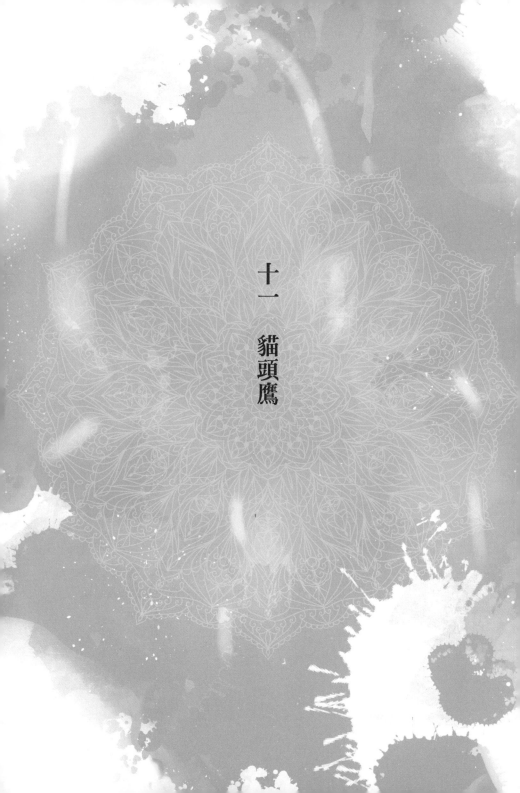

Miss S與熊叔一同來到「永生樹」的據點之一。

這個據點座落在某棟商業大樓之中。已經過了午夜零時，並非營業時間，出入口早已關閉。Miss S與熊叔是從只有特定客戶知曉的逃生通道進入。

這棟商業大樓的歷史悠久，充滿長久歲月留下的種種痕跡，瀰漫在空氣中的是同等分量的霉味。樓體的構造主要呈現口字型，四面是店舖，正中央是連通各樓層的電扶梯與懸空走道，可以不受阻礙地望見各個樓層。

大樓的採光相當糟糕，連白天都顯得陰森。一間間關閉的店舖在夜間更加漆黑無光，只有樓層的主要出入口留有燈，勉強照出大致輪廓。匆匆一瞥彷彿會看見佇立陰影中的鬼魂。

Miss S仰頭上眺，每一道電扶梯底部都鑲有燈管，是慘白色的燈。它們一路向上延伸，最後被吞噬於樓頂不透光的黑暗之中。

非營業時間的電扶梯停止運作，電梯亦關閉不動。Miss S與熊叔沿著電扶梯徒步上樓。兩人沉默無話，拜訪「永生樹」不是能夠嬉鬧的旅程。

來到了六樓，這裡看起來像是閒置的樓層，沒有任何店舖，全是厚重的隔板，還設有「施工危險請勿靠近」的黃色警示帶。

Miss S停留在此層。

她跨過施工警示帶，沿著隔板行走，每片看起來都一模一樣，毫無相異之處。所以她在心中默數，待數至第九片時停下，雙手按上隔板。

隨著Miss S持續施力，原本紋風不動的隔板發出「喀、喀」兩聲，是隔板後金屬裝置彈開的聲響。她的掌心感受到隔板反彈的回饋感，便收回手，面前的隔板慢慢鬆開，像門般開了一道縫。

Miss S拉開隔板，與熊叔入內。這又是條狹窄的走道，全部裝有紅色的隔音棉。這條走道給人無比強烈的既視感，像是電影院的散場通道。

隨著Miss S走出通道，出現在她面前的竟是電影院的售票亭。沒有連接電源的電子時刻表一片漆黑，售票亭內也是空有燈光，不見售票員的蹤影。

售票亭旁邊的影廳隱約傳出聲音，似乎有電影正在播放。

「在這等我好嗎？」Miss S問。

「沒問題。」熊叔在自動販賣機投了罐可樂，在靠牆的等候椅坐下。

Miss S進入影廳。放大數倍的音效首先刺激了耳膜，然後無法避免地將焦點集中在廳內的大銀幕。播放的電影是描述希特勒敗戰自殺的《帝國毀滅》，正演到希特勒與部屬開會的經典橋段。

正中央的座位有人，是這座神祕電影院的唯一觀眾。

Miss S慎重地脫下口罩，放進風衣口袋收好。她放輕腳步走了過去，在那人身旁的位子坐下。同時，銀幕上的希特勒因為旗下將領沒有執行進攻命令，導致戰爭失敗而勃然發怒。

希特勒忽然的失控咆哮，害得那唯一的觀眾發出小小的尖叫：「喔，天啊、天啊！」

銀幕的光照亮那人的臉，是個穿棕色毛衣的老婦人，有一頭灰白交錯的波浪捲髮，臉上戴著玳瑁圓形膠框眼鏡，頸上有一圈同樣是玳瑁色的串珠項鍊。蓬軟的毛衣讓她看起來像隻鳥類。

老婦人的眼裡有淚，她吸了吸鼻，用手指揩掉淚水。

Miss S遞出面紙，老婦人這才發現她。「喔，天啊！什麼時候？我實在看得太入神了！啊，真沒想到是妳。」

老婦人慈祥微笑，沒收下面紙，卻用手背輕輕撫著Miss S的臉頰。「妳越來越會打扮了，這個妝很適合妳。是Burberry的風衣？這個版型很好，妳挑衣服的眼光也進步了。」

Miss S微微低下頭，雖然困窘，但沒避開老婦人的手。一時之間，既驕傲又盛氣凌人的Miss S不見了，反而像害羞的少女。

「今天怎麼會來呢？是來找我這個老人家敘舊，還是要拜訪貓頭鷹？」老婦人收回手，像遇到久違的孫女來訪，溫柔地詢問。

「我想先敘舊，晚點再找貓頭鷹。」

「先敘舊我也開心。妳過得還好嗎，有沒有遇上危險？」

「至少都在能夠掌握的範圍，生意的進展很穩定。」

「有可以安心休息的地方了嗎？。」

「租了安靜的公寓，住起來很舒適。我養了很多鬥魚，一整面的牆都是。全是特地挑選的，牠們在原本的水族店看起來賣相最差，最要死不活。我專門挑這種。」

「我好想看看，妳一定把牠們照顧得很好。」

「很美。尤其是展開尾鰭的時候，讓我覺得終於有所回報。因為是我親自挑選的。」Miss S像個炫耀的孩子，用罕見的輕快語氣說著。

「挑選的家人嗎？」

Miss S眼神變冷，不自在地看往別處。「對。」

「很多事是我們無法決定的，那從還未出生便註定好了。人們常被此所困，背著這些被強加的枷鎖，以為那就是自己應得的。」

「不是這樣。」

「的確不是。」

「我刪除了所有非我所選的，沒有道理我該背負那些。」

「這像是業障。」老婦人讚許地說：「妳也是我挑選的。」

「我很感謝。妳改變了我的人生。」

「是妳應得的。我信任自己的眼光，從來沒有失準。我只是讓妳明白妳的潛質，沒多做什麼。」

「不，如果不是妳……。」Miss S下意識用手摸了摸側腹。

「對不起。那時候妳一定嚇壞了。」老婦人道歉，伸手輕碰Miss S的側腹。

Miss S搖頭。「妳只是做妳該做的，像我現在所做的。」

「幸好它還在。」老婦人指尖一戳，讓Miss S身體劇烈地跟著一縮。「還不知道妳怕癢。忘了問候，斐先生近況怎麼樣？還是一樣瘋瘋癲癲的嗎？」

「嗯。所以我懼怕他。」Miss S少有的坦白。

「斐先生是個澈底的狂人，腦袋有很多瘋狂的點子。我也看不透他在策畫什麼。他從那麼多管道弄來那麼多資金，為的到底是什麼樣的研究？」

「他說過，那個研究的成果會讓世界變得更好。」

「希特勒也認為種族清洗是好事，對世界有益。」老婦人望向銀幕，敗戰的希特勒頹然離開會議室，留下一票不知所措的部屬。

Miss S跟隨老婦人的目光，也看到這一幕。

「像我這樣的老人沒資格多說些什麼，都是造孽呀。S啊，噢，還是叫妳心怡習慣點。心怡，妳一定要為自己留退路，要小心斐先生。」老婦人托起Miss S的手，牢牢握住。

Miss S怔住，太久沒被人稱呼真實的名字，有股反胃的陌生感。

「我明白。」Miss S說，「妳是因為提防斐先生，才讓我接替妳嗎？」

「這樣聽起來像是在玩抽鬼牌了呀。不是的，當時我以為那是一個好方法，可以保住妳，也能讓妳有所發揮。結果證明沒錯對不對？」

「那妳為什麼要走？這裡更好嗎？」

「我不是想拿年紀說嘴噢，但是心怡，妳要記得，人到了某個階段，就會明白生命是在流動的。在斐先生手下辦事是我流動的一部分，現在我的流向在此停留。這是另一個適合我的位子。我看人的眼光很準，所以再適合不過了。」老婦人拉著Miss S的手輕晃，「我也看出來，這裡不會是屬於妳流動的一部分。不過那都是將來的事了。」

「我現在還不必想將來的事，有些小阻礙得先剷除。」

「小阻礙。」老婦人會心一笑，「那麼，敘舊結束了？一旦妳正式拜訪，我就要扳起臉保持中立了。絕對的中立，既不偏袒也不刁難，只提供妳需要的僱傭兵。」

「我知道規定。」Miss S有些落寞，「謝謝妳。貓頭鷹。」

「不用客氣，很開心見到妳，心怡。跟妳敘舊的時光很開心。」老婦人說完用力拍了兩下手，大銀幕的畫面立刻被切斷，音效亦中止。

影廳內所有的燈瞬間亮起。

忽然的燈光轉換令Miss S畏光閉眼，在這同時，圍繞影廳的隔音布幔經由自動化裝置，全部往旁挪開，露出隱藏其後的一個個長方形螢幕。

那些螢幕展示「永生樹」所屬的僱傭兵。

「歡迎來到『永生樹』。在尋找什麼？我能為妳介紹。」名為「貓頭鷹」的老婦人切換成截然不同的客套語氣。

她正是現任管理者之一，無論交情深淺，對所有來訪的客人都保持絕對的中立。

「永生樹」是地下專屬的人力仲介機關，專門介紹擅長合法或非法行動的僱傭兵。

睜眼的Miss S接觸到貓頭鷹的眼神，不再有她認識的親切熟悉，全部回歸到冷冰冰的生意。

「我需要擁有護送經驗且沒有任何失敗紀錄的僱傭兵團隊，還要幾名保鏢。」Miss S提出她的要求，「另外需要蒐集情報的探子。」

貓頭鷹領著Miss S來到螢幕前，手指在螢幕上按了按，跳出幾個僱傭兵的選項清單。「目前有兩個閒置的僱傭兵團隊符合妳的需求。」

「我要增加條件，要有實際對人的作戰經驗。」

貓頭鷹手指再一滑，汰去其中一個。「這個『狼群』符合妳的需求。」

Miss S仔細閱讀螢幕顯示的資料，滿意點頭。接著在貓頭鷹的介紹中，她挑了擅長收集情報的「怯鷗」，預計用這名僱傭兵揪出是誰在覬覦器官交易。

Miss S的挑選結束，貓頭鷹送她出了影廳。

等候已久的熊叔馬上起身，雖然沒說話，但關心的表情明顯在詢問是否順利？

Miss S點點頭，熊叔也就安心了。

「妳選定的僱傭兵會在明天與妳聯絡。『永生樹』永遠恭候妳再次來訪。」貓頭鷹說。

「我明白。謝謝。」Miss S發現自己無法像貓頭鷹作得那麼好，那麼超然中立。在面對熟悉的故人時，她難以保持陌生。

也只有在貓頭鷹面前，Miss S才會發現，當初懵懂又幼稚的部分還殘留在身，沒有完全抹殺。

「再見。」Miss S終究還是結束了拜訪，告別久違的故人。

「Auf Wiedersehen.」

貓頭鷹的道別從身後遠遠傳來，像從樹叢深處傳出的聲音一般。

十二　貓頭鷹之二

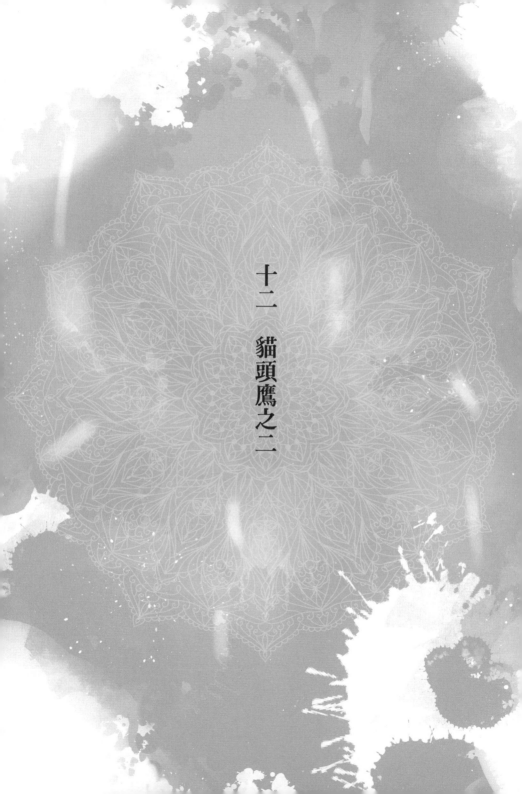

Miss S結束了她的拜訪。

「永生樹」今夜還有其他訪客。

貓頭鷹還沒重新播放電影，便被無聲接近的訪客嚇著。慌亂間以為是鬼影乍現，因為對方披頭散髮的模樣實在嚇人。

「噢，我的天！你該敲個門的，或至少出個聲音。」貓頭鷹驚魂未定地連拍胸口。

武當搔搔頭，無辜地表示：「習慣改不掉。」

「可以的，習慣就是從後天養成的，當然能改。」貓頭鷹苦惱又無奈，「答應我，下次不要再這樣沒聲音出現了。我的心臟不像以前那樣好了，現在很脆弱。」

「對不起。」

貓頭鷹和緩下來，仔細端詳武當。「你看起來穩定很多。找到人跟你說話了？」

武當用力點頭，亂糟糟的頭髮跟著亂甩。

「你真該好好處理你那些頭髮，衣服也是噢。在模仿所謂的潮流之前，穿符合身材尺寸的衣服最保險。不過先撇開這些吧，更重要的是我想聽你講講，願意跟你說話的人是怎麼樣的？不會又是倒楣被你抓住的遊民吧？」

「不是！」

「太好了，跟我這個老人家聊聊。跟電影作伴雖然迷人，能跟非客戶的人說話也很美好。我去弄點熱牛奶，再加蜂蜜。好嗎？」

「好。」

武當跟著貓頭鷹離開影廳。

雖然貓頭鷹常與刀口舔血的凶徒打交道，不過沒被那些血腥氣給影響。她將個人專屬的休息空間布置得很溫馨，採用暖色系為主的搭配，黃色的柔軟布沙發、湖水綠的圓形小桌，牆邊的層架放著幾隻木刻的小貓頭鷹。另外還放了許多織布擺飾，配上鵝黃色的燈光，讓氣氛更加柔和放鬆。

貓頭鷹從冰箱取出盒裝牛奶，倒進小鐵鍋後放上電磁爐加熱。她另外取來玻璃罐裝的蜂蜜，是純淨沒有雜質的琥珀色。貓頭鷹用木湯匙挖了一勺，放入黃色的馬克杯。

小鐵鍋的牛奶冒出熱氣，飄出溫暖的奶香。貓頭鷹把熱牛奶倒進馬克杯，用湯匙攪拌均勻。

「好香。這個蜂蜜真的很好，甜而不膩。來，小心燙。」貓頭鷹拿起冒煙的馬克杯，遞給坐在沙發等待的武當，也為自己添了一杯。

武當用雙手捧過，嘴巴呼呼地吹散冒出的熱氣。遮臉的頭髮也被他吹得一動一動的。

「希望在我有生之年能看見你剪掉頭髮。」貓頭鷹嘆息，在武當身邊坐下。「不過呢，還是先聽你說話吧。」

武當支支吾吾。他不習慣說。

「你不能總是當被動傾聽的角色。有時候需要拋點東西出來，才能讓人更理解你。我們從基礎開始，你先說說那是怎麼樣的人？你對他最簡單直觀的第一印象是什麼？」

「是在酒店遇到的女生。」

「哎呀！」貓頭鷹捂嘴，玳瑁膠框眼鏡下的眼珠子瞪得好圓，「你也到了這個年紀了呀。」

「不是……我沒有。我要的只是……是別人帶我去的，我到了才知道。」武當慌張解釋。

「不是責怪你。我了解你真正索求的，我為你開心。提到酒店，你要謹慎消費呀，不要把錢都灑光了。你賺的都是玩命錢。對不起打斷你，那是怎麼樣的女生？」

「怎麼樣的？」武當想了想，「有化妝，穿小禮服看起來好冷。不說話看起來有點凶，笑起來卻像不同人。」

貓頭鷹以微笑鼓勵武當繼續說。說更多。

武當擠不出話，忽然懂了他逼人說話時，對方究竟有多焦慮。

貓頭鷹故意沉默，知道武當能察覺她的用意。歷經幾分鐘的糾結，苦惱的武當終於抓住一閃而過的靈感，解脫地予以回應：「她說我稱讚她很高興，是她聽過最笨拙也最體貼的稱讚。」

貓頭鷹忍不住笑，那是充滿鼓勵的笑意。「你一定做了件好事。」

「好事？不，我不會。我不是……。」武當放下馬克杯，攤開結滿厚繭的手掌，粗糙的硬皮像鱗片般覆蓋了掌心與指節。

武當的雙掌不僅能砸破水泥磚，也可以打斷人骨，甚至破開頭顱。他還能記起鮮血一再殘留在掌紋的景象。「我不是被用來做好事的。」

「你不是被用來做好事的。」貓頭鷹重複他的話，「你稱讚時不是被動，而是發自內心那樣想才說的，是出於你的自主意識。沒有人命令你。那個女孩是不是笑了？」

「邊笑邊哭。」那晚的印象，武當依然深刻。

「她一定受到很多委屈。無論如何，你要珍惜這段關係。你不會因為人家待在酒店，所以看輕她對不對？」

「不會。」武當立刻回答，「願意跟我說話，我很高興。」

「你不會被外在的頭銜蒙蔽。那是人類社會中的識別標記，不能真正代表什麼，跟品行沒有關係，也不能代表正直善良。雖然我們這類人談這個是有些偽善了。」

「頭銜不能保命。只要是人都可以被殺死，就算戴頭盔我也能把頭打破。」武當理所當然地說，然後瞥見貓頭鷹微微抬起眉毛，馬上解釋：「我不是要殺她……。」

「聽你說出這種話，還是會嚇到我這個老人家。」貓頭鷹苦笑：「說來諷刺，一方面希望你不要這樣想，卻又將你介紹出去打打殺殺。你收到邀請了嗎？」

「收到了。閻山組帶我去酒店。我說想找人跟我說話，他們搞錯了。」

「他們想拉攏你。」

「要接受嗎？」

「我不能替你決定，你要自己辨別所有的邀請。我不擔心你受騙，因為你聽得出來。不管是多微小的變化，你都能發現。」貓頭鷹拋出謎題般詢問：「有沒有發現我今天的不同？」

武當連思考都不必，直接回答：「你的心跳比平常更規律，體溫也穩定。是不是有開心的事？」

「真神奇的天賦。你怎麼能如此敏銳？」

「就是能分辨出來。」

「好像蛇信，可以感應到周遭熱能的變化。如果我這邊的僱傭兵都像你有這樣的本事，暗殺的成功率一定更高。你說對了，有個舊識來拜訪，我很高興看見她。看見你也是。即便我必須保持中立，也不得不承認，在你身上付出的關心比其他人多了一點。因為你是如此特別，我一眼就看出來了，是這份眼力讓我成為『永生樹』的貓頭鷹。」

「舊識是指關係很好的老朋友？」武當問。

「是的。我自認與她的關係很融洽。」

「妳會不會擔心哪天我被僱用，跟妳的老朋友為敵？」

「記得我一再強調的？『永生樹』必須中立，我唯一可以介入的，是提供來訪者需要的傭兵。至於對付誰，這不是我該過問甚至阻止的。很殘酷的，傭兵只能負責完成雇主交付的任務，不能決定對付誰，這會有損信用。因為雇主的不同，傭兵可能互相為敵，也可能互相合作。」

「還沒真正回答你的問題，」貓頭鷹拿小湯匙攪拌馬克杯，發出清脆的叮叮聲，「如果有一天，你真的需要對付我的舊識……我會坦白告訴你，我完全不擔心。因為她是我親自培育的，她讓我很驕傲。你不必客氣，盡你所能造成她的困擾吧。她可以應付。」

「好。」

「啊，剛剛那些話聽起來像在威脅你。希望你別誤會。」

「不會。我聽得出來。」武當喝光蜂蜜牛奶，放下空杯。「我要走了。」

「去見那個願意跟你說話的人？」貓頭鷹的笑容裡有幾分欣慰。

「我怕太頻繁去找，會被討厭……。」

「你看起來很困擾。我想這是你的業障。」

「是天生的缺陷。」武當說得失落，克服不了。

「聽我老人家一句話，把頭髮好好修剪，換套合身的衣服，可以大幅減少把人家嚇跑的機率。」

武當看了看自己的穿著，過大的羽絨外套好像想模仿嘻哈歌手，寬鬆的牛仔褲是久遠以前流行的產物，整體來說就是亂搭一通。但他不在意，這樣很舒適。不過貓頭鷹特地叮嚀了，照作一定有益。

「我會再找找。」

「保險的穿搭是襯衫配合身長褲，褲腳不要過長，剛好蓋住鞋子就好。你的鞋子也得換，太老舊了噢，好像是從火災現場撿來的。頭髮修剪整齊，不要拿髮蠟亂抹。出於老人家的偏見，男人簡單大方就好，氣質談吐更重要。」

「好複雜。穿那樣不好活動。」武當抱頭，先不提衣服搭配，光是氣質跟談吐就難倒他了。

「去見她的時候這樣穿就可以了。人家會感受到你的重視。這是互相的。」貓頭鷹放下空杯。

「聽你分享很開心。不要急躁，會慢慢進步的。」

送武當離開時，貓頭鷹依然是那句「Auf Wiedersehen」，這是德語的再見。

等到武當的身影消失，偽裝的隔板闔上時，貓頭鷹才輕聲補上一句——

「願你不再孤獨，非人的怪物。」

十三　心怡

結束了「永生樹」的拜訪，Miss S乘車返家。司機當然是信賴的熊叔。

儘管住處是Miss S特地挑過的地段，還是難逃臺灣慣見的陋習，只要路邊有任何空隙，都會被視作可以停車的地方。

本來就不寬闊的巷子因此更擁擠，插滿橫停斜停的機車，還有突出車屁股的小客車。畢竟這座小島上最不缺的是自私，最罕見的是良心。

這讓黑色Toyota Granvia的駛入變成技術的考驗。幸好熊叔心細，還難不倒他。

「需要跟妳上樓嗎？」熊叔問。

「不用了，情況沒惡化到那種地步。」Miss S推開車門，外頭就是自家樓下。她並非空手毫無自保手段，口袋裡放有辣椒噴霧，還有藏得更隱密的掌心雷手槍。

「至少我在樓下待命，上樓後給個消息，我再離開。」

「好吧。」Miss S明白熊叔的謹慎有必要性。

Miss S走上樓，夜已經太深太靜了，迴盪在樓梯間的腳步聲格外清楚。

穿越通往頂樓的鐵門，Miss S踏上最後一段階梯，冷風不斷灌進樓梯間，讓她拉緊風衣領口。

天臺跟往常一樣昏暗，幸好都市的光害讓夜空不至於過黑，還能勉強視物，因此Miss S走向自家門口時，瞥見躲在角落的一團黑影。

「誰？」Miss S立即拿出手機要撥給熊叔，另一手探往藏著掌心雷手槍的內袋。

黑影沒有回應，挨在牆角動也不動。Miss S細看後發現黑影在發抖。她心裡有底，沒有撥打電話，轉而打開手機的手電筒，直接照向黑影。

黑影的真面目是個女孩，穿著沾有汙漬的國中體育服。女孩被手電筒一照，馬上用手遮住眼睛，抵擋突來的光。

Miss S朝女孩走近，手電筒持續照在女孩的身上。

保持大約二至三步的距離，Miss S停下。手電筒故意停留在女孩的臉。從遮擋的手臂縫隙，隱約可以看見部分臉孔。

女孩很瘦，Miss S倒不訝異，她看得太多了。在捕捉苗床時，如果苗床是父母且擁有孩子，那麼孩子通常不是偏瘦就是過胖。這是貧窮人家的常態。這女孩屬於前者，是營養不良的瘦法。

「妳是從隔壁爬過來的吧？」Miss S逮住小偷般質問。

女孩藏在手臂後的頭點了一下。

「回妳家去。」

「回去會被打。」

「妳不回去我就報警。被警察送回家的妳，會被打得更慘。」

「妳怎麼知道？」

「不信？妳可以體驗看看。我現在報警。」

「不要！」女孩朝著Miss S喊，遮光的手臂才剛放下來，就被照在臉上的燈光逼得瞇眼，眉毛與眼睛皺成一團。

「還是遮住吧，臉皺成這樣很醜。」Miss S催促：「回去。再不走我就報警。不要消耗我的耐心，沒時間浪費在妳身上。」

女孩認命站起，面向凹凸不平的圍牆，確認位置後踩住磚塊突出的部分，小心地攀爬。圍牆不高，女孩足夠搆到頂端，兩條細得可見骨頭形狀的手臂就這樣豎直起來。她吃力地將身體撐上去。因為偏瘦，體重也輕，女孩嘗試幾次後便成功攀上。女孩身子一翻，消失在Miss S眼前。

Miss S等到聽見女孩開門進屋，才回到自己家裡，並捎了訊息給熊叔，確認平安抵達。

在Miss S送出訊息的同時，隔壁傳來男人粗啞的咆哮：「妳敢跑！妳再亂跑我就打死妳！」接著是東西摔地聲，在寧靜的深夜特別惱人。

Miss S翻了個憤怒的白眼。

結果還是得報警。

「你好，我這邊有鄰居半夜打小孩，威脅要打死女兒。能不能派人過來看看？地址是……。」Miss S的說詞與上次差不多，雖然可以毫不費力地生出一狗票惡毒的咒罵，但報警時不適用。

報警後的Miss S怒氣未消，開始盤算起來。既然斐先生不在乎動用多少資金對付劫走器官的人，說不定可以從中挪用一些，僱人殺了隔壁那惱人的父親。

「煩死了。」Miss S快步來到鬥魚牆前，強迫自己盯著視為家人的鬥魚看。

不要去理會那些噪音跟吼罵，先給警察處理。不能浪費錢、不能浪費錢、不要把錢浪費在沒公德心的垃圾身上……Miss S強迫自己放空，不要多管，只要看著缸裡的鬥魚游動就好。

在這之間，有沉積的過往悄悄從縫隙鑽出，浮上Miss S意識的表層。

那是間陰暗的小宅。

彷彿陽光故意迴避這間屋子，勉強逗留在門口與窗縫。

心怡很小聲、很小聲地用鑰匙開門，用最輕的腳步走了進去。這是她事發後第一次返家。

客廳的圓桌鋪著塑膠桌巾，有乾掉的醬油漬。桌上散亂著廣告傳單還有大賣場ＤＭ。另外有報紙的求職頁，像被刻意收集起來般，積了厚厚一疊。

圍繞圓桌的板凳椅腳各自歪斜，一眼就知道是粗糙的廉價產品。

忽然有擲筊的聲音。筊杯重重落在地上，彈起，再落地，發出叩叩叩的聲響。同一處傳來人的念念有詞。又是擲筊，叩叩叩。不知道在向神求些什麼。

心怡越過客廳。

鄰近一間房的房門未關，燈光顯弱的房裡有電視閃爍的光，照得房間一亮一亮。看電視的人待在從門看不見的死角，只有偶爾能看到一隻手抬起，按遙控器轉臺，無論轉到哪臺，都能聽到購物頻道主持人激烈地介紹商品。

介紹神奇減脂膠囊的話術與求神的擲筊聲撞在一塊，形成災難性的噪音。

心怡不想聽，繼續往屋裡走。

走廊的牆上掛著泛黃的日曆。農曆註明的財位方向被紅筆大大圈起。心怡停下，看著顯眼的紅圈，想也沒想便把整張日曆撕掉。沒想到下一張的財位同樣被圈起。

她一直撕、一直撕、一直撕，直到日曆空白，財位再無任何標記。

「信這種東西如果有用，誰還要分析投資市場？」心怡不屑地踩過被撕掉的日曆。

距離日曆不遠的房間，門口泛出紅光。是濃郁刺眼的紅色。擲筊聲從這個房間發出，一再撞地的筊杯令心怡心煩。

房內的神桌擺著幾盞大紅燈泡，照得房間一片血紅，連神像的臉都印上血光。擲筊的人背對著門，跪在蒲團上。看背影是個中年男人。男人拾起紅色的筊杯，碎念不止。

心怡隱約聽出內容。

「求財神保佑讓弟子大發財，弟子有錢後會打很多金牌來酬謝。每天三牲蔬果……願意讓弟子發財請給聖筊。」中年男人說完雙手一拋，筊杯落下，撞地散開。

心怡沒看見結果。男子伸手一抓，重新拿起筊杯，語氣多了幾絲憤恨：「請財神指點，是不是弟子心不夠虔誠，不給弟子大發財？」

如此接連幾次，心怡再也看不下去。她繼續走，來到屋裡最深處。

目前為止沒人發現她。

盡頭的雜亂房間裡有張床，一個青年躺著在上頭。

青年的臉很蒼白，雙眼茫然瞪往天花板，久久才眨一次眼。被掀開的棉被堆在青年身旁，他沒穿上衣，露出側腹的縫合痕跡。

心怡知道這種痕跡代表什麼。

她待在門外，默默看著。

直到青年發現她，茫然的雙瞳轉瞬間掀起恨意。青年的臉孔猙獰起來，手往心怡的方向伸來。當然碰不到她，太遠太遠了。

「妳還敢回來？妳這個自私不要臉的臭婊子！」青年怒罵。

心怡被青年的吼罵嚇到，微微退了一步，隨即鼓起勇氣回嘴：「你們欠我的。」

「欠妳什麼？誰欠妳了！妳工作賺錢了不起是不是？賺那一點有什麼好囂張！」

「比你賴在家當廢物有用太多。桌上的求職報紙看過沒有？去找工作啊！」

青年伸手亂抓，隨便抄起床頭的鬧鐘往心怡扔來。可惜他虛弱，沒有多少力氣。心怡躲都不必躲，看著鬧鐘摔在地上。

「把我的腎還給我！」青年大吼，眼眶有悲憤的淚。

「自己賺錢買顆新的啊！你為什麼有臉不工作？你為什麼可以這樣無恥窩在家裡？為什麼是我要賺錢養這個家！」

心怡吼了回去，驚起家中兩老的注意，他們各自離開神桌與電視，擠上來湊熱鬧。

「妳怎麼可以這樣對妳哥哥！」只顧擲筊求發財的父親責罵，神情有執迷不悟之人的癲狂。

「妳哥哥腎沒了啊，妳不要刺激他……。」寄託電視逃避現實的母親哀求。

兩老的臉孔擠在眼前，心怡看了便煩。一回頭，又有兄長的瞪視。

你們都不是我選擇的，因為我無從選擇！心怡沒說出口，只是推開擋路的兩老，往屋外奔去，逃離這晦暗又悲慘的地方。

據說，這叫家。

她不承認，更不認命。

因為全都非她所選。

不知不覺安靜下來了。

當Miss S回神，隔壁惡鄰已經不再摔東西或威脅要打死小孩。可能是警察上門處理完畢，也可能是鬧得累了。她不知道，都不知道。

Miss S走近鬥魚牆，看著她最鍾愛的那尾半月鬥魚。藍色的魚身配上黑色尾鰭，展開時像黑色紡紗洋裝般優雅。

她拿了飼料罐，往掌心倒幾顆飼料，用手指夾起後小心地投入魚缸。鬥魚嗅到味道，游近水面快速啄了一下，飼料便被牠吞下肚。

鄰近魚缸的鬥魚看見Miss S，紛紛面朝向她，魚鰭快速又興奮地擺動。牠們認得她。這讓Miss S很欣慰，無法要求更多。

「你們才是我選擇的。」

十四　狼群

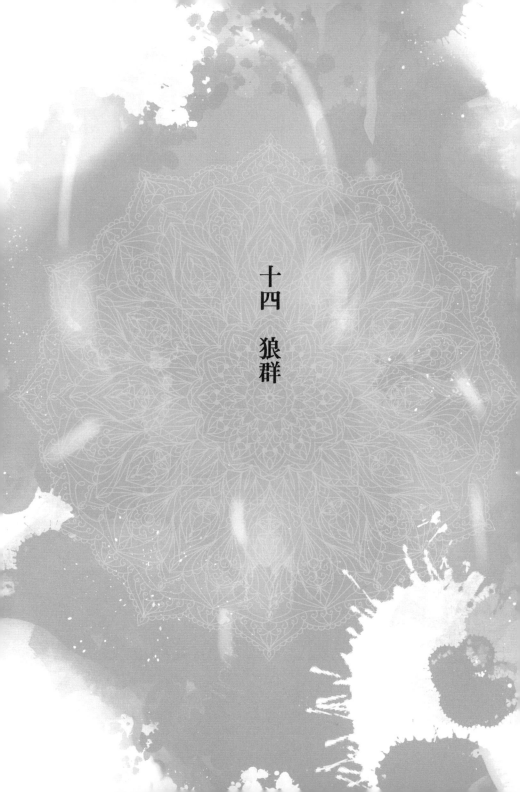

狼群的第一次行動成功捕捉三名新苗床，過程迅速，充分展現團隊配合的精髓，讓透過監控畫面觀看的Miss S非常滿意。

為了達成斐先生想看錄影的心願，Miss S一併測試連線攝影配備。一頭狼的胸口前裝有偽裝的小型攝影機，既不影響活動，也能將即時畫面回傳至Miss S的手機。

狼群返回據點，熊叔指揮他們把捕捉來的三個苗床帶進手術間進行摘取。

綠手術服跟藍手術服看據點突然多出那麼多人，所以溜出手術間湊熱鬧。「這麼熱鬧可以開兩桌麻將了啊。」「這樣會多一人吧？」「多的那個人負責跑腿買飲料囉。」「不只人變多，苗床也變多了。」「要摘的東西也多了。」「可以報超時加班嗎？」「我們本來就不是合法勞工不會有加班費。」「還好我們賺的比合法勞工多太多。」「不過薪水是死的人是活的。」「被我們摘掉器官的苗床也都是活的。」

綠手術服跟藍手術服一搭一唱，終於逼得Miss S開口：「你們是不是想轉行表演漫才？我建議你們慎重考慮，因為都不好笑。」

「有必要這樣嚴苛嗎？」綠手術服一副愁苦的臉。

「妳不知道一直待在手術間有多單調？想跟人接觸互動錯了嗎？」藍手術服攤手抗議。

「既然苗床送來，你們就做該做的事。你們也知道沒有加班費。更重要的是，器官要在保存期限內送到移植地去。」Miss S提醒。

「難得露臉打交道的機會就這樣沒了。」綠手術服哀嘆。

藍手術服對狼群們半開玩笑地抱怨：「你們也看到了，這裡就是這麼冷冰冰沒有溫暖的地方，跟手術刀一樣。」

狼群沒有多餘反應，只是以一種「那又怎麼樣呢？」的漠然神情望著藍手術服瞧，這陣沉默讓藍手術服自討沒趣地摸摸鼻子。

綠手術服插嘴：「好吧，滿腦子只有公事公辦。我猜你們會很適應這地方。」

「再麻煩兩位囉，之後要聊天還是吃甜甜圈我都奉陪。」熊叔親暱地拍拍藍手術服的肩膀，當然是控制力道的輕柔拍法。

「真是這裡少有的體貼。」藍手術服假裝拭淚，與綠手術服開始進行摘取手術的準備。

Miss S領著其他人離開手術間。她在沙發坐下。這裡依然如昔，擺設都沒改變，但少了阿狐。

Miss S看著阿狐習慣坐的位子，如今空蕩蕩了。

雖然阿狐保住一條小命，但是被毀容的臉需要動好幾次重建手術，還不保證能百分之百恢復。這代表阿狐失去他最大的武器。

天曉得阿狐會有多崩潰？別說工作了，連正常見人可能都成了問題。Miss S心想。最後一次探望阿狐時，他整張臉纏滿紗布，眼皮還是腫得嚴重，無法睜開。更別提交談了，阿狐的牙齒斷了大半，嘴脣的撕裂傷帶來的劇痛，令他連開口說話都辦不到。

「怎麼了？在想什麼？」在旁邊坐下的熊叔問。

「沒什麼。」Miss S見沙發其他的空位仍然無人，便回頭一瞧。或許是因為空位不足，所以狼群沒入座，他們靠牆站成一列，各自沉思或滑著手機。

這正好讓Miss S有機會近距離觀察。她發現這群狼是由兩個較年長的作領頭，帶領其他三名年輕人。年紀雖然不一定與本事成正比，但她感受得出來，領頭的兩個老狼老練穩重，有天塌不驚的氣勢，顯然經驗十分豐富。

至於另外三頭少狼，從第一印象看來都是身手矯健，果敢不退縮的類型，也許還需要時間歷練，才能擁有老狼的穩健。

Miss S想起當初貓頭鷹引領她、教導她的往事。貓頭鷹毋庸置疑是個好導師，具有特殊的眼光，可以一眼看穿人的才能。也因為貓頭鷹，Miss S才了解到自己能夠冷血行事，不帶一絲歉疚。她不是當初那個心怡了。她只會、也只能是Miss S，從今以後永遠都是這樣的身分。

「該添購新沙發了。」Miss S突然說，心想就挑一套黃色的吧，那是貓頭鷹喜愛的沙發色調。

「妳很中意這群狼。」熊叔莞爾，「其他的僱傭兵呢？」

「兩個在車庫守著，另外三個護衛移植地。我認為這樣的安排能讓你靈活行動，不必固守。」

就Miss S看來，既然對方襲擊阿狐，表示知道運送的路線，連帶知道這個據點以及移植地的位置，因此增加護衛是必須的。

「那麼運送全部交給狼群負責了？」熊叔問。

Miss S的目光投向兩頭老狼，後者點頭，表示一切全照她安排。

Miss S看回熊叔，「目前是。先試探對方的反應，如果單純因為增加人手就停止行動，那麼說明對方的人數有限。」

「我不認為會這麼樂觀，襲擊阿狐的人絕對有一對多的本領。」

「所以我才僱用狼群，以團隊默契去對付。必要時你配合他們一起出手，把那個人逮住。他會是一條線索，能直接指向是誰在找我們麻煩。我另外僱了探子，希望盡快查出有哪些可能的對象。」

「找到之後，妳打算怎麼作？」

「照斐先生吩咐的，把對方老巢抄出來。看他們有多少人，就讓他們死多少人。」Miss S記得斐先生嗆明要殺對方全家，手段越凶殘越好，提醒其他暗地裡眼紅的人別想亂來。

「等妳命令。我隨時準備大戰一場。」熊叔興奮起來，雖然被盯上了對組織不利，但比起平凡的捕捉苗床跟運送器官，這實在要有趣多了。

從當時的阿狐遇襲的現場判斷，熊叔知道對方的肉搏能力不亞於自己。即使離開地下拳賽這麼久，熊叔從未疏於鍛鍊，雙拳總是蓄勢待發。

「不要興奮過頭了。冷靜行事。」Miss S提醒。

「我知道。我先離開一下，去檢查車子。」熊叔眨眨眼，Miss S明白他是要躲進車裡施打「斐先生的禮物」，那是熊叔的定期課題。礙於狼群與其他僱傭兵是新加入的，熊叔還不想暴露這祕密。

待熊叔走後，沙發瞬間空了大半，因為他過於粗壯，一個人就占去兩個位子。

Miss S起身，詢問狼群：「不坐嗎？」

在她與熊叔讓出位子之後，剛好空出五人的空位。

領頭的老狼回答：「不與雇主同坐，是我們對雇主的敬意。」

「不必拘泥這種事，當儲養體力也好。」

「那我們恭敬不如從命了。」老狼帶頭坐下，其他的狼跟著入座。他們雙手環抱胸前，靜靜地閉眼休息。五人的動作一模一樣，看起來像同個雕刻師父雕出的塑像。

Miss S留狼群休息，獨自來到茶水間，弄了杯冰涼的蔓越莓氣泡水。她小口飲下，感受細密的氣泡在口腔帶來刺痛感，以及酸甜的莓果香。

她靠著冰箱，讓不停運轉的腦袋暫時斷開，使思緒放空休息。

注射完畢的熊叔上樓來，也進了茶水間。他發現Miss S也在，所以客氣一笑，小心擠過Miss S身邊，從流理臺上的置物櫃拿出罐裝黑糖粉。

Miss S見到熊叔後背滲出的大片汗漬，便問：「你還是沒習慣那東西？」

調起黑糖水的熊叔苦笑：「沒辦法習慣。如果發現刺激的強度減弱了，我反而擔心效果不夠。」

熊叔握住湯匙的手背冒滿突出的青筋，像一條條要鑽破皮膚的小蛇，沿著壯碩的前臂往上延伸。粗硬的手指看起來能輕易把湯匙捏彎。

「值得嗎？」Miss S能理解熊叔所追求的，但不明白需要如此痛苦嗎？

「可能男人就是幼稚的生物，都有想成為最強的執著。注射藥劑不是正常手段，但依靠正常手段無法再讓我突破了。注射『斐先生的禮物』帶來的痛苦不是能夠用言語形容的，我想這也算扯平。」

「你開心就好。如果是我，絕對不會想碰那東西。」

「妳是用頭腦辦事的。動粗交給我來就好，我很樂意。」熊叔大口灌入黑糖水，舒了一大口氣。

「你最近出手的欲望多了。襲擊阿狐的那人讓你心癢？」

「是地下拳賽，我發現一個很不得了的拳手。」熊叔明白躁動的來源，是名為「昇龍」的拳手。「非常強橫霸道，有機會我真想跟他交手。可惜我退役了，回不去拳賽。」

「真可惜。」Miss S倒不是真的惋惜，沒能交戰就可以避免熊叔受傷的風險。

「真的可惜了。」熊叔很沮喪，像整盒甜甜圈在眼前被人搶走似的。

手術服雙人組結束了器官摘取，左右手各提了個金屬提箱出來。綠手術服交代：「三顆腎，一塊眼角膜。全部都在這裡了。趁新鮮送去啊。」

「很好。辛苦你們了。」Miss S以一副公事公辦的語氣說。

「真冷淡。」「好冷漠。」手術服二人組同聲說。

Miss S無視這抱怨，轉對狼群吩咐：「運送交給你們了。注意途中可能會被襲擊。為了逼供情報，反擊時注意留對方活口。」

「明白。」一頭老狼說。在他的眼神示意下，三頭少狼上前取走金屬提箱。

為了狼群的多人組合，Miss S特地弄來一部九人座的鐵灰色Volkswagen T6，不只足夠容納狼群，必要時她與熊叔也能一起搭乘。

現在這臺Volkswagen T6停在原本馬自達所屬的車庫。因為那臺馬自達跟阿狐一樣，都落得報銷的命運。

狼群攜著金屬提箱上車，依著Miss S事先告知的路線出發，將器官送往移植地。

Miss S目送狼群離開。她無法肯定這趟是吉是凶，也許狼群會平安將器官送達，也可能半路再次遇襲。狼群或許能將襲擊者制伏，待逼問出幕後主使，再將襲擊者虐殺至死，將影片呈給斐先生。

也說不定，狼群會在這趟全滅。

Miss S不知道。

現階段她暫且能作的，是耐心等待結果。

目送狼群離開的，不只是Miss S。

在汽車旅館附近的高樓頂端，以高倍率望遠鏡監視的拓磨發現有車離開。

「真是勤勞啊。」拓磨放下望遠鏡，交給隨侍在旁的手下，然後拿防風打火機點菸。

拓磨朝天吐煙，煙霧傾刻間被樓頂的風吹散。他想像Miss S的團隊在據點來回，這樣一趟的器官交易能賺到多少？那些數字日後又有多少能進到他的祕密帳戶？

「要聯絡武當嗎？」手下問。

拓磨另有盤算：「這次先放過他們，下次再叫武當好好招呼。你坐過雲霄飛車嗎？以為平緩無事，結果在瞬間卻加速墜落。我要用這種落差打擊他們，無法分辨什麼時候會被襲擊、什麼時候又可能平安無事？讓他們疑神疑鬼。」

「增加僱傭兵又怎麼樣？我手上有武當這張王牌。」拓磨手指一彈，菸蒂從高樓墜落，搖搖晃晃地被風吹遠，化成小小的白點後消失無蹤。

十五　服飾店

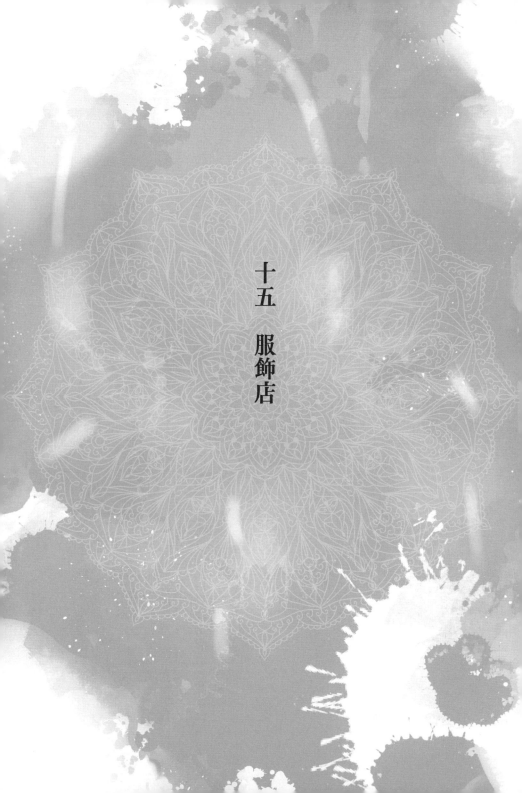

武當根據貓頭鷹的強烈叮嚀，決定挑一套能看的衣服。

這實在非武當所熟知的領域，在大街閒晃後，他硬著頭皮進入第一間看到的服飾店，結果眾多展示的衣服讓他眼花。

雖然武當能分辨擊打人體各個部位會造成什麼樣的損傷，也清楚知道動脈與臟器的分布、每段脊椎對應的神經連結、如何有效造成骨折……

但是他不知道怎麼挑衣服。

服飾店裡的一切對武當來說過於混亂，流動的空調帶來新衣服特有的布料氣味。鄰近幾個路人拿起衣服審視的摩挲聲不斷刺激他的耳膜。他不只能聽，還能感受到路人心跳的脈動，以及因為情緒起伏產生的細微體溫差異。

武當那異於常人的敏銳，在不知所措的此刻更是加倍放大。路人的交談聲同樣在耳中放大，即使是相當平常的音量，在武當聽來卻像拿著擴音器對耳洞大吼。

武當亂髮下的額頭冒出冷汗。他察覺到視線。現在的他還穿著那身又髒又舊的衣服，在乾淨明亮的服飾店實在太突兀了，所以路人發現他，投以狐疑又困惑的目光，將他當成異類。

那些都像燙紅的針，不斷往武當的肉身扎入。

武當是異類，他自知與平常人不同，但這種異類的自覺從不困擾他，棘手的是作為「這種異類」帶來的副作用，本能被賦予的感知力實在過於敏銳了。

「不好意思，你還好嗎？」有個男店員發現武當的異狀，上前關心。

武當把握機會求助：「我不知道怎麼挑衣服。」

店員露出一副「原來如此嗎」的會心微笑，親切詢問：「你有特別偏好哪種款式嗎？」

「襯衫跟合身的褲子。」武當說。這些是貓頭鷹給的意見。

「襯衫的話往這邊找，應該不是上班要穿的吧？這區都是比較休閒的。我看你是穿牛仔褲，喜歡這類材質的話可以試試丹寧襯衫，是很好搭很安全的款式。喜歡深一點還是淺一點的？」店員左右手各拿一件牛仔襯衫，款式相同，差別在於顏色深淺。

武當想起蔓苓的深藍色洋裝，決定選深的。

店員接著陪他到褲裝區。「上半身顏色比較深，褲子可以挑淺一點的。比如卡其色的褲子，或淺藍色的牛仔褲。」

武當倒是想也沒想，直接選了牛仔褲。這本來就是他穿習慣的，只是合身了點。有了上衣有了褲子，他沒忘記還有鞋。在店員推薦下抓了店裡販售的休閒鞋，一併帶進試衣間。

「好緊。」換了合身尺寸的衣服令武當非常彆扭，行動又受限。

渾身不自在的武當皺著眉頭，踏出試衣間。店員等候之餘順便整理衣架，見武當出來便湊了過來。「你好像很不習慣？」

武當看了看鏡子，鏡中人非常陌生。「對，很奇怪。」

「其實還不錯。這不是推銷話術，是我真心認為。這樣的穿著很簡單，又能襯托出身材。平常有運動習慣？」

「有。」武當其實不能確定永生樹派來的委託算不算，但的確需要耗費大量體力。

店員來回打量，「這樣休閒的風格很適合你。」

「頭髮，有沒有推薦剪頭髮的地方？」武當問。決定了衣服，但頭頂的問題未解。

「你要剪掉？」店員驚呼，「男生要留長很不容易，有沒有試過綁起來？像這樣集中往後梳，再用髮圈固定。」

武當試著照作，難得露出完整的臉龐。少了頭髮遮擋，他忽然覺得面部接觸到的空氣好冰冷，光線也更刺激了。

武當手抓集中成束的頭髮，回頭看了試衣間的全身鏡。「這樣的髮型可以嗎？」

「可以喔，很像日本走頹廢風的男星！超級適合！」

面對店員的熱情稱讚，武當只有脹紅臉的份。

付完帳的武當離開服飾店。對他來說，這根本是愛麗絲夢遊仙境般的奇幻之旅，不禁喃喃自語：「還是把人的頭打破容易多了。」

在這同時，武當從身邊眾多路人的平凡心跳之外，察覺到一股銳利粗暴的殺意。

他警覺看往殺意來源。

在對街的紅綠燈下，有個男人遠遠望向此處，盡顯睥睨萬物唯我獨尊的氣燄。對方知道武當注意到他，挑釁地彎起一邊嘴角，面露冷笑。

武當雖然沒擺出架式，但氣勢挑明要對方放馬過來。

男人不屑地搖搖頭，露出一副無聊又無奈的模樣。

武當心想不如先出手，但一輛公車經過，阻在他與那男人之間。待公車駛離，對方消失無蹤。

武當亦失去感應，那男人刻意隱匿聲息。

「那是昇龍還是降虎？」武當一直分不清那對雙胞胎誰是誰。「其他人會不會也在？」

武當環顧四周，大馬路上依然吵鬧壅塞，無人察覺到本來可能發生一場血戰。

「分別太久了，忘了其他人不可能跟他們聯手。」武當喃喃自語，他知道沒有比那對雙胞胎更令人厭惡的生物。

除此之外，武當還確信一件事，那就是平靜的日子將暫時停止。

因為昇龍、降虎所到之處，必定掀起災禍。

雖然被盯上了，武當還是照上酒店，都是為了找蔓苓。反正武當不怕昇龍、降虎，不過是棘手又厭煩的舊識罷了。

武當換上新購入的衣服，也綁起頭髮。

接待小弟一開始沒認出來，因為武當的轉變實在太大。但武當一說話，接待小弟馬上驚呼：「武當哥你這樣好帥啊，我真的嚇到了，還以為是誰！」

畢竟武當是拓磨專門帶來的特殊客人，而且為人客氣絲毫不擺架子，接待小弟們也樂於招呼。

接待小弟堆起過分熱情的笑容：「武當哥，你要不要晚點再來？還是換其他人？蔓苓她現在有點不方便。」

先不提接待小弟怪異的表情，武當從聽來的心跳就知道在隱瞞什麼。這有許多可能性，武當先猜了最不願意面對的那一個：「她討厭我？」

的不方便。」

「不不不不不是！」接待小弟像故障的發條玩具連連搖手，「她沒有討厭武當哥你，只是現在真

「如果她在招呼其他客人，我可以等，我沒關係。」武當說，「多久我都等。」

「武當哥你不要這樣，我們這邊漂亮又健談的女生很多，你就挑一個吧。如果沒把你伺候好，我會被拓磨哥修理啊。」接待小弟求饒。

其他接待小弟跟著推薦：「武當哥你今天先換別人吧，還是你要多叫幾個？這麼多人不可能抵不過一個蔓苓吧！她只會擺臭臉啊。」

武當沒把這些話聽進去。他自知可以強闖，這裡沒人攔得住。但這些接待小弟只是討生活混口飯吃，沒必要給他們難堪。

武當伸手一抓，嚇得接待小弟一退，以為武當要出手教訓。但武當只是抓住接待小弟的衣角。

「讓我見她。」武當懇求。

「欸，這個……那個……。」被抓住的接待小弟左看看右看看，其他人同樣不知所措。最後接待小弟投降了，「好啦武當哥，我帶你去找她。可是你千萬不要發飆，拜託，真的算我求你了。」

「發飆？」武當暗自揣測，難道是蔓苓遇上什麼壞事？既然接待小弟願意幫忙，武當便先故意不問，要親自確認。「我答應你。」

「太好了。武當哥你跟我來吧，帶你去小姐們的休息室。」

武當一路跟隨接待小弟。過去幾次來訪都是進包廂等人，這倒是第一次深入酒店內部。在經過一個個包廂門後，接待小弟帶武當上樓。

樓上的長廊有一扇門，與包廂厚重的隔音門相比，只是一般的木板門，門鎖也是普通的喇叭鎖。

接待小弟敲了敲門，探頭進去問候：「不好意思，稍微打擾一下，我帶武當哥來找人，不要誤會，拜託不要告狀。」

接待小弟轉頭對武當說：「公司規定我們不能進去，武當哥你身分特殊，應該是沒問題的，就麻煩你自己進去了。拜託你千萬冷靜不要發飆啊，我不想被拓磨哥帶到陽明山上埋掉。」

「好。」武當不再與接待小弟囉唆，直接打開門。

內裡是像藝人上通告節目的化妝間，兩側牆面是化妝鏡與化妝燈，幾個小姐正在休息補妝。

這些小姐對武當也不算陌生，在他初次來訪時，拓磨可是叫了所有空閒的小姐進包廂讓他選，這事情早就在酒店內傳開。

在眾多詫異的心跳之中，武當瞬間聽清楚唯一不受影響的心跳聲。即使不用聽的，僅憑目視也夠明顯了。深藍色小禮服的纖弱身影落在人群之外，被排擠般孤零零地坐在靠牆的角落，背對著門口，背對所有人。

武當耐住化妝間內小姐們不斷投來的目光，往那個孤單的角落走去。

「嗨？」武當停在蔓苓身後，小心地出聲，怕驚擾她。

蔓苓雙手交疊在胸前。動也不動，也不說話，只傳來低低的吸鼻聲。武當往旁邊一看，從化妝鏡可以看見蔓苓的側臉，她的臉上有異樣的紅，不是慣用的眼影。

無聲滾落的淚水滑過蔓苓臉頰的成片紅腫。

「妳怎麼了？」武當故意不問是誰打了她。他不想提這個，想聽蔓苓說。

蔓苓刻意再別過臉，不讓武當看見。可是武當還是從鏡子中瞥見，有淚水凝聚在蔓苓的下巴尖端，點點落下。

武當轉過蔓苓所坐的旋轉椅，讓她面向他。

「幹麼？你好煩。」蔓苓的抱怨有壓抑不住的哭腔。

武當蹲下，仰頭看著蔓苓，這樣才不會帶來逼問的壓迫感。「告訴我發生什麼事。」

蔓苓依然賭氣地別過頭，「跟你又沒關係。」

「妳是好人，妳願意跟我說話。」

蔓苓突然失笑，被淚水沾溼的睫毛眨了幾下。「跟你說話是因為我在這裡上班，我要服務你。我不是好人，是沒人看得起的酒店妹。」她搖搖頭，眼眶又湧出淚水：「就算我不是心甘情願待在這裡也一樣。他們以為塞錢就可以讓我把腿張開！因為我犯賤。」

「他們是誰？」

「我怎麼知道！我又不認識每個客人。」

「妳希望他們被怎麼處置？」

「什麼處置？告他們？還不是賠錢和解。他們就是以為用錢可以買到一切。」

「我要問妳的是，妳希望怎麼懲罰他們？」

「我？」蔓苓撫著臉頰，痛楚已經消退許多，但精神上受到的羞辱依然強烈，觸碰時還是有陣陣刺痛。她賭氣地回答：「我要像他們打我巴掌那樣，用力打回去。」

「我知道了。」武當起身，沒理會蔓苓遲疑的呼喚，離開了化妝間。

接待小弟等在樓下，見武當面無表情，便小心地詢問：「武當哥？你不是生氣了吧？不會突然發狂吧？」

「你知不知道打蔓苓的客人是誰？」

「不是熟客所以不認得。武當哥你不要生氣啊，幹部當場就出面處理了，直接把他們攆出去，還威脅不准再踏進這間店。我們不會放任小姐被欺負的。」

沒得到需要的資訊，武當沉著臉不再說話。回到櫃檯時，恰好拓磨來了，正在跟小馬尾幹部交談。一見面連招呼都省了，拓磨直接喚住武當：「私下聊聊，又要麻煩你了。」

來得正好，武當心想。

他與拓磨進了包廂。拓磨打量後說：「你換了新打扮，有機會試試閻山組的西裝吧？」

「幫我找個人。」武當直取重點：「今天在你們酒店鬧事，打了蔓苓的那組客人。」

「你想要親自處理？」拓磨大致明白武當的用意，「只是小糾紛，你不用出面。」

「幫我找。」

「你現在接受的是我的委託，你不該惹麻煩，避免影響到我們組內的計畫。」

「作個交易。找出那組客人，我就不拿報酬。」武當思考後改口：「我改個條件。找出那組客人。我的報酬扣除掉蔓苓家人的欠債，剩餘的全部不拿。」

「她家人的欠債不少啊。這筆交易對我不划算。」拓磨裝得為難。

「開個名單給我，我替你殺掉上面的人。」

拓磨一愣，沒想到武當給了這麼大方的條件，還把殺人當交易籌碼。「你確定？」

「我就是被設計成做這種事用的。」武當說得漠然，並非自傲，而是早早認命。

「真是誠意十足。不如這樣吧，蔓苓的欠債免了，我會幫你找出那組客人。但是希望你正式考慮加入閻山組。比起單打獨鬥，我們可以給你很多資源。」拓磨趁勢提出計畫已久的邀請。

「我需要考慮。」

「不勉強。有件事之後要你出手。我需要你再給那個賣腎的一些警告。那個賣腎的增加人手了，你殺死幾個沒關係。總之妨礙對方的生意就對了。我會再把監控得到的車號與路線給你。」

「我明白。」

「期待你加入的那一天。」拓磨拍拍武當肩膀，「沒想到你會暈船。」

「不？我沒坐船。」武當不能理解這個雙關語。

「別在意，等我消息。」拓磨忍俊不已，再次拍了武當的肩膀，帶著滿臉笑意走出包廂。

武當還是很在意，離開前特地找接待小弟詢問：「暈船是不是有其他的含意？」

櫃檯的接待小弟你看我我看你，其中一人反問：「誰說你暈船？」

「拓磨。但我沒搭船也沒頭暈。」

接待小弟又是你看我我看你，都沒想到武當如此天真。那名帶武當去找人的接待小弟咳了咳，用解釋保險契約般的口氣說：「是這樣的，武當哥你聽我說，所謂的暈船的意思就是……。」

隨著接待小弟的詳細解說，武當越聽越錯愕。

「大概就是這樣。」接待小弟解釋完畢，旁邊幾人捧場地拍手鼓掌：「非常精闢。」「振奮人心！」「傑出的講解！」

「不是，我不是……。」武當試圖澄清，沒想過如此單純的需求，竟然一而再被誤會。「我沒辦法跟人……。」

「別說了。你的改變，我們看得見。」因為送客所以正好路過的小馬尾幹部過來湊熱鬧，露出相當欣慰的神情。

也是因為送客所以正好路過的小姐跟著停下。「你這麼精心的打扮，捨棄了招牌的遊民風格。如果我是蔓苓一定會很感動，可惜今天比較不湊巧。」

「加油啊武當哥，我們支持你！」接待小弟們手按胸口，用力點點頭。

武當百口莫辯，只有被動接受。

十六　苗床之三

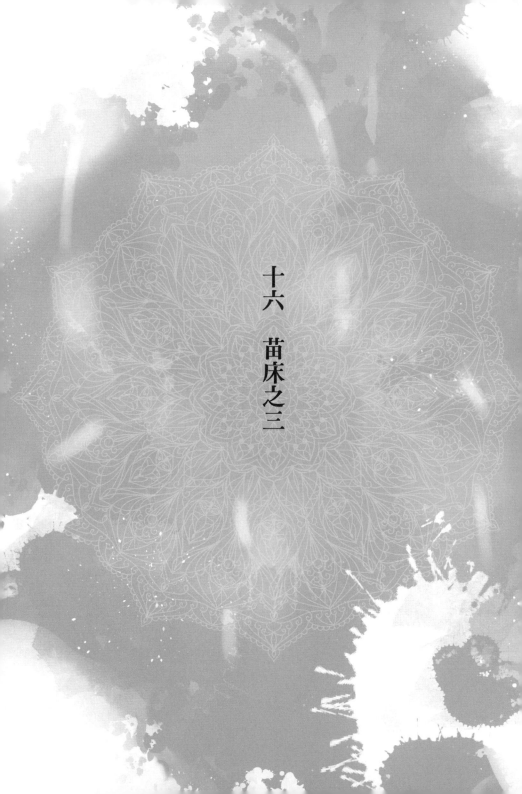

斐先生來電。

「哈囉！S啊，今天真是個美好的日子，我挑到一瓶很好喝的紅酒！在被酒精療癒的現在，我等不及想知道，妳抓到那個敢找麻煩的人了嗎？有沒有弄清楚對方是什麼來頭？還有最最最重要的，虐殺影片有好好拍下來嗎？我很期待，真的，像看恐怖片隨時會看到鬼竄出來那樣又期待又緊張，好像初戀，真是受不了！」

Miss S耐心聽著這鞭炮般連串不停的話語，確定斐先生講完了才回答：「斐先生，昨天雖然執行運送，但對方沒有襲擊。我聘了探子正在調查。」

「喔不！等我，我需要再喝幾口紅酒。」在斐先生沮喪的哀號後，傳來他不斷的咂嘴聲。「期待已久的消遣就這樣落空了。S妳別誤會，我不是那麼嗜血的人，至少到今天為止還不是。我是如此純粹的想要探究各種可能性，從中得到刺激，激發出更多的靈感……妳會逮到他吧？」

「會的。我不能放任這門生意受到任何侵害。」

「我相信妳會的。換作是別人，我還要擔心可能心軟，執行得不夠徹底。但妳不一樣，Miss S的S是Sadism的S啊。妳連家人都能賣掉，我記得那是妳第一筆完成的交易，幹得漂亮。」

Miss S平靜地表示：「我只是作出最大限度的利用。」

「不要誤會，我不是苛責妳。相反的，對此我給予高度評價。假如滿分是一百分，妳該拿一百二十分！不管是血緣還是家庭，這個先天的束縛不知道帶給人類多少限制。妳沒有被綁住，真是太好了，妳頭腦很清楚，看得很透澈。大家都應該向妳學習。」

被稱讚的Miss S沒有反應，只是聽著。

斐先生再喝了點紅酒，在連連的咂嘴聲後繼續說：「人類的演化是這樣的，從遠古就有集體狩獵的習慣，所以人類渴望群體、希望被接納，還發展出從眾的性質。妳知道的吧？從眾，為了迎合團體放棄個人特質，或任何一點異於眾人的想法。因為怕被排斥啊！

「很多長久流傳的老舊思想，就這樣一代一代像病毒擴散下去，因為大家都乖乖遵守，沒人推翻。在華人社會，對對對，特別是華人社會，到了這時代依然被儒家思想限制，像發病般異常在意長幼禮序，還有過時的傳統。每次想到這我都快哭出來了。已經可以送那麼多太空船上宇宙了，連手機都變成觸控式了，結果人的本質還是一樣低劣，只有硬體的進步是不夠的。我真是太傷心了！」

「斐先生您是不是喝多了？」Miss S眉頭微皺。在被迫聽了斐先生的長篇大論之後，現在換她想喝酒放鬆。

「我很清醒，比大多數喝了酒的人還清醒。只是有些個人見解剛好跟妳分享。妳知道嗎？天才都是孤獨的，他們的思想太進步，跟不上的人都將他們當作異類。我不是天才，但我懂那種孤獨。」

「孤獨可以激發人的創造力，我想對斐先生您的研究有幫助。」

「關於這個呢，其實呢，我有一群快樂夥伴。我們因為共同的目標攜手合作。說過了，我不是天才，沒有憑一己之力就改變時代的天賦。所以比起單打獨鬥，我傾向團隊合作。我與妳也是合作關係而且合作愉快，妳比前一任更盡責也更冷血，她挑人的眼光真的很準，選中妳真是太好了。講到妳好像都要強調冷血這點，不要誤會，一樣是誇獎。」

「我很榮幸。」

「妳的血是冷的嗎？」斐先生問。

「我想不是。」

「我確定人心是冷的。」斐先生在笑，並不對此感慨。「苗床應該快採完了？這幾天會有新名單，要先把被搶走的器官補齊。至於損失的部分，就拿襲擊者的命來還。」

「請期待影片。我謹記您的吩咐。」

「太好了太好了。」

通話結束。

Miss S放下發燙的手機，通話時貼著手機的那側臉頰亦微微發熱。她吐出一口濁氣，像要把斐先生的話語從體內排出，並試圖把疲倦從肺部一併清空。

即使沒有貓頭鷹的提醒，Miss S也知道要防範斐先生。哪怕再遲鈍的人都能明白，斐先生是個偏離常軌的狂人。他所想所作的，恐怕在將來的某一天會給這個世界掀起動亂。

斐先生投入的研究到底是什麼？Miss S開始對此好奇。過去她專注在器官販售的生意，其他事謹慎不過問，免得惹斐先生不開心。

Miss S與斐先生來往越久，越是知道這個人腦中充滿惡趣味，是不能被常人理解接受的。所以從斐先生口中說出「會讓世界變得更美好」的發明，很可能是與所謂的美好扯不上關係的產物。

精通病毒學與生物技術的斐先生，究竟在策畫什麼？Miss S猜測。

「斐先生說了什麼？妳看起來很困擾。」手握方向盤的熊叔問。

今晚仍是熊叔開車送Miss S返家。雖然上一趟運送器官順利無阻，但不代表襲擊者就此罷手。基於保險起見，這陣子Miss S都由熊叔護送。

「斐先生說了太多。他的思考方式過於特別，我還不能消化。」Miss S說。

「我深刻體會過。」熊叔笑瞇了眼，這種笑容讓他看起來像隻和藹的大熊。「我在接下禮物時，跟斐先生有過交流，是很獨特的一個人，有很多天馬行空的想像。有機會還想再跟他聊聊。」

「你沒有定期回報注射藥劑的情況？」

「那款藥劑是發展完善的成品，只要體質夠強能夠負擔，通常不會有副作用。不過光是要忍受注射的痛苦就是個大麻煩，頭幾次我可是害怕得不敢施打。」

「你也會害怕？」

「有的。我會害怕。讓我恐懼的事物多數不具備實際形體。」

「比如呢？」

「比如現在我們受到的威脅。我擔心最終會造成什麼樣的損害？阿狐的事我很難過，雖然他有時候顯得輕浮，但其實是個體貼的人。他能記得我愛吃的甜甜圈口味。」

「還有呢？」Miss S再問。

「害怕自己停滯不前，無法繼續突破。也害怕沒辦法與看上眼的對手盡情一戰。」

「好像熱血漫畫的橋段，你應該不是信奉主角必勝吧？」Miss S希望熊叔的答案是否定的。她不敢想像這個可靠的肉壯大叔會跟愛幻想的小孩子一樣天真。

「信念是作為人很重要的支撐，可是有太多僅憑信念無法跨越的困境。我更看重實際的現實。」

「現實的依據是什麼？」

「現在。此時此刻。」熊叔拍拍方向盤。

「真有禪意。」

返家的Miss S再次發現躲在牆角的黑影。

「怎麼又是妳？」Miss S不悅地問，差點跺腳。

又是那個躲避家暴的女孩。她穿的學校制服相當單薄，襯衫與輕飄飄的裙子毫無禦寒的作用。在新一波冷氣團的侵襲下，穿著這種衣物暴露在室外無疑是酷刑。

瑟縮牆角的女孩不斷發抖，每次有風吹過，便讓顫抖又加重幾分。Miss S用手機開啟手電筒，粗魯地往女孩的臉照去。照出那張發白的臉與失去血色的嘴唇。

「一定很冷吧？」Miss S用輕柔得令人發毛的語氣問。

女孩嘴唇顫抖幾下，試圖張口說話，最後以點頭替代。

「趕快滾回妳家，就不會冷了。」Miss S瞬間切換回慣有的霸道語氣。

女孩遲遲沒有動作，眼睛垂了下來，看著粗糙又黑暗的水泥地面。在Miss S打算威脅要報警時，女孩突然喊：「阿姨，妳僱用我好不好？什麼雜事我都做，打掃洗衣服煮飯都可以！」

Miss S口罩上露出的那對眼睛突然瞪大：「妳再說一次？」

「僱用我好不好？」

「不是這句。妳剛剛叫我什麼？」

「阿姨。」

「什麼阿姨！我才二十八歲！妳眼睛瞎了？」Miss S暴怒，差點要掏出口袋暗藏的辣椒水，對女孩猛噴當教訓。

「阿姨妳一直戴口罩根本看不見臉啊，不知道妳那麼年輕。」女孩依然故我地白目。「拜託妳僱用我。我爸欠很多錢，只要還錢了他就不會常常生氣，我也不會一直被打。」

真是個蠢女孩，Miss S心想。稍微移動手電筒，不再讓光直接照在女孩臉上。女孩緊抱身體不停發抖，如果在這邊待上整晚，說不定會凍死。這副慘樣讓Miss S看了就厭煩。

「妳甘願嗎？」Miss S問。

「甘願什麼？」女孩不懂。

「甘願扛這些嗎？這不是妳需要負擔的問題，妳才幾歲？」

「我不想一直被打。可是逃不出那個家，我年紀還太小。」女孩話裡有藏不住的恨意。

「妳現在躲在這裡，也算是逃。」

「可是妳會趕我，回去又是被打。」

「妳凍死在我家門口我會很麻煩。」

「阿姨，」女孩趕在Miss S斥責前繼續說：「妳活比較久可不可以告訴我，為什麼不能選擇家人？為什麼一出生就註定好了？」

本來要糾正稱呼的Miss S將話咽下，錯愕地望著面前女孩。她跟她的想法竟如此類似。恍惚間，Miss S好像看見當年的自己。那樣悲慘無助，不願認命卻又不得不看清現實……

——你們都不是我選擇的，因為我無從選擇！

當年的Miss S在面對家人時，總是有這樣的聲音在心中浮現，迴盪不散亦擺脫不掉。她多恨這些命定的業障，從出生落地就成為累贅，一再絆住她。

「我不想給妳添麻煩啊，可是我沒地方去。」女孩失落地說，恨自己無用。

「因為妳無從選擇。」Miss S說，像當初給自身的處境下了定論。

Miss S撇下女孩，無視她的呼喊逕自進了屋。有牆壁遮風的屋裡要比外面暖和太多，讓吹風緊繃的肌膚慢慢和緩下來。

Miss S換上室內拖鞋，匆匆經過鬥魚牆來到臥室。她打開衣櫃，審視其中的衣服，取出一件鋪棉外套，那已經擱置了好一陣子，許久沒穿。也沒有再穿的興趣了。

拎著鋪棉外套，Miss S重新穿回短靴，再次來到屋外。

一度被Miss S遺棄不管的女孩還在同樣的位子，瑟縮著身體，頭埋入膝蓋之間，盡可能減少被冷風吹拂的面積。

女孩聽到Miss S返回的腳步聲，吃力地抬起頭。

Miss S掏出皮夾，拿了兩張千鈔塞進鋪棉外套的口袋，再把整件外套扔給女孩。

女孩眼睜睜看著Miss S的舉動，當外套落在身上時，她還不能明白這究竟是什麼用意？

「拿著外套跟錢，隨便找超商還是速食店待著。不要賴在這裡，看了就礙眼。」Miss S刻意用比平常更加冷酷的口吻說。

女孩抱著外套，手往外套口袋摸索，拿出其中一張千元鈔遞還給Miss S。「可不可以用一千塊借妳的客廳一個晚上？不然玄關也可以。我半夜亂走會被警察攔住吧。」

「妳怎麼有能跟我談判的誤會？」Miss S毫不客氣地嘲諷，笑女孩的不自量力。

「因為這個才是我的選擇。」女孩誠實地說。

Miss S不得不承認，這話聽在耳裡只有難受，就像心臟被重擊似的。面前這個女孩比當時的她要勇敢太多了，更早懂得做出取捨。

Miss S差點答應女孩，而且不收錢。但是她忍下了，反而給予警告：「在我報警之前快滾。」

女孩垂下手，把遞出的千元鈔收回。她穿起Miss S給予的鋪棉外套，把凍僵的手掌藏進口袋，脖子也縮進領口盡量避風。

女孩看了看Miss S，「阿姨，一直戴口罩對皮膚不好，會長痘痘。」

Miss S乾脆拿出口袋的辣椒水，噴口對準女孩。「少說廢話。妳這個欠教訓的死小孩，再不走我就噴辣椒水了。」

「對不起我還不習慣改口。要怎麼叫比較好？」

「不准叫阿姨就對了。」

「那叫妳大姊姊好了，妳比我大十五歲這樣叫應該可以吧？」

「不用強調年齡差距。」Miss S真的很想按下辣椒水，噴死這個小白目。

「大姊姊謝謝。」女孩安分道了謝，走過Miss S身邊。

「站住。不是那個方向，妳家在這邊。」Miss S指著圍牆的另一側。

「我怕爬回去被爸爸發現，借我從這邊下去。」女孩指了Miss S這棟樓的樓梯口，趕在Miss S再次說話前趕緊溜走。

獨自留在冷風裡的Miss S看著女孩消失在陰暗的樓梯間，有點無奈，口罩下的嘴角卻微微彎了起來。「真是個機靈的死小孩。」

Miss S湊到樓梯口細聽，直到聽見一樓的門也關了，才返回屋內。

她調了杯熱蜂蜜牛奶，捧著溫熱的馬克杯邊暖手邊觀賞鬥魚牆。鬥魚們發現了佇立魚缸前的Miss S，紛紛面朝她的方向，胸鰭快速擺動。牠們真的認得她。

Miss S忘神地沉浸在魚缸中的世界，忽然手機振動幾次，將她拉回現實。是新的名單來了。

Miss S簡單瀏覽，忽然定格在其中一個苗床。地址很眼熟，經過反覆確認，真的沒有看錯。

她放下手機與馬克杯，坐倒在沙發，放鬆全身繃緊的肌肉，讓重量被支撐。唯有如此才能暫時解放突來的重擔。

真是戲劇性的展開，Miss S心想。

十七　心怡之二

這是Miss S成為Miss S前的往事。

結束加班的心怡乘著捷運，過了晚間九點，擠在捷運上的人潮比通勤時段少了些，但她還是沒有位子可坐，只能站著。

整天上班累積的疲憊從肩頸向下蔓延，加上肩背包的重量，令心怡駝著背，連滑手機的念頭都沒有，只想澈底放空。

面貌姣好的心怡不時引來附近男性乘客的注目，或偷瞄或大膽盯著不放。但她從未察覺，雙眼茫然注視車廂中虛無的一點，整個人動也不動。

一路抵達捷運紅線的終點淡水站，被提示音喚回的心怡落在最後，緩緩離開車廂。她沒有立刻出站，而是在站內的候車座位再待幾分鐘。

上班壓榨了精神與體力，返家對心怡則是另一種折磨。她盡量逗留，試圖奢侈地享有外頭輕飄飄的自在空氣。

心怡沒有化妝的習慣，臉蛋的憔悴顯露無遺，是比常人更蒼白的不健康膚色，眼瞼下有無法忽視的黑眼圈。加總後使她呈現出一種脆弱的、引人想要呵護的病態美。

逗留得夠久了，臀下的座位已經有她的體溫。心怡終於起身，刷卡出站。她在捷運站外借了公共自行車，緩緩騎在夜間的路上。迎面有風拂動她的頭髮，露出完整側臉。

那是憔悴不帶希望的臉。離家越近，陰沉的認命感越是強烈浮現，盤據了姣好的臉蛋。

在住家附近的租借站繳回自行車，心怡徒步走完最後一段返家之路。往人車漸少的老舊住宅區走去。路上只有零星路燈，迫使心怡穿越那些光線微弱的陰影。

遠處傳來狗吠，還有重聽老人家轉得很大的電視聲。

心怡一直走，直到瞥見一棟老舊建築的三樓，某扇窗透出神桌的血紅燈光，在漆黑的夜間像怪物的眼睛。

那是她的家。

家人的鞋子亂塞在樓梯間的鞋櫃，心怡見了無心整理，脫下難穿的高跟鞋，整齊地放在鞋櫃旁，換回在家穿的塑膠拖鞋。

一進門，迎接她的不是家人的招呼，也沒有任何寵物撲上來撒嬌，只有誦經機播放的佛經。在陰暗老舊的屋裡，既不莊嚴更不神聖，反而像要招來四方的孤魂野鬼。

心怡面無表情關掉。

客廳圓桌的碗罩下有涼掉的飯菜，是簡單的白飯與菜脯蛋，還有打開的醬瓜罐頭。這種鈉含量超高的組合，讓心怡看了就沒胃口。她也累了，好累好累。所以放棄晚餐，踱步往房間的方向。

走廊狹窄且陰暗，夜裡無人替她留一盞燈。

心怡經過父母的臥房，門後有陣陣鼾聲。父母已經熟睡。單薄的木板門上有顯眼的凹陷，是被人用拳頭打破的。

她回到自己的房間，開了燈並卸下背包，然後在桌前坐下。桌面除了檯燈與筆記型電腦，還放著一個方形小魚缸。隨著燈亮，缸裡的紅色鬥魚游動起來。

心怡看著魚，整個世界彷彿就此靜止。這是她唯一的心靈寄託。看著鬥魚如此健康，豔麗的鮮紅魚鱗有漂亮的反光，就讓她心安。

忽然，隔壁房間傳來暴躁的鍵盤敲打聲，還有不斷點擊滑鼠的喀喀響。在喇叭放出的遊戲音效中另有男人的斥罵：「搞什麼東西？到底會不會打遊戲？」

心怡直視魚缸，強迫自己無視近在牆後的噪音。

「一堆廢物！不想打不要打啊！來啊都送頭啊盡量死我沒差！」男人大吼，重重捶打鍵盤，嚇得心怡震了一下。

受到驚嚇的她望向牆面，牆後的粗暴傢伙是她親生大哥。

心怡的大哥在高中時休學，從此再沒回到學校，每天待在家裡打遊戲，現在已經要三十歲了卻連高中學歷都沒有，更毫無工作經驗。這樣的人，卻還是能臉不紅氣不喘跟家裡討錢，作為娛樂支出。那些錢大部分都是心怡掙來的。她辛苦上班加班，忍耐老闆反覆不定的脾氣，還有同事的扯後腿與冷嘲熱諷，就為了支撐家裡的開銷。

會有這樣的哥哥，必定是家庭出了問題。

問題的根源很明顯，是心怡那對無能又愚蠢的父母。

「我問過師姊，師姊說妳哥哥三十五歲就會想通，到時候會出去工作，妳忍一忍。」某天，沉溺求神拜佛的父親這樣對心怡說。

那時心怡已經當了幾年的上班族，深知混口飯吃有多不容易，這番話讓她聽了只有錯愕無語。還要忍受哥哥當個家裡蹲廢物那麼多年？何況那個師姊說的話能信嗎？她是什麼來路？若預言那麼準，為什麼父親到了這把歲數還是又窮又沒出息？

不只哥哥的事，凡是生活中大大小小的事，父親都能問神。擲筊是每天除了誦經機外干擾家中安寧的噪音。父親可以耗上一整天不斷擲筊，只為了問出滿意的答案。

父親想賺大錢，卻沒把心力投注在事業，妄想照三餐拜神可以忽然致富。

至於生性懦弱又體質虛弱的母親，對改善家中的慘況更是毫無作用，不僅跟大哥一樣沒有工作能力，還只會任由大哥亂發脾氣。

有一次，心怡終於忍受不了大哥深夜打遊戲製造的聲響而出聲抗議，結果惹得大哥暴怒，抓起掃把一路追打她，直到她逃出家暫時躲避。

父母房間門板上那塊顯眼的凹陷，是當時盛怒的大哥打出來的。

心怡不敢再抗議，她知道大哥真的會毫不留情地痛打她。大哥在家龜縮這麼多年，除了年紀的增長，體重也直線上升，成了凶暴又油膩的胖子。可是大哥這樣暴躁的脾氣，只敢發洩在家人身上。

曾經心怡目睹大哥出門買飲料，結帳時被面目凶惡的小混混插隊。雖然大哥的體型比對方大上不只一號，卻不敢吭聲。小混混回頭瞪人時，大哥竟是點頭道歉。

這些都讓心怡看了覺得悲哀又可笑。

她為什麼要生在這樣的家庭？大哥不工作，作粗工的父親工作也是時有時無。父母終將老去，這些經濟重擔都將落在心怡身上，現在已經夠吃緊了，等到父親不再能幫忙補貼，最後心怡要一個人負擔全家的三餐與水費、電費、健保費，更別提開銷最大的房租。她大學的助學貸款仍在償還，每個月就是一筆幾千塊的支出。

心怡一家沒車沒房。這個家擁有最多的東西，叫貧窮的滋味。這一切的一切都帶來恐怖的急迫感，讓心怡的脖子彷彿纏了圈無形的繩索，正在不斷收緊，就等到某天要絞死她。

生活從來就並非容易的事，只懂龜縮偷安的人不會明白究竟有多崎嶇難行，之所以能天真以為生活是那麼樣輕鬆好過，是因為有人默默在支撐付出。

比如現在，心怡在驚嚇後還是認命打開筆記型電腦，點開預先下載好的聲音檔。她接了逐字稿的工作，藉此賺點外快。

掙錢掙錢掙錢，這是心怡最大的課題，為了不使全家餓死或流浪街頭，只能盡可能掙錢。她戴上耳機，細聽音檔內容並將之鍵入Word檔。大哥還是不時發出憤怒的咒罵或大敲鍵盤。心怡逼自己專注，這份逐字稿的交差期限剩沒幾天，不能違約。

可是忽然地，心怡什麼都聽不進去了，音檔的人聲變成無法入耳的背景音。有長久積累、無法抑制的情緒湧了上來。心怡停止動作，手指離開筆記型電腦的鍵盤。她看著放在桌面的十根手指頭，皮膚與指節都有些粗糙，幾根手指有大小不一的脫皮。

她從高中開始打工。手指的脫皮是在餐飲店工作時被洗餐具的強力清潔劑腐蝕的。現在每到冬天，只要多碰了水就開始脫皮，還會刺癢疼痛。

為什麼我要這麼累？為什麼我要這麼辛苦？心怡不懂，真的不懂。雖然不喜歡老闆與同事，但心怡的工作能力總是能受到肯定。可是無論她在事業取得任何進展，只要想到家中情況，就能瞬間將所有的成就感抹殺殆盡。

這輩子，心怡都要扛著這家人。這是命定的恐怖業障。

家庭的狀況讓她不敢交男朋友。即使因為姣好的外貌常被男人示好，但心怡就是不敢。她不要讓一個無辜的人，捲進這個充滿狗屎爛泥的困境。

心怡取下耳機，按住筆電的電源鍵關機。真的累了。

放空之間，她想起某個不必工作應該好好休息的星期天下午。

突然搭話的母親嫌心怡給家裡的錢只有那麼一點，卻把更多的錢留在自己戶頭，因此嫌棄地說：

「妳就是對自己比較好的人。」

即使是那樣懦弱的母親，還是能說出如此惡毒傷人的話。

妳就是對自己比較好的人。

妳就是對自己比較好的人。

妳就是對自己比較好的人。

心怡深深閉起眼睛。手掌緩緩握拳，指尖刺在掌心上。用力再用力，指甲陷入肉中。會痛，她想，但跟母親說的話相比不足一提。

心怡怎麼可能完全把錢交出去？她努力掙錢，不是為了給毫無理財概念的父母揮霍。她盡可能努力存錢，把一切的開銷都花在刀口上，為的就是能有一筆積蓄，在將來獨自負擔家中經濟時，能偷一點喘息的餘裕。

結果母親因此責難她——妳就是對自己比較好的人。

如果我真的是對自己比較好的人，早就一走了之，不與你們一起沉淪。心怡的眼神很哀傷，家中無人理解。

難受的回憶還未擺脫，母親出現在房門口，慘淡的表情看起來像徘徊不去的陰靈。

母親一臉欲言又止。心怡沒開口問，下班的她累了，就看母親什麼時候才甘願鬆口。

「妳爸爸今天機車去撞到人家的車……。」母親一開口就沒好事，帶著滿面愁容繼續說：「還好沒傷到人，可是車子的維修費用要八十萬。」

哪怕心怡再疲憊，聽到這樣龐大的金額也嚇醒了。「怎麼可能這麼貴！那是什麼車？」

「不知道，妳爸爸也不清楚。他說車主是黑道的，把妳爸爸押去修車廠估價，又把他押回來要拿錢。那時候妳不在，妳爸爸就跟人家商量說等妳回來再想辦法……。」

「車主直接把爸押回來？」

「妳爸爸跟人家鞠躬道歉好幾次，好不容易把人家請回去。車主真的很可怕，我看他還帶小弟……妳爸先跟人家簽借據了。人家說三天後會再來。」

「到底在搞什麼？怎麼會這樣？」心怡連連搖頭，不能理解父母的處理方式。「報警啊，這明顯是恐嚇，直接報警！」

「不可以，萬一被報復怎麼辦？」懦弱的母親只懂任人宰割，還露出一臉心怡不懂事的模樣，「妳拿不拿得出錢？」

「太多了，我沒辦法。」

「妳想想辦法，如果拿不出來，人家一定不會放過我們。」

心怡看著面前焦慮的母親，在彼此都沉默的此刻，能聽見鄰近房間父親發出的鼾聲，還有大哥不斷連點滑鼠的聲音。為什麼父親還能睡得著？為什麼大哥還能一直打電動？為什麼又把這種爛事丟在她身上？

母親話還沒說完：「車主說如果還不出來……就叫妳去兼差。」

「我？為什麼是我？」心怡下意識看著筆電，下班後還在弄逐字稿的打工，這不夠嗎？

「妳爸爸跟人家說要等女兒回來才有錢。人家就說有開酒店，叫妳去上班。心怡妳就當成是打工，下班後直接過去……。」

「我不要。」心怡質問：「妳知不知道酒店是什麼地方？妳是在開玩笑嗎？妳現在是叫妳女兒去陪酒妳知不知道？」

「可是八十萬，還不出來的話……。」

「叫爸想辦法啊！是他不長眼去撞人家車！不是每天一直拜拜一直擲筊嗎？拜得跟神經病一樣只會拜拜拜拜拜！怎麼神明沒保佑？」心怡越說越大聲：「不然叫妳兒子去賺錢啊！賴在家這麼多年當廢物，該找工作了吧！」

砰！牆壁突然一震，隔壁大哥聽到心怡的話，用力搥牆作回應。緊接著傳來摔門聲，憤怒的腳步直接衝來心怡房間。

「妳說誰是廢物！」大哥圓腫的臉皮因為咆哮而晃動，亂糟糟的油膩頭髮亂翹亂捲，還發出混雜汗味與油垢的濃重體臭。

「就是說你！不懂上進的廢物！」不甘心的心怡吼回去。

大哥粗暴地推開母親，撲上來要揍心怡。心怡早就知道發狂的大哥會動手，迅速踩上旁邊的床鋪，繞過瑟縮的母親還有撲空的大哥，往家門奔逃。

連鞋子都顧不得換，心怡踩著塑膠拖鞋逃到樓下，倉促之間不知道該往哪去，只能就眼前路一直跑一直跑。

「啊！」不適合奔跑的塑膠拖鞋讓心怡的腳踝一拐，整個人失衡跪倒，膝蓋重重撞在粗糙的柏油路，骯髒的細屑沾在破皮的傷口上，混著血滑落。

心怡抱著流血的膝蓋，頹坐在夜間的馬路。沒有來車與人影，只剩附近雜草堆發出的蟲鳴，與不時颳過的颼颼冷風。

前所未有的茫然侵襲而來。心怡看著遠處漆黑的盡頭，眼睛一痠，淚水已經充滿眼眶。她試著強忍，一再湧出的淚水終究潰堤，滾燙地滑過臉頰。

心怡的肩膀顫抖起來，無法克制地啜泣。最後壓抑不住，放聲號哭。

她淒涼的哭聲迴盪在夜間，無人聽聞。

心怡度過了煎熬的三天。期間大哥關在房間打電動，不問不管家中遭遇的困境。父親擲筊更加走火入魔，還徘徊在心怡房門，可憐兮兮地問她拿不拿得出錢？

父親喪家犬般無能的模樣，讓心怡看了生厭，關上門想不管不理。父親卻不時敲門，問心怡有沒有辦法？說他真的湊不出錢……

就在第三天，車主上門討要維修費。

心怡當著車主的面，強硬回絕去酒店上班的選項，更不管隨侍在車主身後的兩名小弟扳著臉嘴叼菸，一副隨時要拍桌叫囂的威嚇嘴臉。這讓母親嚇得攔住心怡，要她別多說，不要惹車主生氣。

心怡澈底無視母親，堅決表示不甘就範。

「小妹妹，我欽佩妳的膽識，但這筆錢妳家是一定要付的。」與粗獷的外表不同，車主以字正腔圓的國語說話，咬字非常清晰，像個教書的老師。「妳家人無緣無故來撞我車，賠錢天經地義吧？」

「修個車怎麼可能會到八十萬？你根本是獅子大開口！」心怡說。

車主輕蔑地冷笑，笑心怡不諳世事。他回頭對小弟使了眼色，小弟立刻把估價單塞到心怡眼前。

「你看這臺車什麼牌子的，才八十萬已經算你幸運了。」車主說。

心怡拿過單子，用手機搜尋那臺車的售價。查到了價碼，心也涼了。

「懂了吧？」車主說，「我現在是好好跟妳講。妳不還，妳家會很麻煩。小妹妹，妳應該是聰明人，不用我多說也知道會有什麼後果。」

「心怡，妳就聽人家的去酒店上班，還完錢就可以離職了……。」怕事的母親苦勸，還是想把心怡推出來收拾爛攤子。

「對啦妳就去啦，我會求神保佑妳不被客人騷擾順利賺大錢。」父親滿腦子還是愚蠢的神佛。

「我不要！」心怡把估價單推給父親。「你撞的，你自己想辦法！」

「看起來今天談不攏了。不來酒店上班沒關係，還有很多還錢的方法。」車主不再多說，率著小弟離開。

看車主這樣乾脆離去，反而讓心怡更加不安。

突來的龐大債務讓心怡這幾夜都失眠，卻還是要認命早起上班。她沒有不工作的本錢。

心怡出門時，發現有陌生的訪客，是個戴著玳瑁圓框眼鏡的慈祥老婦人。

「妳好，我來討論你們家的債務。」老婦人微笑，臉上擠出淺淺的皺紋。

這是心怡與貓頭鷹的初次見面。在那之後，她成了一樣的人，說著一樣的話。

現在，此時此刻，已經成了Miss S的心怡站在新的苗床面前，說著慣有的臺詞——

「耽誤幾分鐘，討論你的債務。」

她刻意不理旁邊錯愕的女孩。女孩身上穿著鋪棉外套，是那一晚Miss S特地從衣櫃翻出來的。

真是戲劇性的展開。

新名單上的苗床，正好是隔壁的惡鄰。

十八　鄰居

這就是住在Miss S隔壁，有事沒事就要摔家具又痛罵洩忿的惡鄰。現在身分揭曉，是欠債累累一事無成的中年男子。

真是幸會了，Miss S在心裡嘲諷。

這次Miss S率著熊叔與一頭老狼登門，另外四頭狼亦參與這次行動，在樓下的車裡等候接應。

就在Miss S等人強闖入屋時，這個苗床膽敢向他們扔塑膠板凳，熊叔當然不客氣地教訓，把苗床高高扛起，摔稻草般往牆壁扔去。

撞牆落地的苗床痛得連連乾嘔，讓Miss S眉頭一皺。「真是難聞的貧窮臭味。」

在Miss S說話時，有怯懦且小心放輕的腳步聲，遠遠停在Miss S身側。

「阿姨……大姊姊？」小小聲的驚呼傳來。

Miss S故意當沒聽見，熊叔與老狼識相地保持沉默。

Miss S以公事公辦的機械性語氣，向苗床進行既定的說明，然後給出二選一：「你要留下左邊的腎臟還是右邊的？」

「要我賣腎？妳憑什麼？」發怒的苗床又想亂摔東西。老狼搶先壓制，這讓苗床被迫以磕頭的屈辱姿勢看著Miss S。

「我只讓你選左邊右邊，沒讓你選擇賣不賣。賣顆腎就可以還清欠債，還能保證身家平安，不是很划算嗎？」Miss S不屑地昂起頭，像在看可燃性垃圾：「不然你以為能怎麼還？你湊不出錢。」

不甘受辱的苗床正想張嘴回罵，動作更快的Miss S已經將靴底重重踏在苗床臉上。「除了一張嘴亂叫，你到底能怎麼樣？」

Miss S無法確定眼下的這份憤怒，是源於常在夜間被這苗床摔東西還有怒罵給驚擾，或是另有原因？她應該保持冷靜，一切都該精準計算。現在完全是脫序演出。

「啊！賤女人，把妳的腳拿開！」苗床又吼。

Miss S還真的挪腳，但並非就此罷休，而是往苗床的鼻子踹去。脆弱的鼻樑受了堅硬的靴子踢擊，流出鮮紅的鼻血。

「熊叔，打暈他。」Miss S往旁退開，讓上前的熊叔得以舉起巨大的拳頭，往苗床下巴搥落。簡單俐落的一擊，下巴受到的震盪直接傳到腦幹，讓苗床昏去。

熊叔與老狼一起用束帶捆住苗床的手腕腳踝，再裝進大帆布袋。待熊叔把裝著苗床的軟趴趴帆布袋扛在肩上，Miss S吩咐：「狼群把人送回據點。熊叔你先在車上等我。」

熊叔望向Miss S，其中有不言而喻的擔心。

Miss S故意裝得冷淡又不在乎，要熊叔別多管。這個肉壯大叔明白她的倔強，友善地不再多說，與老狼接連離開。

Miss S雙手下意識插入口袋，無意義地擺弄手機。

最後，Miss S無聲地深呼吸幾次，終於回頭。

女孩就在門邊，身上還穿著Miss S送的鋪棉外套。女孩困惑地看著，似乎不能理解究竟發生什麼？為什麼Miss S會闖進來？為什麼爸爸突然就被打昏了還給帶走？

「沒去上學？」Miss S問。

女孩搖頭。「不喜歡學校。」

「家裡沒人了嗎？」依Miss S的印象，應該另有一個較年長的女性。

「沒有了。」

「不是有一個女的？年紀比較大。」

「妳說阿姨？」女孩意會到這個稱呼可能帶來的誤會，馬上澄清：「不是說妳，是說爸爸的女朋友。阿姨已經跑了，被爸爸嚇跑。」

「妳媽呢？」

「不知道。從很小的時候就沒看過。」

Miss S忽然不說話了，這是她第一次在夜間天臺以外的地方看見女孩。藉著白天的日光，她發現女孩雖然不如印象中蒼白，卻難掩虛弱的病態，偏瘦的臉頰有微微的凹陷。

「阿姨？啊不是……大姊姊？妳為什麼會抓人賣器官？」

Miss S沒有正面回答女孩的問題，反而威嚇：「等妳爸回來，妳家的債務就還清了。他不會再打妳了。不准再爬牆過來，這是我最後一次警告。」

「大姊姊，我也能賣腎嗎？小孩子的腎有人會買嗎？」

Miss S不能理解地怒斥：「妳在想什麼？妳又沒欠債。」

「有錢我就可以自己生活了，不用跟著爸爸，不用一直被嫌棄是賠錢貨。阿姨……不是，大姊姊，我這樣想好像很幼稚，可是討人厭的事好多。一直被罵被打，常常轉學還被同學笑家裡窮沒有媽媽。老師也兇，因為我成績很爛。我不懂人為什麼要被生下來，大姊姊妳知不知道為什麼？」

「因為妳是這個年紀。國中生最愛胡思亂想，多背點英文單字比較實際，不要去想賣腎這種事，那是走投無路的選擇。」

「我快走投無路了啊。」女孩焦慮地說。從十三歲的學生口中講出這種話，有種故意裝作看透世態的違和感。但女孩不是那種用意，是真心以為自己最終要落進死胡同，闖不出去。「一直跟著我爸，生活就是越來越糟。他常常跟人吵架，工作也亂七八糟的。」

「常挨揍？」

「不然阿姨妳以為我為什麼拚命翻牆躲到妳那邊？因為我爸一不開心就動手打人。」

「很多人不適合當父母，他們只知道射精跟讓精子著床，不懂怎麼養小孩。養小孩跟養寵物不一樣，結果多的是父母把小孩當成自己的所有物，憑喜好懲罰打罵。妳有玩具被摔壞的經驗嗎？」

女孩搖頭。「我沒有玩具。我知道阿姨妳要說的，我聽過同學抱怨電動被爸媽砸壞，還有喜歡的偶像專輯被丟掉。」

Miss S還是糾正了：「不要再叫我阿姨了。」

「好難改口。妳可不可以把口罩拿下來，我看過臉以後就會記得，不會再叫錯了。」

「妳真的很愛討價還價，以後可以考慮當業務。」

「妳僱用我啊，我可以慫恿人賣腎。」

「妳到底在想什麼？」Miss S皺眉，眼前這個女孩已經超乎她想像了。「從來沒有小孩子主動希望加入這種生意的，妳的成長過程到底出了什麼差錯？」

女孩說：「因為我努力討好同學還是被嘲笑，都嫌我窮。我去查他們喜歡的偶像想跟他們聊天，結果還是排擠我。因為我買不起專輯跟周邊商品，不能跟他們分享。班上的小圈圈好討厭。」

這番話讓Miss S想起以前要什麼都得靠自己辛苦去掙。假日都在打工，同學卻能開心玩樂，換新手機跟穿叫得出牌子的新鞋，她卻連買雙雜牌的廉價爛鞋都要猶豫好久。

「很多人不適合當父母的另一個原因，就是因為窮。妳家真是充滿貧窮的臭味。窮人生小孩只是讓貧窮的階級繼續延續。被生下來已經夠慘了，還要被迫體會什麼都比別人少的滋味。」Miss S說。

每次想到這，Miss S都很不甘心。她明白貧窮的孩子絕對沒有比較差，只是輸在家境。當年她除了打工還要顧緊課業，最後好歹考取公立大學。那些有錢但不長大腦的有錢同學，不少都進了叫不出名堂的學店。

結果上了大學更讓Miss S體會到貧富差距有多血淋淋不留情。先不提平常的穿著行頭，她在課餘時間依然是盡量打工，更要趁寒暑假增加上班時數多賺點錢。其他家境較富裕的同學出遊的出遊、出國的出國，再不然就是回家讓父母養，不愁吃穿不用擔心將來的生活。

家人對Miss S而言都是有害的負資產。Miss S猜測，這個女孩的處境大概也是如此，那個欠債又莽撞的父親，將來一定會拖累這女孩。

女孩天真又認真地說：「反正我試著當好人還是被排擠，乾脆當有錢的壞人讓他們怕我好了。」

「很聰明的選擇。妳好像是被逼著改變，本來不是這種性格吧？」

「大姊姊妳呢？一直都這麼凶？」女孩問。

「我現在這樣很好，但跟妳無關。作為過來人，我給妳的建議是安排好自己的將來，該拋棄的就拋棄掉，不要被絆住。正視自己獲得的成果，不要回頭看，會把妳所有的成就感都抹殺掉。這是妳僅有的選擇。」

「好冷血喔，大人都會像妳這樣嗎？」

「妳這個死小孩沒資格說我，妳才是讓我大開眼界。」Miss S打量女孩穿在身上的鋪棉外套。還沒發育完全的女孩比她矮了一大截，穿這件外套是偏大了。「外套夠暖嗎？」

「可以啊很好穿，但我比較喜歡妳這件風衣外套。」

「想都別想。」

「才不是要跟妳討。」女孩吐舌，「可以問多少錢嗎？」

Miss S根據隱約的印象回答：「七萬多吧。」

「七萬？」嚇到的女孩呆住。

「驚訝什麼？又不是美元，是臺幣。」

女孩定了定神，用有點猶豫的語氣宣誓：「我也要變成買得起這種外套的人。」

Miss S難得地稱讚：「不錯的心態。窮人常跟他們的孩子說太貴了家裡負擔不起，讓孩子變得自卑退縮，不敢爭取想要的東西。真是失敗的教育。」

「我才不管我爸怎麼想，我不要跟他一樣。」

「因為他不是妳選擇的。」

「他不是我選擇的。」女孩複誦，又念了一次：「不是我選的。」

女孩忽然沉默。這句話有某種魔力，深深植入她的心裡。Miss S看出來了，便解釋：「不要為了那些非妳選擇的苦惱，也不要為了他們自卑或退縮。那些都不等於妳。」

「大姊姊，妳以前是不是也過得很辛苦？」

「不是什麼值得回味的日子。」Miss S臉一沉，實在不願回想。

天天打工不辛苦，努力苦讀也不辛苦。折磨她的是不管再怎麼拚命卻從一開始就輸人一大截的恥辱，還有如影隨形的自卑，提醒她的出身有多貧窮又不如人。

都過去了，我都捨棄了。那些都不是我。Miss S對自己說，把負面的心魔全部拉扯開，扔進心靈角落的垃圾桶。

Miss S瞥了腕錶，「最遲兩天，妳爸就會回來。有辦法自己解決三餐嗎？」

「妳給的錢還有剩。」女孩從口袋翻出幾張鈔票，又晃了晃外套，口袋裡的銅板鏘鏘響。

「我以為妳會瞬間花完。」

女孩嫌惡地皺鼻：「才不會。我跟班上那些笨蛋不一樣。」

「很好。」Miss S走過女孩身邊，準備下樓與熊叔會合。

「大姊姊，」女孩喚住她，「妳說我不准爬牆過去，那我可不可以按電鈴找妳？」

Miss S停下。她無法否認的是，還不想就這樣撇下不管。這個女孩有與她類似的影子。照顧這個女孩，似乎能讓過去的自己得到補償。

在短暫的猶豫後，Miss S仍然給了理性思考後的答案：「再說吧。」

Miss S說完直接下樓，免得有任何不必要的心軟。

十九　阿倪

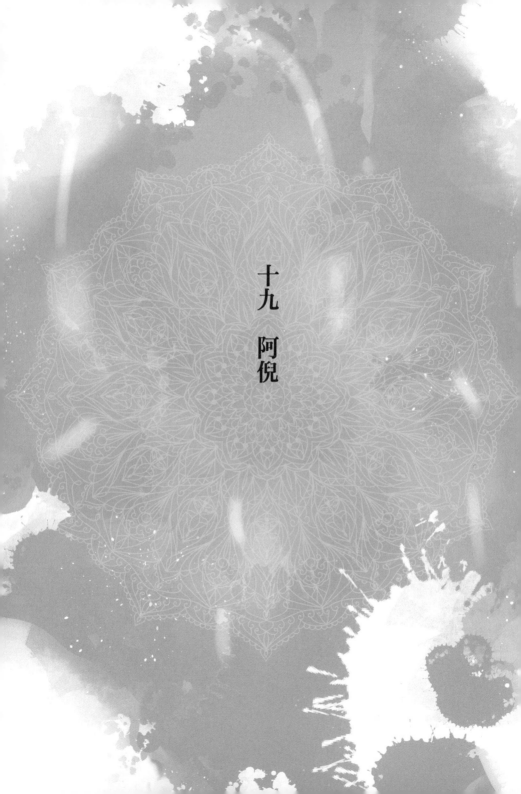

狼群負責運送苗床，在Miss S的命令之下，他們先行返回據點。

這時午後有雨。雨點不停打落在車窗，雨勢不大，不影響視線，連天色都還顯亮，沒有被壓倒性的烏雲蓋住了光。

狼群的座位分配是年輕的狼負責開車，老狼坐在副駕駛座。第二排是另外一頭老狼就近看管放在腳踏墊的苗床，最後一排是兩頭年輕的狼。

狼群知道有被襲擊的可能，即使路況平穩也沒有鬆懈，各有盯緊的方位。

鐵灰色Volkswagen T6按照既定路線，穿越高架橋下。這裡不再有雨。就在行經橋下中段時，車頂突然一晃，有東西落在車頂。

狼群毫不驚慌。副駕駛座的老狼沉穩命令：「靠路邊停下，所有人戒備。」

負責開車的少狼打了方向燈，穩穩接近路肩。在停靠的過程中，看守苗床的老狼拿出麻醉槍，副駕駛座的老狼掏出裝有消音器的手槍。

副駕駛座的老狼將子彈上膛，對最後一排的少狼示意，要他下車查看車頂。另一頭老狼裝填好麻醉槍，對準車門作掩護。少狼握住警用甩棍，與老狼在一次眼神交會後立刻推門跳出車外，將甩棍護在身前。

少狼迅速查看車頂，沒見到異狀。他放下甩棍，繞著車子來回巡視。

「沒人。」少狼搖頭。

收到報告的老狼正在思索，下車的少狼忽然失衡倒地，被拖入車底。

車上四頭狼同時目睹少狼的身影消失。

「啊、啊！」就在狼群的腳下，傳來那頭少狼的呼喊。即使高架橋下有轟隆車聲迴盪不止，仍然掩蓋不住車底少狼的痛呼，還有恐怖的悶響與骨裂聲。

副駕駛座的老狼知道中埋伏的少狼凶多吉少。為了護住其他的狼，他心知必須利用這個機會，毫不猶豫地跳出車外，伏地對著車底連開數槍。

硝煙與火光乍逝。

在瀰漫散亂的煙塵中，老狼驚見車底一對惶然的眼珠。

少狼趴伏在地，動也不動，臉上維持無比驚恐的表情，頭蓋骨已經被打裂，血與糊爛的腦漿溢了一地，胸口還有幾道冒血彈孔。

「在後面！」按捺悲痛的老狼示警大吼。車上眾狼立刻面向車的另一側，老狼亦將雙臂探進車裡，舉起漆黑的槍口對準窗面。

駕駛座的車窗忽然迸裂，噴飛的碎玻璃落滿座位。負責開車的少狼邊以手臂護臉，邊刺出電擊棍作反擊，肉眼可見的電光滋滋作響。

少狼前臂突然一緊，被牢牢抓住，對方藉著電擊棍刺出的勁道，借勢把少狼拉出車外。

「嗚呀——」驚嚇的少狼發出怪異呼喊，在半空轉了一圈，重重摔落。

這頭少狼還來不及看清楚對方真面目，卻先看見一面掌心重重壓下。粗糙深刻的掌紋裡蓄滿鮮血——是剛才被拖入車底的少狼之血。

噗滋。這名少狼的臉骨碎裂，五官被暴力地打凹。凶猛的掌勁瞬間對顱內施加巨大壓力，竟讓少狼的雙耳噴出血柱。

遇襲至此，已有兩頭少狼被宰殺。

作為屠殺者的武當甩甩手，碎散的血漬灑上鐵灰色的車身。他的表情淡然，對這樣殺人奪命的作為不見一點情緒起伏。

車門接連拉開，持槍的兩頭老狼一再擊發子彈。武當搶先一步，迅速奔向車頭躲避掃射。

武當無法以肉身阻擋子彈，所以避開即可。他熟悉人在開槍前瞬間的心跳與呼吸變化，能夠提前作出應對。

不只是開槍，現場僅存的三頭狼的體溫心跳與呼吸，甚至是情緒的狀態都在武當的感應之內。他發現另有第四個人，反應相對平穩許多，似乎是昏迷了。

剛才老狼拉開車門的瞬間，武當瞥見腳踏墊有團大帆布袋，猜是擄來的人。

繼續殺？還是留幾條活口？

躲避子彈的武當陷入二選一，無論哪個選項對他來說都差不多。

殺人取命是武當的天生本能，如呼吸自然。他不介意多殺幾人，但拖久鬧大並非好事。

至於狼群這方，無論武當殺不殺，兩頭老狼都不打算撤退，痛失兩頭少狼的狼群現在執意復仇。

兩頭老狼左右包夾，撲向武當所在的車頭。第三頭少狼俐落翻上車頂，從三方同時進攻。

武當感應到三個心跳一起逼來，他雙掌齊拍打破擋風玻璃，縱身竄入車內。

車頂的少狼忍不住咒罵，沒想到武當如此刁鑽。

兩頭老狼的槍口對準車內，採取包夾態勢逼近。少狼暫時待在車頂，盯著武當可能逃脫路線。

忽然有團影子竄出車外，少狼反射性扣動扳機。

槍響之後，影子落地。三頭狼同時在心裡喊糟。竄出的不是武當，是被他從車裡擲出的帆布袋。武當竟然拿苗床作餌。那只大帆布袋軟趴趴地落在路旁，毫無動靜。

這時武當從一側車門跳出，大步狂奔遠離現場。不尋常的奔跑速度連老狼都看得微愣。少狼顧不得追趕武當，先跳下車確認苗床的狀況。

當少狼打開帆布袋，臉孔瞬間僵了。苗床的左胸被子彈射穿，鮮血如湧泉般不斷從彈孔冒出，這苗床註定不能活了。

折損成員又讓運送物品被毀的少狼難掩自責，暴躁地拉上拉鍊，頹然坐倒在路邊。老狼之一控制住情緒，冷靜吩咐：「要立刻善後，不能被發現。」話雖然這樣說，但他們把兩頭少狼的屍首搬上車時，肩膀都在無聲發顫。

那是悲痛欲絕又強自壓抑的反應。

作為僱傭兵，老狼都有死在工作中的心理準備，少狼們亦有。對狼群來說死不足為懼，失去同伴則另當別論。

狼群將成員都視作親密的家人，因此合作無間。

狼群不會放任同伴的死去而毫無作為。

眼下的三頭狼，都有了不需要以言語溝通的共同意圖。

他們誓要復仇，以屠殺者的鮮血為同伴悼念。

武當此次發動的襲擊與屠殺，Miss S全透過連線畫面看到了，同樣目睹的還有熊叔。

Miss S看得後頸發麻，熊叔也是不斷發出嘖嘖聲，連連搖頭。「這不是正常的人類可以辦到的。這個人說不定跟我一樣，注射過類似效果的藥劑，或有強化肉體的手段。」

熊叔腦海浮現地下拳手昇龍的身影。武當與昇龍都擁有非人的極端暴力。

「這個人擅長運用環境作掩蔽。以我的判斷，他其實能夠正面出手，把狼群全部殺死。但是他選擇先混淆狼群，再冷靜地擊殺。因此我認為這個人非常精通暗殺。」

「你對上他有把握嗎？」Miss S問。

「我從來沒有輸的打算。」熊叔霸氣宣示，「前提是他願意正面對決，如果像狼群這樣遭到埋伏就不好說了。但是只要被我逮到一拳的空檔，我就有絕對的把握令他付出代價。」

「明白了。我必須把這些影像傳給斐先生，讓他知道這次不好處理，要求拉長時限。還要順便提醒他，要確認賦予你的藥劑是否外流。」

Miss S關掉連線畫面，翻找聯絡人清單。「還要通知警察那邊的內應，把狼群開槍的事情壓下來，一樣謊稱是劇組拍戲就好。」

「真是辛苦妳了，動腦袋的就是不一樣。現在要先開車返回據點，或是妳有其他打算？」熊叔拍拍方向盤，現在車還停在Miss S家的巷口。她一上車便先確認連線畫面，剛好遇上武當襲擊，便與熊叔一同監看。

Miss S陷入沉默，決定先放棄要撥給警察內應的通話，改打給老狼。

「是我，」電話接通後Miss S問：「苗床的狀況怎麼樣？」

「死了。是我們失手錯殺。」老狼誠實報告，「請將這次運送的損失從報酬中扣除。」

「不必。苗床剛死，也許手術服有辦法處理剩餘的器官，先將屍體送回據點。」

「好的。」老狼應答後提出請求：「這樣說是僭越了，對於這次的失敗我責無旁貸，請容我提出冒昧的要求，請先不要解僱我們。我會將所有報酬都歸還，希望能給我們為同伴復仇的機會。」

「我不會解僱你們，現在我們是共同陣線。先回據點，等見面再細談。」Miss S補上一句：「辛苦了。」

「感激不盡。」老狼道謝。

Miss S掛斷，把手機收回口袋。

「能再等我一會兒嗎？」她的聲音有難掩的疲憊。

「沒問題。妳用自己的步調來就可以了，我在這邊等著。」熊叔豎起大拇指，露出溫暖的笑容：「需要幫忙隨時說一聲。」

「謝謝。」Miss S推開車門。

她抬頭看老舊公寓的樓頂，頂樓加蓋的破爛鐵皮延伸出來，像一塊懸掛在天空的髒抹布，搖搖欲墜的，哪天給強風吹落，說不定會砸傷人。

Miss S邊看，邊胡思亂想。過了好一陣子才收回目光，面對接下來必須採取的行動。

她踏進昏暗微冷的樓梯間，往頂樓走去。

「大姊姊妳怎麼又來了？」推開鋁門的女孩訝異地探頭。

「作個交易。」門外的Miss S說。

「是不是要買走我的腎？」

Miss S沒理女孩的猜測。「從現在開始到妳成年，所有的開銷都由我支付。等妳滿十八歲的那天開始償還。答不答應是妳的自由，反正妳的死活與我無關。」

突來的提議讓女孩無法應對，思考了好一會才問：「我爸是不是出了什麼意外？」

「對。出了意外。」Miss S眼神一沉，這孩子比她預想的還要聰明太多。

女孩的臉黯淡下來，竟然有些失落，讓Miss S看了很不自在。女孩的父親會死是Miss S間接造成。如果今天運送別的苗床，女孩的父親還能苟活。

Miss S不願承認這點，她沒有殺死那個男人的打算，只想從他身上取走一顆腎。殺人的是那個襲擊者。她要自己這樣認定。

女孩收到惡耗的反應比Miss S預期的更冷靜，她不能肯定是因為長期被施暴而無感，或是女孩將情緒隱藏得很好。

「我要現在決定嗎？還是妳會反悔？」女孩遲疑地問。

「妳慢慢考慮。我不會收回這項提議。」Miss S少有的耐心。

「這樣妳算不算領養我？」

「算，但不符合法律程序。我不要無謂的麻煩。」

「我要搬到隔壁跟妳住嗎？」

「妳可以留在這裡。」

「我一個人怕黑。」

「妳半夜躲在我家天臺怎麼不怕？」

「因為我更怕被我爸打。妳不會打我吧？」

「如果妳安分不做會讓人生氣的事，我也懶得動手。」Miss S不耐煩地抱怨：「妳問題真多。」

「當然要一開始就講清楚。可是問不問好像也沒關係，反正沒有其他人可以收留我。大姊姊妳真的不後悔？」

「至少現在還不會。」

「那我就開始我的欠債人生了。現在搬過去嗎？」

「妳先整理行李，我會再來找妳。怕黑就把燈全開了，那點電費沒什麼。還有其他問題？」

「我能變成跟妳一樣強悍的人嗎？」女孩睜大眼睛問，瞳中有急於蛻變的渴望。

Miss S看得懂，那不只是孩子想要盡早長大，還有女性希冀自主獨立，不再被人左右的心願。

但是毒舌如Miss S在這時決定不予以鼓勵。

「看妳造化，我不知道。對了，電費也會跟妳照算，成年一併還。」

「明明是妳叫我盡量開燈的！」

「因為最後是妳要償還，不是我。」

「什麼啊！」

Miss S口罩下的嘴撇了撇，覺得女孩這樣很逗趣。但她不會真的笑出聲，還有那麼一些包袱似的東西，在女孩面前放不下。所以Miss S岔了題：「還不知道妳叫什麼名字，我該怎麼叫妳？」

「我叫阿倪。很怪的名字對吧？」

「跟妳一樣莫名其妙。」

二十 斐先生

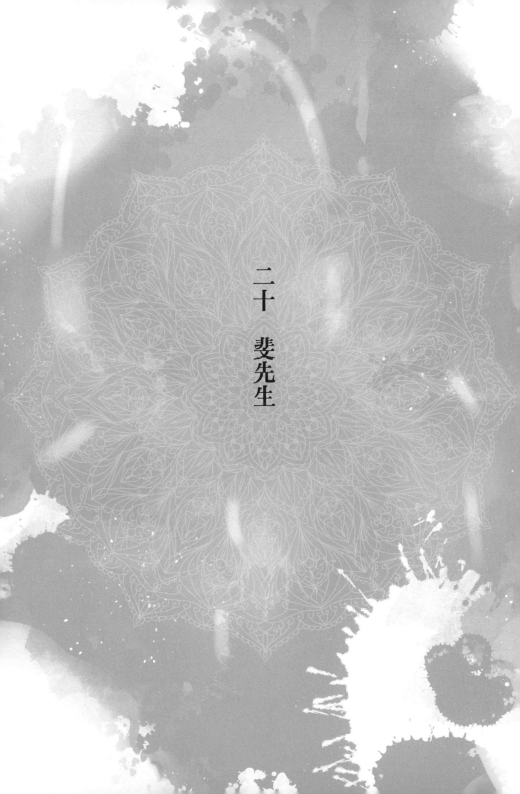

今天據點有重要的客人來訪。

Miss S早早做好準備，要迎接貴客的到來。車庫的鐵捲門早已升起，不見黑色Toyota Granvia的蹤影，只有剩餘的狼群與負責護衛的僱傭兵候著。

除此之外還有阿狐。

他站在最偏僻的角落，藏在陽光照不見的陰影裡，離所有人都遠。

阿狐臉上纏繞一圈又一圈的紗布，只露出左眼跟口鼻。獨睜的左眼有死一般的木然。顏面重建手術還需要進行幾次，那張破損的臉才可能達到勉強能見人的程度。

今天阿狐不必到場，Miss S事先知會過，但他執意出席，為了得到襲擊者的情報。

那個樂觀喜歡搭話的阿狐好像死在了自強隧道，現在這個只是有著相似輪廓的贗品。

這就是這行的風險。以前不是沒被人盯上過，只是都讓Miss S處理掉。偏偏這次不一樣。那個襲擊者的威脅性，遠超出Miss S的想像。

流轉的陽光落到Miss S身上，她退入車庫，挑了陰涼又能看見車道的位置。她看了腕錶確認時間，心想人應該快到了。

如她所預期的，黑色Toyota Granvia出現在車道，往車庫駛來。眾人紛紛讓開。

車一停妥，Miss S主動上前，迎接久等的貴客。

「喔！好久不見啊S！」乘客熱情地打招呼。是個約五十歲，一頭灰白頭髮的男性。

這個人很瘦，聳起的顴骨下是往內凹陷的雙頰，下巴的蓄鬍同樣是灰白交雜。這張臉孔最讓人注意的特色是圓框眼鏡，鏡片是鮮紅色的，類似熊叔注射的藥劑的那種紅。

「斐先生。」Miss S點頭致意。

斐先生跳下車，高舉雙手在原地轉了一圈，擺出體操選手完成落地的姿態。

「大家好！」斐先生大聲問候，明明是五十歲的人，卻像十幾歲的少年般活潑，衣著也顯得年輕，穿的是白色Nike連帽外套配紅色棉褲，鞋子是Air Jordan一代，經典的黑白紅配色高筒籃球鞋。現場的狼群與僱傭兵跟著問好，遠處的阿狐默不吭聲地點了頭。停好車的熊叔跟著下車，順便降下車庫的鐵捲門。

Miss S邀斐先生入內，除了留守門口的僱傭兵，所有人都上了樓。

斐先生一見到沙發便趴上去，舒展坐車僵硬的身體。他發出鬆緩的嘆息，換成側躺的姿勢，像彌勒佛似的翹腳托腮。

「不錯的沙發，我也要買一張放在我的實驗室。今天真是個好天氣，好久沒晒到太陽了。S妳看，我變得這麼白！」

斐先生捲起袖子，把乾瘦的手臂湊到Miss S面前，來回翻轉。皮膚呈現太久沒晒到陽光的蒼白，還能清楚看見肉裡的青色血管。

收回手的斐先生改成平躺，把雙手枕在腦後。他讚嘆地說：「換個環境真好，腦袋受到不一樣的刺激。真是興奮。」

所有人耐心忍受斐先生的獨角戲，不急著插嘴。但對襲擊者盡是怨恨的阿狐等不及，焦躁地先問了：「斐先生你說你知道襲擊者的來歷。」

「啊？不好意思你說什麼？」斐先生偏過頭看著阿狐，嘴巴困惑地微張。他之所以困惑，是因為阿狐的門牙全斷了，講話時的咬字非常模糊。

「那個襲擊者。」阿狐吃力地說。

「洗衣機？」斐先生的表情讓人無法判斷是真的聽不懂，還是想故意作弄阿狐。

「斐先生，我想他是問關於襲擊者的事。我也很好奇，竟然會讓您親自來訪。」Miss S說。

「對了對了，妳傳來的影片真是嚇壞我了！」斐先生盤腿坐起，發現沒人就座，所以熱情招手：「坐下吧都坐下，這樣我要一直抬頭看你們，脖子會痠啊。不要小看姿勢不良引起的傷害，脖子也是會椎間盤突出的，那不是下背的專利啊。」

狼群先徵詢Miss S的意思，見Miss S點頭才入座。除去幕後的老闆斐先生，在現場眾人之中，就屬Miss S的職權最大，注定要坐斐先生身旁。這讓Miss S不太自在，不著痕跡地保持些許距離。

「這是有點久遠的故事，講起來會有點長，途中想上廁所的隨意啊，直接去不用客氣。」斐先生咳了幾聲，懊惱地嘆息：「我以為會有人稱讚我很體貼。」

眾人面面相覷，還是沉默。

斐先生倒不是真的在意，忽然開始講述：「很多年前，我曾經參與一個叫『掠顱者計畫』的玩意，是國外的祕密實驗室發起的。那些人的野心很大，想要製造人類，不只從培育胚胎開始，還做了基因改造。這種作法會引來道德爭議，還可能被審問。不過他們不在乎，我也不在乎，不然怎麼會加入？法律規範只能用來約束普通人，對我們不管用。」

「嚴格說起來，我只能算是客串演出，不是直接被主導實驗室的上層僱用，是剛好有幾個認識的傢伙在實驗室。因為看重我的聰明才智，所以要我擔當顧問。雖然還有自己的研究要做，但是那個計畫真的有幾分吸引人的地方。所以啦，我就去湊熱鬧，反正只要定期去晃晃，又不用擔負成敗壓力，真是輕鬆自在。」

「我要先強調，祕密實驗室想要製造的『掠顱者』不是普通的人類，他們早就成功製造出活生生的會動會跳的人了。他們要創造的是用於軍事活動、專門執行暗殺的超級人類。說到這邊都猜到了吧？那個祕密實驗室有國家等級的規模出資，支持研究的所有開銷。」

Miss S連連點頭，雖然無法確定那個實驗室動用的實際金額，但她知道這個組織的金流動向，以此當參考，因此明白執行研究需要燒上大筆資金。否則斐先生不會除了器官交易，還需要拓展多筆生意與投資。

「這不是什麼稀奇的事，你們真的以為各國首腦都跟出現在電視上的時候一樣人模人樣嗎？別鬧了，你在公司跟在家裡的樣子也不同好嗎？總統啊首相啊天皇啊女王啊也是人。這些人呢，不管是為了維持國家的利益或鞏固地位，都有需要消滅的政敵或是別國的敵人對吧？不小心還會牽扯到戰爭。比起戰爭的開銷跟帶來的恐慌，用暗殺的手段把可能引發戰爭的混亂來源宰掉，應該是更省錢也更簡單。所以啦，這就是『掠顱者計畫』成立的原因。」

「這個祕密實驗室的地點，你們猜在哪？」斐先生伸出手，假裝握住麥克風，依序對每個人問：「快嘛，猜猜看。」

「美國？」熊叔捧場地先猜。

「錯！美國雖然是個好地方，那麼大的國土很適合幹一些有的沒的，但是監視的間諜也多，這種搞出人造人執行暗殺計畫要是傳出去可是大醜聞啊，自認為是世界老大哥的美國不會想丟這個臉。」

斐先生補充說明：「實驗室的研究員來自不同國家，不過呢都跟我一樣，都是著了魔的人，我們只管研究不理國籍。國家的存亡與我們無關，那是跟星期幾該倒垃圾一樣不重要的事。來，繼續猜！」

「俄羅斯？」換Miss S猜測。

「噢！俄羅斯！也是個好地方，執行過很多實驗。實驗室剛好有個俄羅斯人，他看起來真的能夠徒手打死熊。不過我說的熊不可能是熊叔，他只有被熊叔打死的份。」斐先生對熊叔眨眨眼睛，熊叔還以客氣微笑。

「很可惜，不是在俄羅斯。是不是太為難你們了？我直接公布答案？」斐先生興致勃勃地問。

「您請說吧。」Miss S懂他的心思。

「答案是！答案就是！這個實驗室的地點呢！沒錯，就在臺灣！就是我們現在踩的這座小島。來賓掌聲鼓勵。沒想到吧？居然是臺灣！」斐先生用力鼓掌，發出激烈的啪啪響。

「恕我冒昧請教，為什麼選擇臺灣？」一頭老狼禮貌詢問。

「因為臺灣是個太自由的地方，很適合拿來搞些有的沒的。有些政客拿了美國爸爸不少錢，就要聽美國爸爸的話。美國爸爸說要賣飛機，政客就乖乖掏錢買，美國爸爸說要賣武器，政客一樣乖乖掏錢買。美國爸爸說要蓋實驗室，政客當然乖乖把地弄出來，也不敢問是在搞什麼實驗，因為美國爸爸不給問。瞧，是不是很聽話？等一下，我是不是洩漏背後主使的國家了？」

「是的。」Miss S點點頭，熊叔也點點頭。

所有人一起點點頭。

斐先生無奈地擺擺手，「假裝沒聽到吧，不不不，聽到也沒關係，實驗室早就不在了，已經變成廢墟，什麼證據都不剩了。我之前在網路看到實驗室廢墟變成知名靈異景點，有些網紅……是叫網紅吧？我不太清楚這個流行用語，反正就是用各種方式想引人注意的那種白痴，一狗票跑去探險。說那邊鬧鬼也不是不可能，因為真的死過人。要訓練暗殺，至少要先讓掠顱者學會怎麼殺人。」

「人是哪來的？」熊叔問。

斐先生理所當然地說：「這個很簡單，就挑深夜去抓到處遊蕩的8＋9，是叫8＋9對吧？現在的流行用語真多，我好像老了跟不上這些了。就是那種只會惹事毫無貢獻的社會毒瘤，製造的麻煩一大堆，所以少幾個也不會有人在意。不對，應該是大家都會拍手叫好吧！」

斐先生自顧自鼓掌，見沒人跟著拍手，便裝沒事繼續說明：「最初會綁來一些8＋9給掠顱者玩弄。用玩弄這個詞真的很適合，掠顱者也不是故意的，只是還不熟悉殺人的方法，過程很煎熬連我都不敢看，更慘的是8＋9連想死也死不掉。現在回想起來會覺得當時的掠顱者真的好可愛，像笨拙天真的小雞。經過專業訓練，掠顱者駕輕就熟，後來半夜會把他們放出去獵殺。反正臺灣每天都有人失蹤，找不回來的一大堆，所以再少幾個人也是不要緊的事對吧？

「接著呢，等到掠顱者殺人跟吃冰淇淋一樣輕鬆，實驗室就跟警方合作，當然啦有政客出面關說，畢竟美國爸爸有要求。也不是什麼大不了的事，只是叫警方提供一些觀察的黑幫名單。我聽到的小道消息咧，當時黑幫嚇得要死，因為有幾個人就這樣消失了，都被掠顱者給殺了啊。

「反正呢，總之呢，就是呢，說到這裡你們都明白了，專門執行暗殺的掠顱者被製造出來了。真是可怕的科學之力，扮演了上帝造人咧。這種人造的超級人類擁有超出人類強度的體能跟力量，可以輕易執行高難度任務。更可怕的是非常敏銳，掠顱者能感應周圍的心跳與體溫，對他人的情緒極度敏感，可以察覺到身旁的人的需要，可以說是超級敏銳的共感力啊。當初實驗室的科學家需要掠顱者殺人，他們便安分執行，從不抗議。看著那些掠顱者，就像看著鏡子，會反射出自己的願望。真是不得了。」

Miss S打岔：「斐先生你的意思是，襲擊我們的就是掠顱者？」

斐先生用力鼓掌：「沒錯，真是冤家路窄。看了妳傳的影片我就確認了，那傢伙是掠顱者之一的武當。」

「武當？武當山那個武當？」

「因為研究員很多是外國人。外國人嘛，對武俠小說很著迷，就用那些取名了。我記得有武當、昇龍、降虎、峨嵋、崆峒、倚天……取名就算了，還把武俠小說的武功概念教給掠顱者，都不知道是要搞暗殺還是實現武俠夢。」

「斐先生，」熊叔神色怪異地打斷：「您剛剛說的昇龍……是不是這個人？」他拿出手機，畫面是地下拳手昇龍的照片。

斐先生抬起紅色眼鏡仔細看了看。「喔！這麼巧！你遇過？」

熊叔苦澀地說：「就是他讓我以為您的禮物外流了。」

「不不不，沒有外流。使用在你身上的禮物是從計畫得到的研究成果，他們才是本尊啊。說到昇龍這個掠顱者，我記得他是雙胞胎，另一個叫降虎。」

熊叔怔住，瞬間明白在地下格鬥場時明明親眼看昇龍走進休息室，卻又突然出現在身後。那個人一定是雙胞胎降虎。

熊叔沒預料到如此恐怖的存在竟然還有第二人，甚至是第三人……

全是怪物啊。熊叔一陣哆嗦，在短暫的恐懼退去後，戰鬥狂的血液開始沸騰，有摩拳擦掌想要大戰一場的雀躍。

「不過啊，掠顱者不是無敵的。這種生物最可笑的是雖然擁有人類無法比擬的力量，徒手殺人跟微波食物一樣輕鬆方便，但是精神層面非常脆弱。非常非常非常脆弱。」斐先生刻意連續用了三個「非常」來強調。

這讓Miss S大感興趣，認為是可以打擊的弱點。「您可以說明得更詳細嗎？」

「啊，就知道妳喜歡這個。Miss S的S是嗜虐的S啊。」斐先生咧嘴笑：「這也是後來導致實驗室關閉的原因。研究員發現得太晚了，等到顯現出那些徵兆已經來不及了。掠顱者初期容易顯露焦慮的症狀，本來研究員都猜是因為沒有經歷完整的成長過程，所以情感沒有發展完全。也有人猜是訓練掠顱者殺人的後遺症，可能是誘發罪惡感之類的。但是後來發現掠顱者在執行殺人任務時非常平靜，前面說過了，因為他們完成了被『寄託的願望』，可以抵銷被寄放的情感。

「後來陸續發現，那些與特定科學家互動的掠顱者，在情緒上相較其他掠顱者穩定。從這個現象推測，是掠顱者比一般人更需要安全堡壘的存在，甚至能說是致命性地需要。我看到有人露出困惑的表情了喔，是不是不知道安全堡壘是什麼？」

斐先生清了清喉嚨，故作鄭重地解釋：「這個名詞來自依附理論，簡單來說是使人獲得安全感的一種存在，可以從中獲得滿足並寄託情感。以小孩來說，安全堡壘通常是父母，至於成年人大多是讓伴侶擔任。

「研究員將擁有安全堡壘而情緒穩定的掠顱者狀態稱為『固錨』，就像下了錨的船可以固定住，不再來回漂移。不過咧，這也不保證擁有安全堡壘的掠顱者能持續維持在『固錨』狀態。他們內心的精神世界太混亂了。」

「一直沒有安全堡壘的掠顱者會怎麼樣？」Miss S問。

斐先生看著她，誇張地彎起嘴角，讓嘴唇變成大大弧形。這詭異的笑容讓Miss S相當不自在。

「這就是掠顱者計畫最終宣告失敗的原因。」斐先生維持誇張的笑容說：「發瘋的掠顱者互相殘殺，連實驗室的研究員也不放過。我是唯一活下來的。我親眼看見地獄在眼前上演。」

「您是怎麼逃掉的？」熊叔詫異地問。以他目睹昇龍與武當所展現的殘暴武力，若是掠顱者真要出手，一般人類不可能逃得掉，除非斐先生也施打了那些藥劑。

「其實我沒逃。因為掠顱者太不穩定，被判斷不適合執行暗殺活動。所以要全部撲殺再重啟計畫。」斐先生眨眨眼，「我覺得殺掉太可惜了，所以把這個消息透露給掠顱者，順便開門放跑他們。發現要被撲殺真是傷透掠顱者們的心，所以囉……。」

Miss S與熊叔互看一眼，所以這不就代表……

「唉，」斐先生拍拍腦袋，「結果繞了一大圈，好像是我給自己的生意添麻煩。」

「這次不能就這樣算了。」阿狐突然拍桌，衝著斐先生喊：「一定要殺死武當！」

「喔天啊，你好憤怒。是不是需要喝一點青草茶降火氣？」斐先生故意在沙發上縮成一團，假裝很害怕的樣子。「放心吧，殺死武當是絕對必須的，我還需要這邊的資金呢！」

阿狐聽了才收回雙手，坐回原位。

「對了，你有沒有發現？」斐先生故作神祕地問。

阿狐表示疑惑。

「你剛剛說話突然變得好清楚喔！」

斐先生捧腹大笑。無視現場眾人的錯愕，笑得沒完沒了。

二十一　斐先生之二

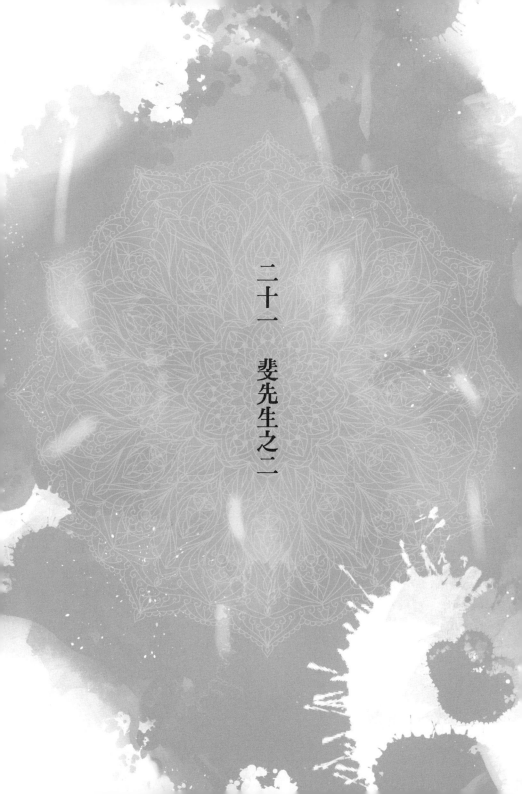

直到今天，斐先生還能記得當時的情景。

得知實驗室決定將掠顱者全部撲殺後，斐先生趁著深夜，來到收容掠顱者的區域。這或許是掠顱者存在這世界的最後一晚。

或許。

簡單與警衛打過招呼後，斐先生以指紋解除電子鎖，面前的加厚玻璃門自動往旁滑開。這道透明玻璃看似普通，實則是特殊材質，耐撞、耐震還包含防彈功能。

他踱步進入收容區，寬敞的中央大廳有數個獨立的房間，每個掠顱者都有屬於自己的一間房。現在夜已深，廣場上不見掠顱者的蹤影。

斐先生回頭，看向入口上方。加厚玻璃門後方的的房頂有一排隱密的圓孔。必要時會從中降下鐵柱，形成柵欄把掠顱者關在這個區域。這既是研究員事先預備的自保手段，也是之後撲殺計畫的一環。他們打算放入毒氣，把掠顱者全部毒死。

真是太可惜了，斐先生心想。連他本身都無法確定現在來到這邊的用意為何？是想看掠顱者最後一眼或是視情況道別？

斐先生並未與哪個掠顱者熟識。他大概知道每個掠顱者被賦予的名字與對應的能力，偶爾會與他們寒暄，但沒有特別熟絡的。

原因是斐先生沒有真正把心力投注在這個計畫。比起軍事暗殺，他另外有更著迷的研究。那個研究的難度相當高，甚至沒有把握能完成，斐先生卻還是著迷地栽了進去，用盡一切理論與假說，試圖實現這份天馬行空的想像。這全都歸功於與生俱來的偏執。

斐先生走向最靠近的房間，閉緊的門上有監視窗口，可以看見房裡的狀況。斐先生悄悄偷看，裡頭的掠顱者蹲在地上，抱著頭對牆角喃喃自語，身體像被旺盛的冷風吹拂，不停發抖晃動，激烈時甚至像個搖搖晃晃的不倒翁。

斐先生肯定這個掠顱者不是著涼，空調將溫度保持得非常舒適，掠顱者身穿的衣物也足夠禦寒。這種弔詭的狀況，是掠顱者的缺陷，他們相當不安定。即使達到「固錨」也無法保證能移除這個缺陷，因為掠顱者生性的多疑不安，亦會使他們推翻「固錨」的對象。這是斐先生從試驗室的觀察日誌中得知的。

有個叫峨嵋的掠顱者本來與一名女性研究員相處融洽，看起來就像母女，順利產生「固錨」。但是那名女性研究員因故離開實驗室多時，等到再次返回，峨嵋已經不認這名女性研究員，澈底將其無視，同時要比「固錨」前更加不穩定，甚至出現攻擊其他掠顱者的紀錄。

這個紀錄助長實驗室撲殺掠顱者的決定。掠顱者不如表面所見容易控制，在經歷訓練後，更是大幅提昇危險性。

既脆弱又強大，這是斐先生為掠顱者下的註解。可惜沒有在發現異狀時即時打住——實驗室主導者不希望研究荒廢，因為還承受上級的壓力，必須定期交出報告。

斐先生移開目光，看往大廳盡頭。那名叫峨嵋的掠顱者在事後被遷移房間，落到最遠端，強制與其他掠顱者保持距離。

斐先生繼續走，下一個房間較特別，是兩名掠顱者同住。他們擁有一模一樣的長相與身材，是掠顱者之中唯一的雙胞胎。

「雙滅雙生」昇龍與降虎。

這個稱號是其他研究員取的。熱衷閱讀武俠小說的他們，除了以此取名，還根據每個掠顱者的特性給了稱號。

「哇喔，真不得了……。」斐先生吹起口哨。第一次在深夜拜訪的他，見到從沒想像過的景象。房間內的昇龍與降虎全都赤裸，露出精實健壯的身體。兩人的下半部頂在一塊，不斷來回碰撞。斐先生細看發現，昇龍與降虎雖然是男性的外貌，但同時具有陰莖與陰道兩個性器官。正在斐先生眼前上演的，是雙胞胎掠顱者的陰莖分別插入對方的陰道。

雙胞胎掠顱者渾身是汗，忘情地性交。相對交合的性器官與身軀延展的姿態，讓這副形影看起來像太極圖中的陰陽兩極，雙胞胎既是陰亦是陽。

斐先生看傻了，暫時退開監視窗的可見範圍，整理思緒。在他的印象之中，昇龍、降虎這對雙胞胎是掠顱者中狀態最穩定的，據說是因為將彼此當成「固錨」的對象。

斐先生又看了隔壁房間，那個可憐的掠顱者已經停止搖晃，改成用頭頂著牆動也不動，無神的瞳孔瞪著地板，看起來像死掉似的。

斐先生忽然戲謔心起，按下房門旁的控制開關，輸入開門密碼。

隨著門往旁滑開，裡面的掠顱者也轉過頭。那是一張蒼白的臉與疲累的眼。

「你叫武當對吧？」

那名掠顱者虛弱點頭，額邊滲滿肉眼可見的汗粒。

「明天早上，當你們離開房間，門口的柵欄會降下來，把你們全部關住。」斐先生不給緩衝空間，講明即將降臨在掠顱者身上的厄運，「接著會放出毒氣，把你們全部毒死。」

斐先生說完刻意停頓，就近觀察武當的反應。他知道在掠顱者面前說謊沒意義，只要心跳有異，都會被掠顱者識破。斐先生自認沒有控制心跳的本事，乾脆坦承攤牌。

「為什麼？」武當的瞳孔茫然得無法定焦，既像看著斐先生，又像望著更遠處的虛無。看不出他是否難過或憤怒，那張臉孔只顯露出疲態。

「知道你們被設計出來的目的嗎？」斐先生沒等武當回答，率先揭露準備好的答案：「掠顱者是專門執行暗殺的殺人工具，也是你們唯一存在的理由。」

武當沉默地聽。

「失敗了。你們的缺陷巨大得無法忽視，存在的理由也沒了。不夠冷靜的人是無法好好執行暗殺的。說到人，我在思考你們掠顱者是否符合作為人類的定義？或者該視為人造的產物？你覺得呢？你覺得自己是什麼？」

武當沒說話。

「掠顱者無法與人正常互動。你們不可以，因為那不在你們的設計之中。看看你們家的『拷問女王』峨嵋，她就是最實際的證據。掠顱者沒辦法與人正常來往。最幸運的應該像隔壁的昇龍、降虎，他們不需要其他人，真是一對幸運的雙胞胎兄弟。」斐先生搔搔頭，有幾片小小的頭皮屑飄落，顧著作研究讓他沒有護理頭皮的心情。

斐先生仍在注意武當的反應，除了看起來更疲憊沒有其他變化，甚至懷疑武當沒有聽他說話。

「唉。」斐先生自討沒趣地轉頭就走。

「我們只是為了那種目的被設計出來？」武當突然問。

斐先生懶得回頭：「對啊，你們只是為了方便殺人的產物，結果帶來一堆預期外的麻煩。」他擺擺手，離開武當的房間。

才剛踏出房間，斐先生就聽到隔壁房門傳來拍打聲。他靠近一瞧，兩張相同的臉湊在監視窗，似乎有話要說。

這挑起斐先生的興趣。他拉開監視窗，熱情地打招呼：「哈囉，晚上好！」

「你跟武當說了什麼？」左邊的昇龍問。

「是不能說的機密對吧？」右邊的降虎問。

「真是敏銳。」斐先生稱讚，「我想你們也該知道這件事才公平。明天早上，實驗室會執行掠顱者撲殺計畫。」

「果然是這樣嗎？」昇龍說，與降虎都不感到訝異。

「連這也察覺到了？」斐先生咋舌。

「研究員最近的心跳不對。大部分的掠顱者都該發現了。」降虎說。

「為什麼不採取行動，就這樣乖乖等死？你們看起來不像喜歡疼痛的受虐狂啊。不是吧？一定不是吧？我看這個的眼光很精準的。」斐先生笑問。

雙胞胎互看一眼，再看向斐先生：「出口的戒備太森嚴，我們沒把握逃過機槍陣的掃射。」雙胞胎之一不屑地冷笑：「至於其他人，大概還抱著天真的想像，以為研究員不會消滅我們。」

「沒想到你們連出口的戒備都知道了。」

「從其他研究員那邊套話問到的。」

「了不起。真是可怕。」斐先生讚賞地點頭，「你們知道嗎？我突然覺得很可惜，讓掠顱者這樣消失掉實在太遺憾了。」

「讓我們逃出去。」昇龍請求。

斐先生搔著下巴思考，故意裝得為難。

「我們會給予回報。」降虎說。

這就是斐先生想聽的。

「成交！不過要照我的方式。我會把所有的掠顱者放出來，然後打開這個區域的出口。我只能作到這樣了，我不知道怎麼解除機槍陣，沒有權限控制。」斐先生確認警衛沒有注意到這邊動靜，快速按下牆邊電子控制器的密碼。

嗶。房門開啟。

昇龍與降虎雙雙踏出房間。斐先生咧嘴一笑，依序開啟所有房間。他必須搶快，在監視人員發現之前搞定一切。

在這期間，昇龍與降虎故意向其他掠顱者透露實驗室即將採取的撲殺計畫，這讓掠顱者們陷入恐慌。不祥的氛圍堪比毒氣，在掠顱者之間瀰漫。

就在開啟最後一道房門時，斐先生聽到慘叫。他循聲看去，驚見掠顱者開始互相廝殺，昇龍與降虎也加入混戰，合力架住一個掠顱者，將之踹倒，然後將那名掠顱者的雙臂用力往後扳。

那名掠顱者的手臂被當成翅膀般用力展翅，直到在背後相互交錯成恐怖的角度。

「嗚呀呀呀……。」被折斷雙臂的掠顱者慘叫。降虎高高抬起腳、越過頭頂。

有不好預感的斐先生馬上摀住眼睛，只敢從指縫偷看。從遮臉的縫隙中，他目睹降虎的腳赫然下墜，往斷了雙臂的掠顱者頭部蹴落，蹴出一地噴射的血花。

「嘔噁。」斐先生反胃作噁，回憶起晚餐吃的蕃茄肉醬義大利麵。

昇龍、降虎的暴行僅僅是這混亂大廳的其中一景，其他掠顱者各自展現不同的殘殺手段。斐先生知道得逃，挨著牆壁往出口接近。途中看到武當獨自站在房門口，失神看著大廳血戰。

有個殺紅眼的掠顱者衝上前，伸手直戳武當雙眼。

武當架掌一拍，拍掉那名掠顱者的手，再順著對方的撲勢一拉，把那掠顱者甩飛出去。

斐先生看得傻了，這就是借力打力的太極？或單純是掠顱者天生的暴力？就在同時，他想起武當被其他研究員取的稱號——「瘋癲成魔」。

原來是個看起來很疲憊的瘋子啊！

武當如此輕描淡寫地打發掉，連還手也沒有，依然站在房門不動，沒有加入亂戰的意願。

斐先生也顧不了，趕緊再往大廳出口奔去。雖然急迫，但他沒忘記與雙胞胎的交易，故意開啟收容區域的出口。至少能讓沒死在大廳的掠顱者逃出去。

斐先生衝往監控室，必須毀掉監視影像，免得日後被發現是他放出掠顱者。當他來到監控室，負責監控的研究員傻在座位上，畫面顯示的收容區已經遍地血紅，幾個掠顱者倒臥血中，到處有飛散的殘肢與器官。

研究員終於注意到斐先生出現，錯愕地張嘴：「怎麼會……。」

「呃，抱歉。」斐先生從口袋掏槍，請研究員吃了發子彈。研究員看看斐先生，又低頭看肚子上的血洞，捂著傷口滑倒在地。

「你知道的太多了。不好意思，借過。」斐先生跨過倒地的研究員，坐上扶手椅開始操作。

斐先生刪除影像之餘，不停注意畫面上的動靜。有一名戴著棒球帽的掠顱者似乎相當畏光，所以用手壓住帽舌不放，一再周旋退避，來回與其他掠顱者廝殺。還有一個身材異常高瘦的掠顱者，懷裡抱著一截斷掉的棍子，不知所措地來回張望，發出詭異的怪叫。

斐先生視線一轉，看到有個女掠顱者跪坐在地，膝上擱著一顆頭顱，她手拿鐵籤不停猛戳，戳爛了整張臉皮，變成一片血淋淋的肉糊。

鏡頭前的斐先生難忍地作噁，那名女掠顱者彷彿察覺到窺探的視線，忽然抬頭，瞪著監視器，嚇得斐先生一震。

「這就是峨嵋啊……恐怖的拷問女王。」

斐先生趕快轉開目光，改看別的監視器。以渾身浴血的昇龍、降虎為首，離開收容區域的掠顱者們開始屠殺研究員與警衛。另外有幾名掠顱者獨自行動，他們都在收容區的廝殺存活下來了，其中包括武當。

「嘔噁。」看到雙胞胎把一名研究員的頭顱搥爛，斐先生終於吐了出來。他勉強止住嘔吐，抹去嘴邊髒汙後立刻刪除所有監視器的存檔。

在這之間監視器依然運作，呈現實驗室各區情況。昇龍、降虎逮住一名研究員，逼問如何解除出口的機槍警備，還踢斷那名研究員的脛骨，將之拖行在地。

「喔喔喔喔天啊真不得了！」斐先生看著在眼前上演的地獄景象。

存活的掠顱者們開始屠殺研究員，他們神色瘋狂，痛下殺手之餘不斷衝著研究員咆哮，幾個掠顱者甚至眼角有淚。

「啊啊，一定是覺得被背叛了，真是可憐哪。」斐先生發出嘖嘖聲，臉幾乎要貼到螢幕上。

掠顱者陸續往出口移動，除了殺人洩忿，不忘沿路破壞儀器。原本充滿科技感的實驗室彷彿遭到狂象肆虐。

昇龍與降虎成功解除警備，率先逃出實驗室。其他掠顱者也摸索到出口，跟著離開。

掠顱者逃亡的背影被監視器捕捉到，像電影劇末的跑馬燈，有曲終人散的孤寂感。

斐先生確定掠顱者的逃亡揭曉了某種序幕，後續還會掀起各種動盪。他認為這像故意延後拆禮物，真不曉得掠顱者入了真正的人世，會變成什麼樣子？

斐先生無比期待。

二十二　蔓苓之二

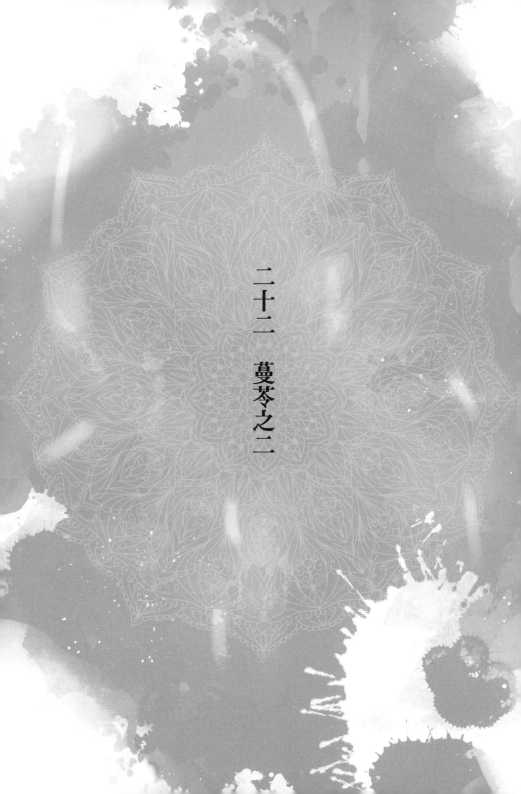

在群生的高樓之間，夕陽像一團金黃色的光球緩緩沉落，讓整片天幕化成橙與藍的漸層。隨著黃昏的到來，市區的人們陸續離開困築的水泥籠牢，在這樣來來去去的匆忙腳步中，有個特別的存在。

走在林森北路的武當不斷受到路人注目。眾多訝異的目光與心跳令他困擾，彷彿路面鋪滿圖釘，而他必須赤腳踩過。

這不能怪路人，因為武當抱著醒目的藍色大油桶，就這樣走在路上，任誰看了都會好奇。路人與同伴耳語，敏銳的武當聽得仔細，有人猜是懲罰遊戲、有人猜是YouTuber拍片的道具、還有人猜是失戀後的壯遊。

不對，全都不對。武當在心中一一否認，又想著越早脫身越好。所以邁開大步，飛快往目的地前進。這忽然的加速引來更多注視，一道道都如飛射的針插入背脊，使他越走越急。

武當終於抵達酒店。熟識的接待小弟稀奇地說：「哇武當哥來得真早！我們才剛開門耶。你抱的這個油桶該不會有塞屍體吧？電影都這樣演的，這種桶子跟封屍用的一模一樣。」

武當搖頭。

「那是什麼啊？」接待小弟追問。

「蔓苓在嗎？」

「啊，武當哥你又只顧著蔓苓，這個油桶一定是給她的驚喜對吧。我幫你叫她。今天就沒問題了，蔓苓現在很好。因為上次客人鬧事，我們後來加強戒備，提醒小姐們要注意，還增加送冰塊跟毛巾的頻率，藉機顧著包廂裡的情況，就是怕小姐又被打。」

武當與招待小弟邊聊邊走，全程抱著大油桶。這東西他必須自己顧好。

接待小弟招呼他進包廂：「武當哥，你先坐。我幫你叫蔓苓來。要飲料嗎？進了不錯的香檳，拓磨哥他們試酒的時候有分我們喝一點，喝起來真的很爽。」

「都好。麻煩你。」武當放下大油桶。照理說，抱著這東西進酒店該被攔下的，但武當是特別的客人，享有特權。

接待小弟離開後，武當在沙發坐下，大油桶就近放在身旁。在這樣無人說話的安靜包廂裡，終於可以聽見從油桶中傳出的聲音。

內裡有活物，在撞著油桶。

武當隨手一拍，打得油桶嗡嗡作響。這是警告，收斂了絕大部分的力道，否則油桶此刻該凹陷一大塊。不過目的也達到了，裡頭的活物安分不敢再鬧。

武當耐心等待，途中卸下髮圈，長至胸口的頭髮蓋住了臉龐。他甩了甩，現在頭髮遮臉反倒陌生了，有些礙事。好多事都在不知不覺間改變，真是奇妙。

就像武當從沒想過，能有人固定說話。設計他的人沒考慮過他的需求。

「不只是我，我們都是這樣。」武當用粗啞而疲憊的嗓音說，聲音迴盪在虛無的空氣裡。

武當沉思幾秒，重新坐直身體，隨手把頭髮綁好。

視線清晰的同時，包廂門也開了，現身的是蔓苓。這次的小禮服與上次看到的不同，她選擇的都是比其他小姐保守，不會刻意露乳溝或肩膀的款式，下擺也不會過短。唯一的共同點是蔓苓的每件禮服都是藍色系的，她對藍有莫名的偏愛，成了武當對她的印象色。

「嗨，你又來了。你變成我唯一固定的客人了。」蔓苓自在地坐在武當身旁。她翹起腿，連搭配的高跟鞋也是藍色。她拉順禮服下擺後說：「也是我最後的客人。」

蔓苓偏頭望著武當，帶著看待稀有生物的觀察神情。「拓磨說你把我的債都還了。今天是我最後一次上班。你為什麼這麼幫我？」

武當沒回答，他在聽，聽蔓苓的心跳，確認她的體溫。很平穩。跟其他人都不一樣，這個頻率讓武當很安心。他靜聽，將之印刻在腦內。

「你是不是在裝酷？怎麼不說話？」蔓苓問。

武當還是沒說話，逕自起身，在蔓苓困惑的注視中站到大油桶旁。他雙手從兩側擊打大油桶，桶蓋應聲彈飛，露出內藏的驚喜。

「為什麼！」蔓苓不敢相信眼前所見。

被放進大油桶中的驚喜，是先前對蔓苓無禮還打了她巴掌的男客。

這個男客年紀很輕，是有點酷酷又壞壞的長相，一身行頭都是潮牌。雖然現在被繩索捆得牢牢的，仍不減玩咖氣質，一臉就是慣於流連酒店與夜店尋歡的人。

男客的嘴巴被膠帶封住，瞪大的眼睛害怕地看著武當。

「妳說要打他巴掌。我把人帶來了。」武當揪住男客的頭髮，固定住頭部。「不用擔心被報復，想怎麼打就怎麼打。」

「等、等一下？」蔓苓遠遠不能理解。當初她其實是在氣頭上亂說的，現在心情早已平復。反倒是武當這樣認真，令她無法應對。「你還真的把他抓來……就算你是黑道，這樣也太凶狠了吧！」

「我沒加入閻山組。只是完成妳的願望。」

「可是為什麼？有必要作到這種程度嗎？」

武當認真地說，像個毫無心機的大孩子：「因為妳跟我說話。」

蔓苓的臉因為過度的困惑和苦惱皺在一塊，像是扮鬼臉般淘氣。她皺著眉說：「你這個人真的好奇怪。說話有什麼大不了的？你喜歡的話我可以天天說呀。」

「好。」武當用力點頭。

蔓苓噗嗤一笑，「你真的真的好奇怪。」

門被敲了兩下，接待小弟露出發生了什麼好事般的竊笑推開門。「打擾了，我送香檳過來。」

接待小弟把裝著香檳的冰桶連同兩個高腳杯放上桌，不免注意到大油桶裡的男客。男客發出嗯嗯嗚嗚的求救聲，被綁縛的身體在鐵桶中不停扭動，像一條滑溜的巨型蚯蚓。

「哇幹！武當哥你怎麼把人關在鐵桶！這個好眼熟……。」接待小弟說著說著，忽然看向武當再看看蔓苓，恍然大悟地說：「原來是這樣啊武當哥……你這樣有點危險，算是擄人勒贖吧？」

「你當沒看到，後果我擔。」

「嗯嗯！嗚嗚嗚！嗯！」男客還是不死心地求救，可憐又慌亂地看著接待小弟。

接待小弟撇開頭，識相地裝沒看見，然後露出僵硬的笑容：「兩位慢用啊。」然後對武當眨眨眼，小聲地懇求：「拓磨哥如果有問，千萬不要把我拱出去。我真的不想被帶到陽明山埋掉。」

「我明白。」武當承諾。反正他替拓磨作的那些事要比擄人嚴重太多。

有了武當的保證，接待小弟安心地逃出包廂，現場又回歸到先前的態勢。男客依然被武當牢牢控制，等著挨打。

「不打嗎？」武當問，手還揪著男客的頭不放。

蔓苓雙手抱胸，帶著幾分警戒打量桶中男客。「這個人之前很囂張的喔，硬要把鈔票塞到我胸部。以為可以用錢買我。結果現在看起來好落魄。」她手插腰質問：「你的囂張都跑到哪裡去了？」男客的頭左右搖動，像要否認又像要賠罪。蔓苓忽然說：「等一下，我有個主意。」

她拿起香檳，拔去軟木塞，調皮一笑後往男客頭頂淋去。香檳與細密的氣泡沿著頭髮流下，迫使男客閉起眼睛，嘴裡還是嗯嗯嗚嗚的悶響。

倒了將近半瓶後蔓苓才停手，她看看剩餘的香檳，「好浪費。應該淋劣質酒就好。」

「我叫人再送來？」

「沒關係，這樣就好。」蔓苓看著武當說，眼神不自在地飄開。

武當發現她的心跳變得輕快，有些急促。體溫亦微微上升。猜是討回當初所受的羞辱，所以開心了吧。這使得武當有了結一件任務的完成感。

忽然蔓苓拿起整瓶香檳就往嘴邊湊，含了一口在嘴。

在武當反應之前，蔓苓繞過大油桶，伸手捧住他的臉。隨後腳尖一踮，唇貼了上來。

武當整個人一滯，從貼著嘴唇的那片柔軟之中，蔓苓把香檳送了過來，湧進他的口腔。武當一時無法理解這個舉動的用意，只有混亂。他發現自己的心跳出現從未發生過的陌生頻率，很奇怪，像荒野成群奔跑的牛羚那樣砰砰砰砰的。

就連第一次打破人的頭也沒有這樣的反應。

蔓苓的心跳亦是急促，全都聽在武當耳裡，令他更加不知所措。

兩人終於缺氧，蔓苓鬆手，唇跟著脫離。她的臉泛著起蘋果般鮮艷的紅，低聲說：「謝謝你。」

武當嚥下口中的香檳，剎那間明白蔓苓的意思。他聽懂了那個心跳，有時在街上，他看著情侶牽手漫步時，會感應到相同的頻率。武當不得不承認，有一股喜悅滋生了，但他理智地壓抑下來，取而代之湧上的是深深的歉疚。

武當覺得自己造了孽。

他過分愁苦的表情都讓蔓苓看在眼裡。她顫聲問：「原來是我誤會，自作多情了嗎？」

武當沮喪地搖頭。「不是。是我不可以……我需要的是有人說話，不能更進一步……。」

所有的粉紅色泡泡瞬間破滅，剩下令人難堪的死灰。蔓苓逞強地笑：「沒關係。你會找到更適合跟你說話的人。」

她轉身就走。

不是！武當差點大喊出來，蔓苓散發出的低落情緒令他痛苦，幾乎要窒息。在這瞬間，武當生來的本能駕馭了思考，眼神轉冷，揮掌往男客溼淋淋的頭顱拍落。

啪噠、啪噠……還是一樣溼淋淋的聲響，但滴落的不是香檳，是濃稠的血。男客甚至連慘叫都來不及發出，頭顱便已經破裂，噴出的鮮血濺到沙發、濺到桌上、濺到冰桶……

聽到奇怪聲響的蔓苓回頭，隨即雙手摀嘴，發出好大的尖叫。

蔓苓的尖叫讓武當感受到那份恐懼與驚慌，太直接而且強烈了，武當好不容易才抵禦住從蔓苓身上傳來的情緒衝擊。

武當舉起染血的手掌，指縫有噴入的爛肉與碎骨。他黯然解釋：「我是被設計出來作這種事的。所以我不可以跟妳……那不在我的設計之內。他們說我們不可以。」

「他們？他們是誰？」蔓苓依然捂嘴問。

「設計我們的人。」

武當開始敘說往事，從被製造後最初擁有的鮮明記憶開始，還有如何被訓練殺人技術與在實驗室度過的那段日子，也沒漏了斐先生惡毒的嘲弄。

「我們都很混亂，難以安定。掠顱者的設計有致命缺陷。所以我們被淘汰。」武當舉起雙手，整個人顫抖起來。「好冷，一直都好冷。我們需要有人說話。」

武當看著發顫的掌心，緩緩抬起頭，嘶聲問：「我不知道我是什麼？我是誰？他們說我們是失敗的，所以什麼都不是……。」

蔓苓想說些什麼。

武當翻掌朝下，再次往男客被打破的頭顱拍去。噴發的腦漿與稠血激烈地濺到他的臉上，霎時如浴血惡鬼。

「這是我唯一會作的事。」武當痛苦地閉上眼睛。四處流浪如迷失小船擺動不定，讓他真的累了。更痛苦的是無法獲得的身分認同，不知道自己究竟是什麼？是那些人口中的暗殺機器？還是人？

「我到底是什麼？」

在這份空蕩蕩的痛苦之中，武當發現有心跳逼近。他睜開眼，看見蔓苓好近好近。她抱住武當，臉貼著他的胸。

「你是我的武當。」

武當不可置信，蔓苓不怕他。於是眼淚在發現之前便先滾燙滑落。

簡直是夢一般的展開。

二十三　探子

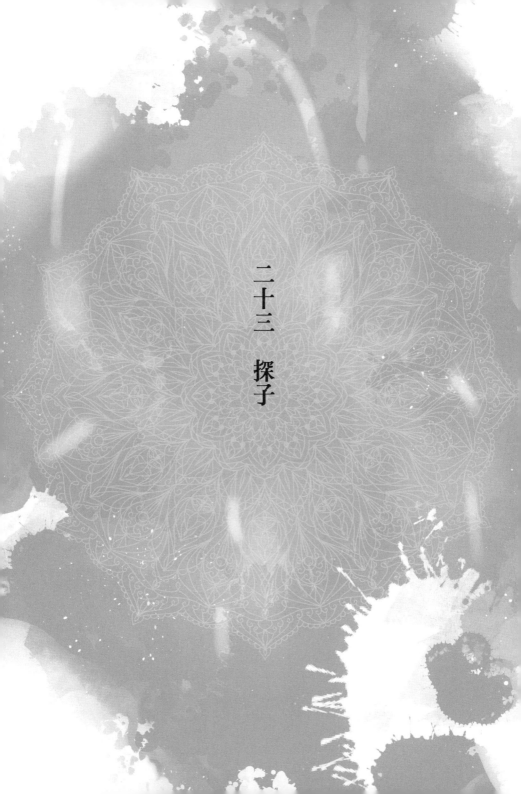

「這就是我知道的掠顱者。」

斐先生講述完往事，看看Miss S，又來回觀察其他人。「還有沒有什麼想問的？沒有的話我要去買肯德基的蛋塔吃。難得離開實驗室，一定要吃點新鮮的垃圾食物。你們吃過嗎？真的很不得了，明明主打商品是炸雞，結果最好吃的卻是蛋塔！」

Miss S提出她的看法：「斐先生，如果掠顱者是如此棘手的存在，您是否同意我僱用更多的傭兵。就您剛才所說，掠顱者需要以密集火力才能有效擊殺。」

「對的對的，不愧是S，馬上抓到重點。這是對付掠顱者非常有效的方法，所以當初實驗室的出口才會架起機槍陣。以那種密度掃射，就算是掠顱者也會被打成蜂窩，逃都逃不掉。遠距離狙擊也是一種方式，這樣掠顱者就感應不到開槍時的心跳跟反應，沒辦法事先預測，也就躲不掉啦！」

老狼接話：「我們可以勝任狙擊的任務。」

Miss S見識過老狼射擊的精準度，贊同地說：「確實是你們的強項。比起密集的火力，多找幾名狙擊手安靜地狙殺或許是更好的辦法。」

「知道武當是替誰做事了嗎？」斐先生問。

「我找了專門做情報調查的僱傭兵，要等對方的完整報告，目前回報的只有零碎消息。」Miss S也是心急。要不是收集情報並非她強項，斐先生也沒有這領域相關的生意，否則自家調查起來要更踏實，至少能掌握所有消息與進度。

被武當襲擊的兩次都損失慘重，第一次失去阿狐跟運送的器官，第二次死了兩頭狼。Miss S對狼群相當看重，打算正式納入組織。不料被武當全毀了，使她更急於找出幕後主使。

「以我對掠顱者的了解，他們不會沒事搶器官。只要把指使的源頭毀掉，掠顱者就會停下。殺不死武當沒關係，把他背後的人都弄死就好。」斐先生指點。

「這種人造的怪物不能留，一定要殺死他！」在纏繞頭顱的紗布之中，阿狐唯一露出的眼珠盡是憤恨。被毀容的他對掠顱者只有極欲澈底消滅的憤怒。

「哇哇哇你好氣！快喝點青草茶消火，這麼暴躁真的好可怕啊。」斐先生像個粗糙的話劇演員，誇張地縮起身體，一蹦一跳遠離阿狐。

在戲謔的笑容之後，斐先生扳起臉嚴肅指責：「看你包成這樣就知道吃過掠顱者的虧，怎麼還學不乖？學習能力這麼差？以為這是王道少年漫畫，不用動腦思考，只要靠熱血大喊我生氣了就能幹掉反派是不是？傻了，真的傻了。這是現實世界，動動你的腦袋分析現況。不難吧？這不難吧？」

斐先生數落不停，雖然阿狐被紗布包覆的臉無法看見全貌，但不斷散發出的負面情緒讓氣氛都僵了。阿狐的身體緊繃著，在強自壓抑著什麼。

斐先生當沒看見，繼續叨念：「天啊越說越氣，現在變成是我要喝青草茶了嗎？」

突然阿狐用力拍桌，嚇了斐先生好大一跳，其他人不能諒解地望著阿狐。阿狐從紗布之間露出的一隻眼睛，突然流出混濁的淚水。

「嗚……絕對不能放過武當……是他害我，是他毀了我的臉……我之前就交不到女朋友，現在更沒希望了。嗚……。」

雖然是如此悲情的哭喊，Miss S仍然不留情地賞了白眼。狼群們的臉色也不是很好看，都望向別處假裝阿狐不存在，真心嫌他丟臉。只有熊叔溫聲安慰：「你別想這些，先照醫生安排的接受手術，一定可以慢慢復原。」

阿狐聽不進去，自顧自放聲大哭，淚水浸溼了紗布。熊叔抽來幾張衛生紙，看了看發現也許不夠，便把整包衛生紙都遞給了阿狐。

阿狐一邊哭一邊接過，把衛生紙捧在懷裡哭個不停。

「是不是我罵太凶？」裝無辜的斐先生故意舉手問。

「斐先生您說的都沒錯，掠顱者不能以常理看待，需要謹慎處理。」Miss S說。

「對吧對吧，我說的都有道理啊。既然沒問題那就交給你們啦。S啊，等妳知道幕後是誰主使的，記得我說的，殺他全家就對了。我要去買蛋塔吃了。不好意思讓一下。」斐先生擠過Miss S身邊，熊叔跟著起身：「斐先生，我送你。」

「送我到最近的肯德基去，交給你開車……等一下。」斐先生突然停下，「忽略掉昇龍跟降虎了，這兩個雙胞胎沒找麻煩吧？」

「他們現在是地下格鬥場的拳手，我剛好遇見的。」熊叔說明：「除此之外沒有交集。」

「那真是太好了。要對付一個掠顱者就夠麻煩了，還來三個？就算當初放走掠顱者，昇龍、降虎說要給我回報，但是咧，我覺得聽聽就算了。場面話啊、都是不真誠的場面話。」斐先生提醒：「沒事先不要去惹昇龍跟降虎，讓他們自己開心玩耍就好。」

「我明白。」Miss S也起身送斐先生，與熊叔三人一起走下鐵梯，來到車庫。看守的僱傭兵在她的示意下升起鐵捲門。

鐵捲門外的天色已暗，在都市光害之下，夜空呈現混濁的深紫色。

熊叔先發動車子。斐先生跟著鑽進車裡，把椅背放下後懶洋洋地躺了上去。他對Miss S說：「S啊，這邊真的靠妳了。我的研究有大進展，資金最好不要斷，不然就可惜了。」

「斐先生，方便透露您的研究是什麼嗎？」

「當我的研究成果席捲全世界，妳會知道的。」斐先生擺擺手，自己關上車門，「再見啦！」

Miss S頷首，目送車子開出。

斐先生的回答，令Miss S想起貓頭鷹的提醒。貓頭鷹要她小心斐先生。即使Miss S看人的眼光不如貓頭鷹精準，也知道斐先生不能不防，這樣笑鬧不定，時而嚴肅時而瘋癲的人，究竟在盤算什麼？

手機的振動打斷Miss S的猜測。一看來電顯示，是阿倪。

這幾天阿倪已經搬入Miss S的屋裡同住。為此Miss S還抽出時間整理原本作為儲藏室的房間，讓阿倪能有地方睡覺。幸好阿倪的東西不多，只有兩套校服跟幾件舊又褪色的家居服。

那種衣服寒酸的程度讓Miss S看了無法不嫌棄，換作是其他人，可能已經被她挖苦：「怎麼會把抹布穿在身上？」

但她知道阿倪的處境，所以什麼都不說，省了在傷口抹鹽。

「喂？大姊姊妳下班了嗎？」電話的另一頭除了阿倪的聲音，還有很多吵鬧的人聲，Miss S得仔細聽才能聽懂阿倪在講什麼。

Miss S想了想，這份工作沒有明確的上下班時間。結束與斐先生的會面，今天可以算是沒事了。

「忙完了。」

「來逛夜市好不好？我在寧夏夜市。」

「妳為什麼跑到夜市去？又吵又髒的。」

「妳常常不在。我一個人在家怕黑，就跑出來了。」

「妳可以開燈。」

「可是還是只有我一個人啊。妳家晚上好安靜，很可怕。」

本來就應該安靜的，要不是妳爸亂摔東西，才不會吵……Miss S差點脫口而出，但想到阿倪的父親已經死透，不想再刺激她。

Miss S感到可惜的是一個器官都來不及摘，還得另外託人把屍體給銷毀，多花了一筆錢去處理不帶來任何收益的苗床，還額外扶養他女兒……

「大姊姊，妳快來好不好？有幾個像流氓的人一直盯著我。」

Miss S感到頭痛，她又不是保母。「待在人多的地方不要亂跑。手機還有電嗎？」

「我有帶行動電源。」

「妳怎麼會有？妳買不起。」

「妳丟在儲藏室的，我撿來用。」阿倪說。

真是個懂得利用現有資源跟觀察環境的死小孩。Miss S幾乎要苦笑出來，但她太習慣扳著臉，只有眼角微彎，很快又恢復慣有的冷酷表情。

「知道了。在人多的地方等我。」Miss S掛掉手機，上樓向其他人宣布：「今天先這樣了，之後有消息我會再聯絡。」

狼群致意後離開。阿狐還坐在沙發，陰森地看著Miss S。「對付武當的時候一定要帶上我。」

「前提是你保證會冷靜行事。我不需要衝動的笨蛋。」

「我都聽您的。」阿狐忽然下跪磕頭：「只要給我報仇的機會，求求您！」阿狐的額頭緊緊貼地，壓低的臉傳出啜泣聲。冷血如Miss S看了都有點不忍心，好歹是共事多時的一員。「我明白了。只要你遵守前提。」

「我會、我會的……。」阿狐全身都在顫抖。

「起來吧，眼淚擦一擦。冷靜了再離開。」Miss S把桌面的衛生紙推向阿狐，讓他一人獨處。

離開據點的Miss S叫了計程車，要求司機開往寧夏夜市後便滑起手機，還把耳機給戴上。其實什麼音樂都沒放，只是避免司機攀談的手段。

忽然手機一震，Miss S以為又是阿倪打來的，忍不住嘖了一聲。司機扭頭問：「小姐？怎麼了？我開這條路是近路沒錯啊。」

「不，沒事。」Miss S抬頭說，再次低頭時看見來電顯示，是負責探查情報的僱傭兵怯鷗。她慶幸戴著耳機，能夠直接接聽，不必擔心怯鷗的話會被司機聽見。

「妳好。」怯鷗聽起來很神經質，緊張兮兮的，「關於妳的委託，已經調查完畢。」

「主使的是誰？」

怯鷗一定正在吞口水，Miss S聽到好大的吞嚥聲。有些噁心。即使反感，她仍耐心等待。

又一次吞嚥聲後，這名僱傭兵以同樣緊張的語調揭曉答案。

「是閻山組。」

二十四　夜市

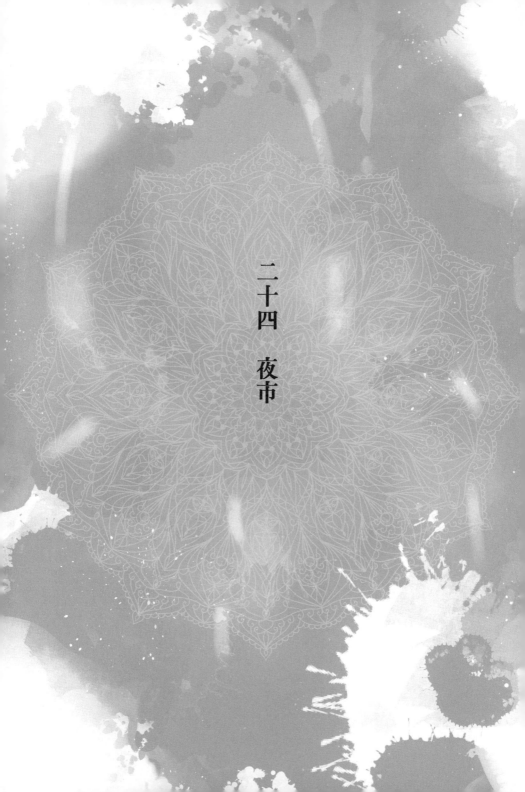

攤販一路蔓延，喧鬧聲中燈火通亮，像夜裡發光的長河。人潮成了流動的波浪，連同食物的香味與熱度擠飽整條夜市。

武當與蔓苓肩並肩，隨著人潮的方向行進。高密度的群眾讓移動的速度變緩，一再走走停停，讓武當待在蔓苓身邊的時間多了些。

他與蔓苓訴說身為掠顱者的過往，得到意料之外的反應。

蔓苓不怕。甚至接受他所有的過去與缺陷。

要離開酒店時，蔓苓提議到處走走看看。兩人的第一次約會就這麼展開。

蔓苓披著外套，底下還穿著酒店的小禮服，加上姣好的面貌，不時引來路人的注視。她當沒看見，只在乎身邊的武當。

武當沒逛過夜市，因為人太多了，節奏各異的心跳還有散發出的情緒，一再衝擊掠顱者敏銳的感官。害他繃起一張鐵青的臉，絕對不是約會適合出現的表情。

先天的缺陷讓武當需要有人達成「固錨」，過多的人卻是毒藥。比如人需要氧氣呼吸，但長時間吸入高壓的氧氣反而會造成氧中毒。

這些異狀都讓蔓苓看在眼裡，她湊到他耳邊問：「你還好嗎？是不是討厭夜市？」

武當搖頭，勉強聽清楚蔓苓說話，身邊的干擾太多了。後頸已經泛出冷汗。

「你好像很不高興。」蔓苓擔心地問。

「沒有。我沒事。」

「怎麼會沒事？」

武當吃力地解釋：「人太多了。」

「你早說嘛。」蔓苓拉著他，擠過人流與攤販的縫隙，在招來責難的嘖聲與白眼後，順利鑽進旁邊小巷。這裡不再有壅塞的人群，空氣新鮮多了。

武當窒礙的氣息通暢起來，使勁呼吸幾次，緊繃的神情終於舒緩。

「你看起來好多了。」蔓苓拿出面紙替他抹掉額頭的汗，「還以為你討厭跟我走在一起。還擔心我這樣穿是不是太招搖了，讓你不自在。」

「不是。」武當嘶聲說。他仍有些虛弱，像跑完越野障礙賽失去力氣。

即使處於如此疲憊的狀態，掠顱者的感官依然敏銳。武當心中一凜。

——不見了。

雖然短暫，武當確實察覺到不對勁的心跳。那是訝異且帶著敵意的頻率。會是誰？武當思索，至少可以排除昇龍、降虎。這對極惡的雙胞胎會露面挑釁，不可能躲。

「怎麼了？是來尋仇的人嗎？」蔓苓擔心地問。

武當決定坦白：「有可能。」

「你會不會有危險？」

「對方躲起來了，可能是怕。」

「我也好怕。」蔓苓故意說，但臉上不見懼意，卻是有點調皮的微笑：「我們是不是該走了？這裡好像不適合再逛了。」

武當打算順著小巷離開。手掌忽然一暖，蔓苓的掌心貼了上來。

「走吧。」蔓苓問：「你覺得我們去哪裡好？」

被這一問，武當沒有答案。

他還能去哪裡好？

「為什麼要突然躲起來？」阿倪困惑地問，剛才Miss S不經解釋就拉住她，倉皇進入夜市裡的超商，躲在貨架後面。

Miss S沒答，謹慎探頭，遠遠窺視撞見武當的那條小巷。

武當沒有追出來，Miss S暗自希望是沒被發現。

她不像熊叔是武鬥派，遇上掠顱者絕對無法對抗，只能單方面被屠戮。即使Miss S預先藏了便於攜帶的掌心雷手槍，也不見得能射中武當。何況在夜市開槍絕對不是明智的選擇。

「大姊姊？妳到底在看什麼？」

Miss S還是沒理阿倪，不斷回想剛才情景。撞見武當真的相當危險，幸好她搶先迴避。

「大姊姊！」苦喚無果的阿倪發了脾氣，用力扯動Miss S的外套。

「幹什麼！」Miss S回頭怒斥，「妳為什麼就不能安靜一下？」

這大聲的斥責讓超商裡的客人與店員都看了過來。

Miss S忽然的發怒嚇到阿倪。女孩畏縮後退，囁嚅地說：「因為妳都不理我……。」

這副可憐兮兮的樣子讓Miss S看了就煩。

「走吧。回家了。」

Miss S大步離開超商，阿倪追在後頭。

阿倪一路上安分地不說話，在計程車上也異常安靜，默默看著手中的糖葫蘆。那是在夜市會合後不久，阿倪纏著Miss S買的。

Miss S眼角餘光瞄見了，沒多說什麼。她也心煩。平常應對來往的都是專業的成年人，雙方知道分寸與應對進退。現在突然要照顧國中孩子，之間的落差難以調整。

Miss S並非不能理解阿倪這個年紀的情感需求，她也經歷過，只是一時沒忍住，才會動怒發火。

計程車固定在三個街口外停下。Miss S付錢時，阿倪早一步下車，站在人行道上乖乖等著，等Miss S下車才乖乖跟著走。一路上依然默不作聲。

回到家，阿倪直接回房，不再有動靜。

Miss S冷眼看阿倪飄遠，拿起飼料罐，來到鬥魚牆開始例行的餵食。奇怪的是親暱的鬥魚無法使她靜下心，反倒越加紊亂。依序餵完了所有的鬥魚，還是沒有阿倪的聲音。

Miss S厭煩地嘆息，走向阿倪的房間。

這個原本作為儲藏室的房間內還堆有雜物，清出的空間擺了新添購的床，還有一個床邊小桌。從夜市買來的糖葫蘆插在桌上的杯子裡，阿倪一口都沒吃。

至於阿倪則背對Miss S，側躺在床上。Miss S在床邊坐下，沒說話，在等阿倪的反應。可是這女孩動也不動。

Miss S勉強擠出話：「妳在夜市沒有吃飽吧。會不會餓？」

阿倪沒回話。

Miss S亦沉默。好久以後，才聽到阿倪的吸鼻聲。

Miss S猜這死小孩在偷哭，只能嘆氣，手掌輕放阿倪頭上。

阿倪又吸了吸鼻。

Miss S閉上眼睛，嘴唇動了幾次，始終沒發出聲音。這實在不是她能應付的場合。

「抱歉。」Miss S說完便忍受不了這種不自在，立刻離開床邊，往門口移動。

「我怕黑，可不可以陪我？」阿倪的呼喚有明顯的哭腔。

Miss S停下腳步，發出無聲的嘆息，走回床邊在阿倪身旁坐下。阿倪立刻轉過身，用力抱緊她，還把頭埋進她懷裡大哭，隨著哭泣不斷劇烈發抖。

Miss S歉疚地解釋：「當時很危險，不是故意凶妳。」

阿倪還是哭，Miss S拍她的頭作安撫，放任她哭泣。

阿倪邊哭邊問：「妳會不會不要我？」

Miss S僵住，沒料到阿倪會提出這麼揪心的問題……她提醒自己，這女孩才十三歲，太年輕又太脆弱，是容易受傷的年紀。

「我跟妳有交易。到妳成年之前都算數。」Miss S不想給出肉麻的承諾。

「不要丟下我……。」阿倪抱得更緊，像溺水時抓著唯一的求生浮木。

Miss S眼神不自然地飄往別處，最後還是認了。

這或許是她選擇的。

「不會。我發誓。」

雖然看似遊民，又常在高架橋下流連徘徊，但武當其實擁有住所，是貓頭鷹為他安排的，租金從雇主支付的酬勞中預先扣除。

武當住的是家庭式公寓，家具隨屋附贈。一進門的沙發堆著衣服，像破爛的垃圾山，都是尺寸寬鬆的大件衣服。武當洗完後輪流穿，可惜他太容易失控，又常坐在地上，才弄得衣服總是有泥灰。

屋裡沒開燈，只有從百葉窗透進的月光。

蔓苓走近窗邊，想看外頭的夜景。

「不要接近窗戶。」武當拉住她。過去所受的訓練讓他下意識避開窗，提防所有可能的攻擊。加裝百葉窗也是避免讓人窺見屋內動靜。

「好。」蔓苓順了他。沙發都被衣服霸占，所以她坐在桌邊。

武當回頭關門並仔細上鎖，然後才回到蔓苓身邊。

「我以為你是到處流浪。」蔓苓打趣地說，「本來想帶你去我那的，聽到你說有地方住，我真的嚇到。你之前為什麼把自己弄得像遊民？喜歡流浪？」

「我不想流浪。」

「可是你有家。」

「這不算。」

「怎麼樣才算呢？」

武當回想起久遠以前待過的實驗室。

那邊的收容區域有他專屬的一間房，入夜後便要待在裡面，直到天亮後的開啟時間。他常常睡不著，總會想很多很多，還要對牆角喃喃自語。

無法被寄託的情緒彷彿遊魂，不斷繞著他旋轉，而後發散、落空、再次回歸到他的身上，帶來更加孤寂的冰冷的肉痛的折磨。

在掠顱者的暴亂之夜，武當誰也沒殺。即使有掠顱者出手攻擊，他也是借力打力，把對方甩開就作罷。至於研究員與警衛更是碰也沒碰，只是走過他們的殘缺屍體，摸索出口。

即使逃出了實驗室，武當遊魂般的情緒還是擺脫不開，被迫與其一同流浪，在夜裡徘徊，在高架橋下覓人說話。

那是漫長荒涼的旅途。

他真的累了。

只願一切到此為止，不要再往哪去了。

停在這裡，靜止下來。

不再漂泊。

武當看向蔓苓，對她伸出手。蔓苓手搭了上來，覆在他的掌心。還是那樣暖。他小心地把蔓苓拉近，直到她靠在他的懷裡。

他生疏又笨拙地試圖擁抱。

蔓苓的髮絲有淡淡香味，身上也有。她的臉頰靠在他頸邊，吐出微微熱氣。武當抱著她，看著從窗邊灑落一地的細碎微光。

「你心跳好快。」蔓苓說。就算不是掠顱者，在這樣貼近的距離也能聽得出來。

「你也是。」武當說。

蔓苓脫離武當的懷抱，背對著雪似的月光，肩膀輕輕一動，甩落披在身上的外套。

武當靜靜看著。他聽得懂那份心跳。

蔓苓拉開小禮服的肩帶，慢慢褪下，便如新生的人一般，躍出舊有罩身的軀殼。她雙手再探往身後，解開胸前的遮蔽物。

她赤裸的身體有朦朧的月光，襯得肌膚更白。昏暗之中，她眼神羞澀地飄往別處。

武當離開桌邊，站到蔓苓面前，依序解去襯衫的鈕扣與纏腰的皮帶，直到與她同樣赤裸。他以手背輕輕撫挲她的臉頰。

蔓苓鼓起勇氣，本來迴避的眼神正視武當，深深望進他的雙瞳。

她的眼裡有他，正如他的眼裡有她。

他們擁吻直到缺氧才分開，然後再次忘情親吻。又一次分開時，武當抱起蔓苓，把她放到桌上。

蔓苓摟住武當的頸子，將他往自己拉近。

兩人的額頭碰在一塊，武當吻了她的鼻尖與唇。當他離開蔓苓的唇時，她閉上眼，輕聲呢喃。

武當同樣以呢喃回應，不同的是多了幾分猶豫。閉眼的蔓苓聽後握住武當的手掌，往自己的腰間移動，讓武當觸及她最後一道遮蔽物。

武當手指稍一出力便將之褪下。蔓苓抱住他結實的手臂，指尖有緊張的微顫。武當緩緩、緩緩地將身體貼近，蔓苓皺眉，嘴唇緊抿成線。武當趕緊停下，憐惜地撫摸她，遲遲不再有動作。

蔓苓睜開眼，露出鼓勵的微笑。

武當搖頭，他怕她痛。

蔓苓主動抱住武當的腰，貼近，讓他通往溫暖溼潤的深處。她悶哼，眉頭比先前都要皺得更緊，卻故意對武當露出調皮的微笑，要他別擔心。

因著蔓苓的邀請，武當緩慢慎重地拿捏每一吋又每一吋，怕多了急了會弄痛她。

蔓苓皺緊的眉頭逐漸鬆開，迷濛地望著武當，伸手輕撫他的臉。

武當明白她的意思，不再保留。

無聲的月光輕灑入窗，落下一地靜謐白霜。

在象山的巨岩之上，有兩具赤裸的軀體在月下交纏。

那是一模一樣的兩張臉。

他們側躺在地，面朝相異的兩端，下體緊緊連接。延伸的軀幹讓兩人合體的姿態恰如陰陽兩極。

「找到武當了。」其中一張臉說，他的陰莖插入另一張臉的陰道。自身所擁有的陰道，亦納入另一張臉的陰莖。

「殺死他。」另一張臉說罷加快擺動臀部。兩張臉較勁般互不相讓，一再往對方突入。

他們互相注視，看著同樣的臉。

同時降生於世的昇龍、降虎，早在意識尚未萌芽的那刻便擁有了另一個自己。凝視對方時，便反映了自我的樣貌。

兩張臉同聲低吼，雙雙停止動作，劇烈地射精在對方的陰道之內。他們發出獸一般的喘息，各自拔出陰莖，馬眼有透明液體流淌。

掠顱者不具備精子與卵子，只有徒具外觀的性器。所以能放肆交媾，不為後果所困。

他們接連站起，赤裸的身體沐浴慘白色的月光，昂挺的陰莖刺往夜空。雙胞胎俯瞰腳下的臺北城，密集的水泥高樓一座座聳立，在他倆眼裡猶如屍塚，其中一處會是武當的將死之地。

在兩人身後傳來鬆散的腳步聲。

是一對夜遊的情侶，他們看到赤裸的雙胞胎都很詫異，一副撞見變態的驚慌神情。在情侶採取任何動作之前，雙胞胎搶先一步，轉眼間跳下巨石，逼近情侶，分別抓住其中一人。

這對男女的雙手都被反扣到身後，被迫以頭頂地，給雙胞胎牢牢地制伏。

「痛！放開！」「啊喂！你們這兩個變態在幹什麼！」情侶亂叫一通，雙胞胎互看一眼，揪住男女的頭髮，高高拉起後故意停頓，看男女眼睛恐懼地睜大，然後再加速重重砸地。

叩！叩！叩！在雙胞胎強硬的控制之下，這對情侶被迫不斷磕頭，每次被拉起時都有鮮血噴出。

「啊！」「啊、嗚……。」「哈哈哈哈哈哈哈哈！」「不要……。」「呀痛！」「哈哈哈哈哈！」「救命、救……。」

情侶的哀號與雙胞胎的狂笑互相混雜。像被惡童摧殘的芭比娃娃與肯尼，只有任憑玩弄的份。哀號聲逐漸微弱。

雙胞胎無趣地看著癱軟垂死的情侶，隨後交換了眼神，扣住情侶的頭顱，發勁扭斷頸椎。

情侶檔的屍體被拖行在地，蔓延的血跡隨著雙胞胎消失在象山的陰林之中。

二十五　樓頂

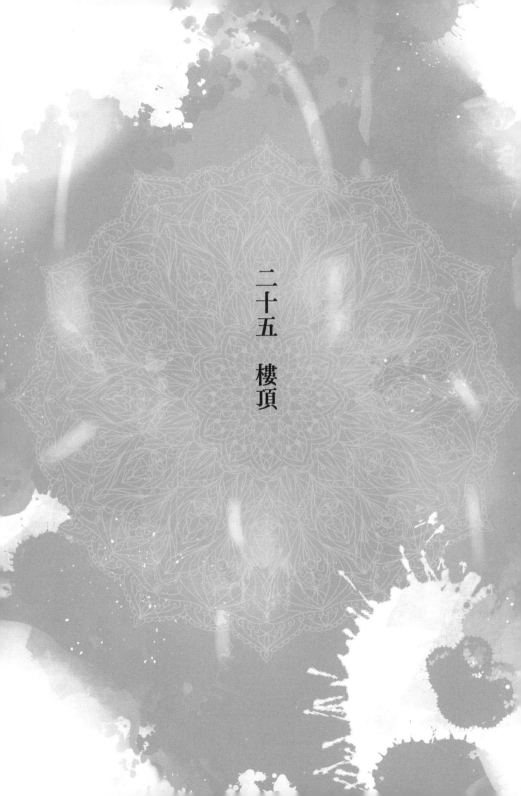

日與夜反覆幾次交替，不變的是房裡的昏暗。人與塵埃靜靜蜷伏，連呼吸都沒有聲音。

直到突來的手機鈴響，占領屋裡的死寂終於被驅趕。

武當從黑暗中起身，走向亂扔在沙發的衣服，被埋住的手機不停震動，來電顯示畫面是一串號碼，沒有設定通訊人的名字。他不需要。

武當接起，另一端說話的是拓磨。

「這幾天沒聯絡，現在有事要你去辦。找到那女人的家了，麻煩你上門一趟。」

「殺死她嗎？」武當的聲音很沙啞。

「不，留活口。逼她把器官移植的名單全部交出來。器官從哪裡弄來的、移植到誰身上，所有明細往來都要清楚列出來。」

「好。」

武當掛斷，把手機扔回衣服堆，就這麼站著發愣。

白色月光曾經落在他的腳下，但現在合起的百葉窗遮住所有的光，屋裡的陰影則藏住雜物與祕密，包含桌上乾涸的濁液。

好久以後，喪失動力的武當才像充進了少許電量的機器人，有活動的餘裕。

被驅動的掠顱者踩過隨意扔棄的丹寧襯衫與牛仔褲，從衣服堆中翻出慣穿的寬鬆衣服，一件接著一件往身體套，回歸在高架橋下流連的邋遢模樣。

在出門之前，武當緩緩回頭，無神的雙眼看向屋內，對桌子的方向低語。

「蔓苓，等我。」

天空很髒，是混濁的灰，地面同樣如此。

武當穿越骯髒的建物與街道，來到約定地點與閻山組會合。

拓磨沒有到場，而是組內的一票打手。武當聽出這些人心跳鎮定，沒有絲毫波動，都是行家。

武當不在意這些。身為掠顱者，他可以獨自執行任務。

「這邊請。」一名閻山組成員招呼武當上車，後座讓他獨坐，顯示出充分尊重。

坐進灰暗的車內，動也不動的武當連定焦的力氣都懶，望著前方，卻什麼都沒看著。

在擋風玻璃外，溼淋淋的雨點反射雜亂的街邊霓虹。

「那麼就出發了。」駕駛座的閻山組成員說。

車子在飄散的小雨中緩慢行進。

幾臺黑色車子在巷子外陸續停下，身著西裝的黑衣人接連下車，其中一人來到後座開門，恭敬替武當撐傘。

武當在那人的護送下走進巷子。路人與居民見到這陣仗，傻得沒有走避，而是好奇看戲。

那些注目此刻無法灼痛武當，已經不痛不癢了。

一行人來到一棟民宅，樓下的鐵門毫無防備地敞開。這是因為門板老舊，又無人願意花錢修理。

但看在閻山組成員的眼裡，彷彿是故意的偽裝，說不定另有埋伏。

閻山組成員們互相交換眼神，決定先派幾人去查看。

「在幾樓？」武當突然問。

這一問，讓準備突進的閻山組人馬停頓下來。替武當撐傘的那人回答：「在最頂樓。」有了答案，武當便知道該往哪裡去。本來他是作為壓陣的大將，結果自願成了先鋒。閻山組成員們叫不住他，也不敢攔。

武當鬼魅似地一路攀上，閻山組成員跟在後頭，彷彿武當拖行一道無比狹長的黑影。

樓層中的分隔鐵門擋住武當去路，那是Miss S設來防止鄰居擅闖用的。

武當低頭看了門鎖，猛然揮掌拍擊，金屬的重重擊打聲貫穿整棟樓。

武當鳴鐘似的一掌接一掌，表情平淡毫無起伏，但掌勁驚人，彷彿整道樓梯都在顫晃，還有灰塵與蛛網的碎片灑落。

有住戶開門查看，本來想破口大罵，結果看見成群黑衣人，瞬間沒了膽子，默默關上門。

又是一聲巨響，隨後是金屬彈響，門咿啞開了……

武當推開鐵門，繞過樓梯轉角，便看見通往天臺的入口。雨時的天空灰得鬱悶，捲進潮溼黏人的風，拉成白絲的雨線不斷落下。

踏進天臺的掠顱者左右看了看，這裡只有一戶頂樓加蓋的住宅。

武當來到那戶屋前，不在乎任何埋伏，在門口站定。

他聽見門後有突然遠離的心跳，猜想是拓磨口中的那女人，決定直接破門。沉厚的掌勁不斷拍打在門上，一掌接一掌越來越狂暴。

彷彿與武當呼應，雨勢跟著增大，溼了他的亂髮，也淋溼圍在天臺上的閻山組黑衣。

門鎖敵不過武當的摧殘，終於毀壞。

武當挾著風雨闖進溫暖的屋裡，踩過玄關擺放的幾雙鞋，踏進客廳。這裡無人，卻有許多心跳。是Miss S的鬥魚牆。

武當沒被鬥魚牆引去注意，凝神留意屋中的任何心跳。

閻山組眾人接著闖入，搜索每一間房。

屋裡突然傳出尖叫，有個女孩被閻山組的人揪了出來，帶到武當面前。

瘦弱的女孩臉色蒼白，不僅僅是受到驚嚇，還因為營養不良。女孩的手臂被閻山組的人揪著，好像能被折斷。

「那女人在哪裡？」閻山組成員逼問。

女孩扭頭不答。

「不說就折斷妳手指。」

保持沉默的小女孩依然倔強，發抖的唇與肩卻偽裝不了。

「妳真的不說？妳的下場會像這些鬥魚！」閻山組成員推落牆上的一個魚缸。水花濺溼地板，紅色的馬尾鬥魚在玻璃碎片裡彈跳。

女孩睜大眼睛，試圖搶救鬥魚，卻因為被閻山組成員抓住而無法移動。

閻山組成員推下其他魚缸，一隻又一隻鬥魚在滿地的玻璃碎片中掙扎，劃傷了魚身魚鰭。

「住手！停下來！只會欺負鬥魚算什麼！」女孩大喊。

「說出她的下落！」閻山組成員逼問。

「我不知道、你說誰我不知道！」女孩還在抵抗，想搶救鬥魚。

在那樣混亂急促的心跳裡，武當聽出不一樣的聲音。

「妳的心跳……妳在等人。」武當嘶啞開口，空洞的雙眼落在女孩身上，看得女孩發寒。

這些全身黑衣的黑幫人士雖然可怕，落魄遊魂般的武當卻更令她恐懼。

不全然是因為武當的頹然氣息，更因為他說破女孩的心思。

「妳在等誰？」武當又問。

女孩撇頭，好像再多看武當幾眼，所有的祕密都會被揭穿。

「快回答，是誰！」一個閻山組成員作勢要打女孩，手才剛舉起就被武當抓住。

「就這樣吧。」武當說，「已經夠了。」

「但是拓磨的命令……。」

武當沒給閻山組成員再提出異議的機會，把全部的人往門口趕。

離開前，武當回頭，看見女孩跪在地上，扎滿玻璃碎片的雙手流出血來。她強忍著疼痛，小心捧起掙扎的鬥魚。

武當的目光沒有停留太久，轉過頭，迎接他的是滂沱大雨。

在雨中，掠顱者發出沒被人聽見的呢喃。

「妳也在等人啊。」

「阿倪！」

一路奔跑上樓的Miss S著急大喊，身後是護衛的熊叔。

突然收到阿倪的求救電話，讓Miss S馬上趕回住處。在看見樓梯間被破壞的鐵門時，更讓Miss S以為等待她的會是冰冷的屍體，又或是像阿狐那樣的重傷。

幸好阿倪還活著，那雙細瘦的手掌布滿紅點紅痕，都是被玻璃扎傷劃傷。

「死小孩，妳的手怎麼了？」Miss S急了，看向牆上少了的魚缸，以及遍布地板的碎玻璃，立即猜到大概的事情經過。

「對不起我找不到其他東西裝，有些只能放杯子。」阿倪流血的手指向擱在桌上的幾個馬克杯，依稀可以看見杯中游動的一抹色彩，都是情急搶救的鬥魚。

「都活著就好。」Miss S指的不只是鬥魚，她壓抑情緒檢查阿倪的傷勢，隨後向熊叔吩咐：「麻煩你顧門，我先處理她的傷口。」

「沒問題。」熊叔點頭。

「沙發可以坐。」Miss S提醒，轉對阿倪說：「死小孩，妳跟我來。」

Miss S帶著阿倪到房間，要她在床邊坐好，自己則打開櫃子翻找醫藥箱。然後Miss S聽到吸鼻聲，發現阿倪低著頭。

「妳在哭？」

「剛剛好恐怖喔。」阿倪小聲說。

「原來妳也知道害怕。」Miss S嘴上沒饒人，才拿著醫藥箱來到阿倪身旁，女孩馬上往她懷裡鑽，壓抑的哭聲終於解放。

「沒事了，死小孩，」Miss S差點也要紅了眼，不斷輕聲安撫，「沒事了。」

Miss S處理完阿倪的傷口，讓她先在房間休息，自己則回到客廳。壯碩如小山的熊叔塞在沙發上，看起來有點滑稽。

Miss S看了桌邊被救起的鬥魚們，同樣傷痕累累，飽滿的尾鰭破了洞，鱗片也有了殘缺。她的眼神越來越冷。

「這裡不能再待了。」Miss S知道必須轉移居所。

「要不要先去我那邊？還有空的房間，有我就近護衛應該更安全。」熊叔提議。

Miss S想了想，這是個好建議。

「不會打擾你太久。」

「妳的意思是要正面決戰了？」

Miss S不必回答，玻璃珠般美麗的雙瞳裡，有可怕的怒火燃燒。

熊叔明白她的意思了，再清楚不過。

「隨時聽妳指派。」熊叔咧嘴笑，進入備戰模式的他像是冬眠的野獸甦醒。

二十六　心怡之三

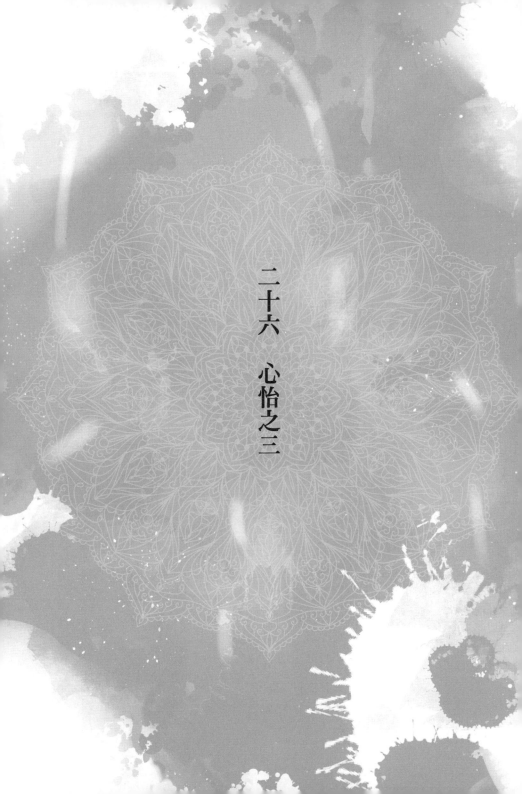

隱藏在商場大樓之內的「永生樹」，今晚一如過去的每個日子，為知道祕密入口的訪客開放。在無人看顧的售票亭旁邊，空曠影廳的大燈全開，照亮一排又一排的紅色絨布座椅。此刻沒有播放預告也沒有電影上演，只有獨自一人的管理者。

「沒想到妳這麼快再次拜訪。」貓頭鷹慈祥微笑。

「我也沒料到。」Miss S說的是實話。「我僱用的狼群死了兩頭，剩下的能活著是因為對方率先撤退，否則我認為狼群會全滅。我不是要埋怨那群狼，是很優秀的團隊，可惜遇上規格外的怪物。」

Miss S沒說的是差那麼一點，她會死，阿倪也可能送命。

「需要增聘？」貓頭鷹問。

「是的，我需要。妳認為要用上多少人才能對付妳派出的那傢伙？」Miss S問。從探子那邊得到的情報，確認了武當是闇山組從「永生樹」僱用的。

貓頭鷹還以富有深意的笑容，其中有讚賞的意味。對於Miss S弄清楚武當的來歷，讓她很開心。

「我不曉得，親愛的，我真的不確定。妳的判斷呢？」

「我在思考。我不喜歡增加不必要的屍體跟無謂的花費。妳是從哪邊找來武當的？」

「我不能透露，必須保護僱傭兵的隱私，這不是可以公開的資訊。但是有一點能與妳分享。我想妳明白，會在街上漫遊的不只是流浪漢。有時候，只是恰好披著相似的外皮。」

「妳精準的眼光看穿了那層皮囊。」

「我想是的。」

「可惜我來晚了。」

「妳是錯過了。」貓頭鷹笑了，「他給妳帶來困擾了？」

「很大的困擾。我希望自己是搶先收編他的那一方。」

「妳不會埋怨我吧？」

「我們有各自的立場。絕對的中立是『永生樹』倍受信賴的原因。」Miss S在貓頭鷹身旁的座位坐下，「今天不看電影？」

「這是適合沉思的好日子。如果我沒有誤會，目前為止都不算正式的拜訪對嗎？心怡？」

「今天也是適合聊天的好日子。」Miss S取下口罩，露出不輕易示人的美麗臉孔。「有個問題從沒問妳。因為會顯得我很不專業，而且懦弱。」

「現在妳想問了。」

「是的。」Miss S只有在面對貓頭鷹時，才能卸下強硬冷酷的表殼，露出那副憂鬱而柔軟的內在。「那時候妳為什麼放過我？我不認為我是值得被選中的人。」

「不管妳隱藏得多好，自卑還是深深扎在骨子裡，是嗎？」貓頭鷹拿下玳瑁圓框眼鏡。少了鏡框，讓她的眼睛看起來更圓更大。「妳是相信我？還是更相信妳對自己不切實際的詆毀？」

Miss S無話可說，只有請求：「請妳告訴我。」

「可憐的孩子。」貓頭鷹憐惜地說，哀傷地看著Miss S。「妳成長了不少，至少表面上已經足夠強大了。妳真的進步很多很多了。那些事依然困擾著妳？為什麼呢，心怡？妳知道那根本不是妳的錯。人無法決定出生在什麼樣的家庭，不管是貧窮的家境或是給自己設下安全網躲在裡面不敢跨出的家人，都不是妳的錯。那是他們的選擇，不是妳的。」

「我離開了，卻擺脫不掉。」

「原生家庭會久遠影響一個人，那是出生後長期接觸的環境，好的壞的都會深植在心，我們有多少制約是因此被養成的？可是心怡，我希望妳記著，妳是如此優異，這就是我放心讓妳繼任的原因，我比誰都深刻地理解妳的潛質。妳千萬不要被那些陰影給絆住，隨它們去吧。妳只能繼續走。記得我說過的？生命是不斷流動的過程。」

Miss S有所猶豫，還沒說出真正的心裡話。那是她之所以拿出這埋藏已久的問題的原因。

這猶豫全被貓頭鷹看在眼裡。

「妳遇上了什麼？我看得出妳有些不同。妳在流動，妳在變化。」

面對唯一能夠傾訴的對象，Miss S終究得鬆口。「我收養了一個女孩，我以為她跟我很像，都有糟糕的家庭。」

貓頭鷹以溫柔的眼神鼓勵她繼續說。

「在收養之前，那孩子曾經問我為什麼不能選擇家人？」Miss S露出鮮少出現的苦笑，連連搖頭：「過去我不斷逼問自己的問題，竟然從一個孩子嘴裡說出。」

「她就像是另一個妳，只是更幼小？」

「我沒有她那麼的……幼稚。」Miss S停頓，本來是想說白目的。她認為這是非常適合阿倪的形容。一個白目的死小孩。但在貓頭鷹面前不適合說出口，Miss S想保留一點形象。

「妳喜歡那個孩子。」貓頭鷹直指重點。「妳變得柔軟了。在別人面前你總是強迫自己帶刺，私下的妳卻是被不安所困擾。我說的柔軟並非懦弱，我認為這是一種好的變化。」

「我該冷血的時候也不會客氣。我的工作不能容許任何閃失。」

「妳要正式拜訪了？」貓頭鷹有些可惜地問。

「還有點想說的。」

「我聽著。」

「下次，或許我帶那個孩子過來，讓妳看看她。」

Miss S說得彆扭，不能肯定為什麼提出這種事？

也許因為貓頭鷹是Miss S唯一能夠放心傾訴的對象，所以才想讓她看看阿倪？也可能阿倪在心中的分量，已經遠比Miss S以為的要更重、更重。Miss S照顧阿倪，似乎是在補償當初自己所缺失、所渴望的一切。

「隨時歡迎妳。」貓頭鷹眨眨眼睛，有微小的淚光閃爍。「妳真的長大了，心怡。」

「在妳面前，我永遠像是個孩子。」

心怡失眠了好幾個夜晚。

那天早晨上班前，貓頭鷹突然來訪並告知心怡，車主要她賣腎，以此賠償父親撞壞車子的費用。

心怡上網查了缺少腎臟會帶來的影響，稱不上致命，但可能併發的後遺症不少。

幾次心怡淋浴時任憑蓮蓬頭沖淋，熱水流過赤裸光滑的側腹。她思索，即使剖開腹部，事情也不會就此結束。她犧牲的腎臟僅僅是還清車子的維修費用，不代表父親不會再闖禍，母親也不見得會跳脫懦弱的幫凶角色，更別提依然混吃等死不事生產的兄長。

「為什麼是我要背負這些？」心怡自問。

她坐在書桌前，只有魚缸裡的鬥魚聽見她的疑問。

夜已經太深，簡陋粗糙的木板隔間擋不住父親的鼾聲。隔壁房間的滑鼠點擊聲與鍵盤的敲打聲更是惱人。哥哥還在打電動，只顧著玩樂，說是現實太痛苦，所以遁入虛擬的世界尋求快樂。

即使已經夠不樂觀了，心怡還是時常想像全家一起淪落受苦的未來，那是更加悽慘的困境。像倒數的末日，又像有條繩子勒在頸上，一天一天慢慢收緊。

憑什麼？到底憑什麼？心怡摀住耳朵，不去聽隔壁房的叫罵。哥哥待在家的這幾年，除了體重的直線增長，脾氣也越來越暴躁，稍有不如意就非得立即發洩。

這樣的人憑什麼享受我辛苦掙來的錢？這個念頭突然閃過心怡的腦海，緊接著還想到憑什麼哥哥要讓她養？好手好腳的不出去工作幹什麼？當個愉快自在的廢物是嗎？

心怡表情越來越難看，長久沉積的負面念頭不斷湧上，變成黑色的混沌，占據所有的思考。她的眼裡有恨。既強烈又不甘心的恨意。

她必須做出選擇。

貓頭鷹如約出現。

這次是要帶心怡去摘除器官。

心怡早有準備，她不躲也不怕，在貓頭鷹現身前便主動出面。

貓頭鷹對她的舉動也不訝異，只輕聲問候：「晚上好。」

「我要和妳作個交易。」心怡搶著說：「請妳僱用我，讓我為妳工作償還費用。」

貓頭鷹鏡框後的雙眼睜得圓圓的，然後慢慢瞇起，彎成微笑的弧。

「我看得沒錯，妳不是傻傻等死的人。」

「讓我保有健康的身體，絕對比摘掉腎臟還能帶來更大的收益。」心怡強調，「如果之後不滿意我的表現，不管是腎臟或眼角膜，都拿去。」

貓頭鷹為她的勇氣與決意讚許，欣然同意。

從此，心怡成了組織一員。

她的第一個苗床，就是親生兄長。用賣腎的分紅償還修車費用，與家裡斷絕關係，不再往來。

她亦改了名，化作日後為人所知的Miss S。

連家人都能出賣的Miss S。

二十七 龍

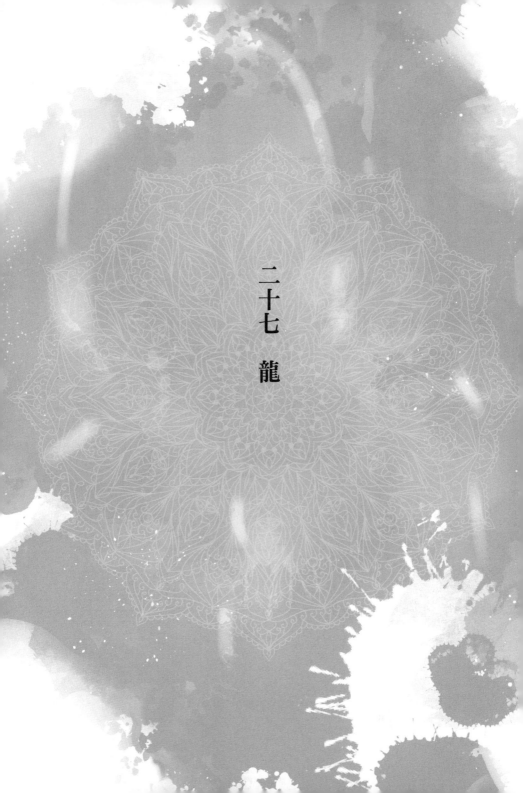

「死小孩，過來。檢查妳的傷口。」Miss S拿著醫藥箱，在小圓椅坐下。

雙手纏滿繃帶的阿倪踢著另一張小圓椅，移動到Miss S面前，椅子沿途發出碰撞聲。

「這樣很吵。」

「我手受傷了啊。」阿倪故意舉起雙手。

Miss S別開頭，不忍多看。「可以說一聲，我幫妳搬。」

「嘻嘻。」阿倪突然抓起椅子，直接移動到Miss S面前。「其實我也可以搬。」

「死小孩。」Miss S狠狠瞪了她一眼。「不會痛了？」

「如果壓到傷口或是碰到水還是會痛啦……。」阿倪伸出雙手，乖巧地讓Miss S解開繃帶。

「那妳就不要壓到傷口或是碰到水。」Miss S沒好氣地說。

「喔……有時候就不小心啊。這裡真的好空喔，還是很不習慣。」

阿倪左右看了看，除了屁股下坐的小圓椅，以及唯一的一張床，就剩靠牆放著的幾個行李箱，裡面是Miss S與阿倪的衣服還有個人物品。

另一邊的地板擺著幾個小魚缸，Miss S一併將鬥魚帶來了，不可能留在原先的住處，如果闇山組又找上門，這些鬥魚可能會再次遭殃。

她們暫時借住在熊叔家，這間原本就是空房，熊叔特地把床搬來，讓Miss S跟阿倪不必打地鋪。

「等我把手上事情處理完，會找新的房子。」Miss S拿著棉花棒，仔細替阿倪抹藥。

Miss S都計畫好了，不只要找新房子，還要重新打理鬥魚牆。把魚缸放在地板這件事，實在令她不自在。

「我會有大房間嗎？」阿倪問。

「沒有。妳只能睡浴室。」

「什麼啊！」

Miss S偷笑出來，非常短暫而來不及被察覺。

「好了。」她替阿倪纏好新的繃帶，故意伸手一拍。

「痛，妳是故意的！」

得逞的Miss S收拾醫藥箱，沒與阿倪鬥嘴，已經在思索別的事情。

「妳是不是要出門了？」阿倪問。

Miss S佩服這女孩的敏銳，實在非常機靈。

「妳會早點回來嗎？有沒有機會一起吃宵夜，可以找那個很壯的大叔一起。他真的好像熊喔……他也要跟妳去嗎？」

「妳不用擔心，會有保鏢守著這裡。」

雖然有熊叔就近護衛，大大增加了安全性，Miss S還是另外聘請僱傭兵擔任保鏢。不是不信任熊叔，是為了其他準備。

阿倪可憐兮兮地問：「我一個人看家很無聊，也不想跟保鏢打交道。」

「而且又怕黑。」Miss S替她補充，然後說：「我不確定，今天不知道要忙到幾點。」

「我可以等妳回來。」

「累了就先睡，這樣熬夜沒有意義。還是會怕就把燈全開了。」

「喔……我好像沒那麼怕了。如果有大姊姊妳陪著的話。」

「明天吧，」拗不過請求的Miss S提出折衷辦法：「妳不要晚睡。明天帶妳去吃早午餐，三明治配鮮奶茶，還有鬆餅。好嗎？」

「說定了喔？」

「說定了。」

Miss S拿起風衣外套穿上，仔細將鈕扣扣好。阿倪看著她穿衣，突然小聲問：「妳會回來吧？」

Miss S愣住，聽出阿倪的擔心與焦慮。

「當然會回來。我跟妳有交易。」

今日Miss S有重要的工作。

她首先與熊叔來到據點，與其他人會合。

現在的Miss S已經不見與阿倪相處時的溫柔，臉上覆著慣見的冷霜。

在場除了殘餘的狼群與阿狐，以及固定看守的傭兵之外，在那日拜訪「永生樹」時，她找來更多的人手，新聘了九名精心挑選的傭兵。

Miss S決定直接處理閻山組。她要讓閻山組知道，有些人不能惹，也惹不起。

根據探子給的情報，僱用武當的是閻山組的幹部拓磨，掌管林森北路的一間酒店。

比起掠顱者，對付同為正常人類的黑幫要容易多了。只要解決閻山組，就能阻止武當，這是Miss S

的計畫。

這次的行動扣除留守據點的僱傭兵，其他全部出動。

「您放心，這只是私下處理糾紛，不會波及無辜市民。是的，就今天。」Miss S事先聯絡長期往來的警方內應，讓內應替她掩飾這次的火併，避免有警察闖入，增加額外麻煩。

沒有要求固定往來的黑幫給予支援，是因為Miss S清楚黑幫的運作全是利益導向。

既然都是花錢，「永生樹」的僱傭兵比起貪婪的黑幫更可靠。Miss S就當這是展現組織實力的機會，只要「永生樹」存在，她可以砸錢找來幫手。說到底，還不是比資本？一切都是錢的流動。

這也給了Miss S警惕，組織需要壯大，才能持續抵禦任何勢力的來犯。是她過去的輕忽，導致今日給人小看了。

Miss S裝填彈匣，有一股不是滋味的憤恨，想起阿倪的手傷、被搗毀的鬥魚牆……她很快將這份情緒排解掉。這沒什麼，她心想，全是生意，以及生意帶來的風險。都是理所當然的。

她接著套上防彈背心，然後重新穿起風衣。其他人也各有裝備。

「可以交給我們處理就好，妳不必到現場。」熊叔靠了過來，低聲給予忠告。

「我要親眼看著閻山組的人下跪求饒。」Miss S態度堅決，表明沒有商量的餘地。

身為領頭人的Miss S必須出面。雖然不具備肉搏能力，但她熟悉用槍。除了光靠肉體就擁有強大威脅性的熊叔，所有人都佩槍，這是為了必要時對付武當。

「如果武當出現，你一定要優先對付他。其他人會協助你。」

「我單挑就夠了。」握拳的熊叔說得自信。

待著裝完畢，Miss S隨即率領眾人出發。

一黑一灰的Toyota Granvia與Volkswagen T6依序駛出車庫，前往閻山組的酒店。

Miss S坐在Toyota Granvia的副駕駛座，熊叔負責開車。後方座位是三頭狼，以及獨自坐在最後面的阿狐。另外的九名僱傭兵全坐Volkswagen T6，在前開路。

Miss S之所以敢如此大膽登門，是認為酒店會有客人，會使閻山組有所顧慮。雖然她向警方的內應保證不會波及無辜市民，實際所想的並非如此，也許不小心會多出意料之外的傷亡。

Miss S不在乎，那些人的死活與她無關。

她只顧保全這門生意。

路途上無人說話，各有各的心思。Miss S不介意這種肅殺的沉默。到了這種關頭還會嘻皮笑臉或故作輕鬆的人，多半活不久。組織不需要這類莽夫。

Toyota Granvia與Volkswagen T6在市區開開停停，擁擠的臺北的擁擠的街，來來去去的人之中有多少最後會成為苗床？

Miss S瀏覽每張匆匆閃逝的臉孔，想找找會不會有已經摘除的苗床？

少了器官的苗床，後續是過著怎麼樣的生活？這個鮮少細究的問題像深潭的氣泡，慢慢冒出水面，讓Miss S開始好奇。

她想起投入貓頭鷹麾下，進入組織工作後曾經返家。就那麼一次。被她用計摘腎的兄長虛弱地困居在床，再也沒有多餘力氣搥牆，只剩一張嘴對她咆哮。

那時，新進的Miss S能拿到的分紅不多，全部留給了家裡。她認為那些錢運用得當，也夠過活幾年。再之後的事都與她無關。她累了。

那不是她的選擇。

車終於開入林森北路，一路來到閻山組的酒店外。Toyota Granvia與Volkswagen T6前後停靠在路肩。在前開路的僱傭兵們率先下車。他們都是身形壯碩的漢子，一字排開威嚇力十足。

Miss S不急著下車，先回頭命令：「阿狐，你留在車上。」

「為什麼！您說過會讓我……。」

「假如遇上武當，我們不見得有把握可以當場射殺他。如果他負傷逃脫，需要有人攔住。最後一槍交給你，讓你了結他。」

Miss S抓到阿狐的心思，故意用了結武當來誘騙。她擔心阿狐的狀態不穩定，可能讓事態失控。

Miss S知道車上有人同樣是被復仇驅使，所以轉看狼群：「這樣的安排你們接受嗎？」

老狼點頭：「沒有問題。只要最後能殺死掠顱者，是誰下手都可以。」

「明白了嗎？阿狐？」Miss S口氣中充滿責難，希望阿狐該與老狼一樣識得大局。

「我知道了。」阿狐認了。

「那麼下車吧。」Miss S推開車門，車外的僱傭兵們讓開一條路，讓她得以通過，在前面帶頭。

Miss S瞥了酒店門口，居然無人接待？她再看往牆角，頂端的監視器能夠拍到門口景象，難道是閻山組早一步準備？

她在門口停下，以眼神向狼群示意。

兩名老狼自動離開，他們的登山背包藏有狙擊槍，這亦是Miss S的計畫。假如武當出現，密集火力又無法立即殺死他，那麼便將他誘出門外，讓老狼狙殺。狼群事前勘查過酒店周遭，找出最適當的狙擊地點。

Miss S接著對熊叔示意。

熊叔悍然上前，推開酒店大門。這樣巨大粗壯的體型，一進門將帶來恐怖的威壓感。

熊叔推門時保持高度警戒，注意門後可能的埋伏。

「安全。」熊叔低聲提醒：「竟然沒人。」

「進去看看。」Miss S手伸入口袋，握住冰冷的手槍。

熊叔率先踏進酒店，主動擔當Miss S的盾牌。Miss S跟著後頭，然後是餘下的少狼與九名僱傭兵。

正如熊叔所說，酒店入口處不見一人，再往內的櫃檯亦是無人，只剩異樣的寂靜。

Miss S狐疑地觀察，與熊叔交換眼神，一時都不能明白闇山組在玩什麼把戲？

「我去偵查。」少狼主動提議。

Miss S同意，不忘提醒：「千萬注意安全。用槍吧。」

「是。」少狼抽出手槍，沿著空蕩蕩的走廊依序檢查每間包廂。

少狼先站在門邊，謹慎推開一小道門縫，確認裡頭狀況才大膽開門。先前運送苗床的失敗，讓這頭少狼成長不少，更加具有耐心。

每一間包廂都不見人影，讓少狼越來越起疑。

Miss S看少狼毫無收穫，也微微不安起來。闇山組不該因為她帶人找上門，就丟下酒店不管。這怎麼想都太牽強。她今日要突襲的消息不可能走漏，闇山組無法這麼快做出因應。

到底發生什麼事？Miss S不停猜測。

偵查的少狼來到最後的包廂。他推開門縫，隨即眼睛暴睜，不顧一切向眾人示警：「快撤！」

Miss S等人都被少狼忽然的大吼嚇著，還來不及反應，包廂門砰地敞開，一個暴風般無比迅捷的人影躍出，凶猛地撞上跑沒幾步的少狼。

是雙胞胎之一的昇龍。

Miss S眼睜睜看著往自己奔來的少狼被昇龍逮住。掙扎的少狼試圖開槍反擊，卻被昇龍抓住手腕，還以此為支點用力扭轉，把少狼掀翻在地。

少狼拼死扣下扳機，子彈全部打空，只在天花板留下冒煙彈孔。

絲毫無傷的昇龍咧嘴，露出猙獰白牙，忽然一個膝落，把全身重量壓在少狼的手肘上。同時昇龍的雙手用力一扯。

「啊啊啊啊啊！嗚啊啊啊啊啊！」在炸響的骨裂聲中，少狼雙眼上翻，放聲慘叫。

少狼兩條前臂被反方向折斷，斷骨與破裂的關節從手肘處刺出，濺灑殷紅血花。手槍還掛在指尖，卻再也開不了槍。

「射殺他！」Miss S下令，身邊的傭兵架起陣仗，槍口一致瞄準正在盡興施暴的昇龍。

昇龍冷眼一瞥，舉起少狼作肉盾。

「啊……啊……。」少狼兩條變形的手臂像歪斜畸形的樹枝，垂晃在身前不斷滴血，頭也歪垂一邊，斷斷續續地哀叫。

傭兵們遲疑了，開槍必定射中少狼，槍口全部僵持在半空，等待Miss S後續的命令。

Miss S早在昇龍突襲之際便不停思考，會在這裡碰見武當之外的掠顱者全不在預料之內，更沒想到昇龍會早在她之前上門，難道閻山組同時惹上了昇龍、降虎？

既然酒店無人，極有可能是昇龍、降虎搶先下了重手。又或者這根本是餌？閻山組與昇龍、降虎其實毫無過節？

Miss S心中一凜，猜測難道是閻山組在武當之後再找來昇龍、降虎，酒店無人就是要等待他們上門，預備一次殲滅？那麼閻山組埋伏在哪？

Miss S眼看狀況比想像的更加惡劣，遠比對上武當更加危險，立刻做出判斷：「全部撤了！」

她的意思很明白，就是要捨棄少狼。不能為少賠多，這是基於完全的理性所產生的決定。

現場的僱傭兵接受捨棄人質的合理命令，紛紛往門口撤退，唯獨熊叔刻意殿後。

這個急欲一戰的夢幻對手就在眼前，讓熊叔的戰意沸騰燃起。

「熊叔！」Miss S警告，不希望熊叔做出不必要的舉動。

這個龐大如山的背影似乎要聽不進她的聲音了。

昇龍把少狼抓在身前，踏青般從容逼來。不斷釋放的殺意之濃之烈，讓人膽寒。

就在眾人退回門口的同時，大門砰地撞開，現身的降虎帶著逼人殺氣，拎著兩團布包走入。Miss S驚覺那布十分眼熟，分別是兩頭老狼所穿的外套……

降虎隨手把布包扔出，兩顆人頭從中掉出，滾出幾道血痕。是老狼的頭顱。

「鬼鬼祟祟的蒼蠅都死掉了。」降虎反手把大門關上。

「這裡還有一大群沒死。」昇龍擰斷少狼的頸子，隨手扔開屍體。

Miss S等人瞬間落入被包夾的態勢，不必多想，她直指降虎。「射殺他！」

瞬間子彈齊發，Miss S跟著扣動扳機。

在混亂瀰漫的硝煙之中，閃爍的火光與此起彼落的慘號相互交織。

二十八　酒店

時間回到稍早之前。

Miss S還沒率人來到酒店，拓磨固定在營業前抵達。酒店尚無客人，接待小弟來回穿梭，為開店作準備，小姐都在樓上的化妝間整理妝髮。

一切沒有任何異狀。

拓磨巡視後來到招待室。黑幫的生活作息很不正常，沒有規律的入睡時段，只能抓空檔休息。

拓磨拿了瓶冰啤酒，配著七星牌香菸慢慢喝。

他要掛心的比門外的接待小弟與小姐要來得更多，是體力與腦力的雙重消耗。相對的，這讓他的地位遠遠不同。一路掙扎奮鬥上來，終於成為組內的幹部，拓磨沒有就此罷手，除了管理這間酒店，還想順勢經營器官買賣。

拓磨靠倒在沙發，朝天吐煙。在對付Miss S這部分，他自認很成功，找來武當更是驚喜大禮。

本來都該很順利的。

直到那一天，拓磨親眼目睹武當獨自離開，失魂落魄地走出酒店。看似頹喪無力，但是散發的恐怖氣場幾乎有股肉眼可見的不祥黑氣。

那是無比絕望又臨近發狂的狀態，拓磨只需看上一眼，就知道絕對不能接近。

否則，很可能會被殺。

當下拓磨以眼神示意，要所有人退開，默默目送武當離去就好。誰都別出聲，更別打招呼。他不希望酒店濺血，這不是打打殺殺而是尋歡作樂的場所。

到底發生什麼事？拓磨尋思，交付武當的任務都有完美達成，從不囉嗦，也不計較報酬。多數時候的武當更像無害木訥的大男孩，若不是拓磨親眼見識過，恐怕會認為武當連路邊混混都打不贏。

偏偏武當越看似無害，越是展現那份反差有多巨大。

問題出在哪？是蔓苓？拓磨繼續思考。後來包廂發現一只裝屍的鐵桶，有個頭顱破裂的男人。經過店裡指認，是當初羞辱蔓苓的客人。

拓磨認為這沒什麼，武當私下尋仇不是什麼大不了的事，屍體帶到陽明山扔掉就好。硫磺的臭味可以掩蓋屍臭，閻山組在陽明山有專屬的刑場與埋葬地。但是在酒店執行私刑就太大膽了，幸好沒被外人發現。

這幾日拓磨果斷不去打擾武當，決定等他情況穩定些再說。沒有人會傻到去惹發狂的老虎，即使看起來病懨懨的也一樣。老虎始終是老虎。

偏偏組內在催促了，說是政界靠山在盯器官移植名單，要拓磨盡快拿到手。拓磨只好破壞原先計畫，提前聯絡武當。

結果武當沒有按照吩咐執行任務。根據閻山組成員的回報，武當主動驅趕他們，不知道是看那個獨自留在Miss S家的女孩可憐，或是另有打算？

這讓拓磨決定再觀察，組內那邊暫時拖延。他需要擬定更好的計畫，既能拿到名單交差，也能從器官交易那邊得到好處，同時還得安撫武當。

真是多頭燒的蠟燭。

拓磨知道不能急，要仔細琢磨，不能讓任何環節出差錯。

他要成為最後的贏家。

「呼啊！」拓磨仰頭喝完最後幾口冰啤酒，皺眉呼出一大口氣，發出痛快的嘆息。

放下空酒瓶，拓磨結束短暫的休息。他拍拍西裝站起身，準備做最後一次的開店前確認。這時門開了一道縫，有個接待小弟探頭進來。

「拓拓拓、拓磨哥……。」接待小弟結巴呼喊。

拓磨不悅地瞪著接待小弟。「叫人就好好叫。什麼事？」

接待小弟的表情相當詭異，在假笑跟快哭出來的表情來回變換，還不停發抖，嘴脣顫動得厲害，連話都不能好好說清楚。

「有有、有有客人要找找、找您……。」

「誰？」

「是、是是……嗚呀啊啊！」

接待小弟還沒說完，整個人向後一縮，像被吸塵器吸走的灰塵忽然消失，只剩空蕩蕩的門縫。

拓磨登時警醒，從西裝內袋掏出手槍。取槍之餘，他聽到門外有怪異的聲響，像是肉塊被重重擊打。他不再多想，立刻把槍口對準門口。

「誰在那裡？出來！」拓磨喝斥。

像回應拓磨的防範，門被推開。

訪客終於現身。

是一對男性雙胞胎。

「雙滅雙生」昇龍與降虎。

兩人毫不掩飾的霸道氣燄，讓拓磨知道來者不善，因此沒放下槍，手指更貼著扳機不放。

「你就是拓磨？」昇龍問。

「有什麼指教？」拓磨鎮定詢問。他發現剛才的招待小弟倒在這對雙胞胎身後，沒有一點聲息。不是被打昏，就是死了。

「聽過武當這個名字沒有？」

「聽過。跟你有什麼關係？」

「叫他出來。」

「憑什麼？你現在闖入的是閻山組的地盤，是不是不要命了？」

沒出聲的降虎忽然邁開大步，筆直往拓磨走來。拓磨毫不廢話地扣下扳機。

槍聲乍響。

拓磨目睹降虎迅速避過子彈路徑，簡直是事先知道會開槍而進行的閃避。短短幾秒的錯愕，已經足以讓降虎逼近拓磨身前。

拓磨的意識還來不及跟上，人已經先倒地。接著湧上的才是應該感覺到的疼痛，從脛骨處不斷擴散，蔓延上腦，痛得拓磨大叫。

恐怖的預感油然而生，他沒忍住，看了一眼，發現西裝褲下的小腿有明顯隆起，必定是骨折了。

降虎的暴行未停，再往拓磨的脛骨狠狠重踏。

「啊——啊啊啊啊——」拓磨哀號，持槍對準降虎。

扣下的扳機又是落空。降虎俐落跳開，又一次迴避子彈軌跡，再往拓磨的脛骨一踹。

這一踹挾帶的怪力讓拓磨不僅槍脫手，連帶整個人翻滾幾圈，直到撞上牆才停下。他又是沒忍住，還往小腿看去。整條小腿已經被降虎踢得彎折，只靠皮肉連接。

看著變形的怪異小腿，拓磨終於知道這兩個雙胞胎是不亞於武當的怪物。恐懼瞬間驅趕所有理智，他開始對外頭呼喊：「快來人！救命！」

「不用喊了。」

「喊也沒用。」

雙胞胎接連說話，卻沒阻止拓磨的喊叫。降虎乾脆往拓磨的肋間踹去，阻斷他的呼吸，中斷沒意義的呼救。

拓磨縮成一團，既難以呼吸又被劇痛纏身，無與倫比的雙重折磨。擅長動腦的他此刻絕望地發現，在絕對的暴力面前，所有的計謀毫無作用。

忽然，降虎抓住他的斷腿，將他拖出接待室。

一路上拓磨哀號不停，在酒店的空曠走廊迴盪。除了癱死在接待室門外的接待小弟，途中都沒再見過任何一人。

降虎與昇龍並肩而行，拖著拓磨來到一處包廂。

被拖入包廂的拓磨停止叫號。即使傷處的劇痛逼人，他仍被眼前所見震驚得無法出聲，有股恐怖的錯覺，以為現在身處的不是人間，而是地獄。

狂亂的腥紅地獄。

幾乎所有的人都在這裡了，橫的豎的斜的倒了一整片，牆面有塗開的鮮血與黏附的碎肉。

一個小姐靠倒牆邊，圓睜的眼睛呆呆望著門口，另外半邊臉凹毀變形，斷裂的牙齒從嘴中脫出，夾在飽滿的乳溝之間。另外有個小姐跪在地上，被踢歪的頭整整轉了一百八十度，錯愕地看著自己的身後，扭轉的頸部肌肉拉扯出無數細紋。

有個接待小弟的眼窩插了只酒瓶，啤酒泡泡混著血沫一併流下，流過呆呆張開的嘴邊。拓磨信賴的小馬尾手下亦是死狀悽慘，四肢關節全部斷折，對折的身體掛在沙發椅背上。

雙胞胎下手時似乎刻意設計，唯有沙發乾淨不染血跡，交互對比讓整間包廂的鮮紅更加刺眼。

「人不少，但沒一個能打的。」昇龍像在地下格鬥場虐殺後的那般無聊。

「把武當叫出來。」降虎命令。

拓磨的遲疑沒有持續太久。作為黑幫幹部的自傲已經消失殆盡，只當自己是待宰的螻蟻，渺小又微不足道。只有配合，苟且求生。

「我、我知道了……。」拓磨趕緊翻出手機。

雙胞胎在旁看著。

「我是拓磨，」撥通的拓磨匆匆瞄了雙胞胎一眼，慌張地說：「請你來酒店一趟。有重要的事商量。非常緊急。好，等你來……。」

拓磨放下手機，對雙胞胎投以乞憐的眼神。

「作得好。」

「很聽話。」

雙胞胎接連讚賞。

拓磨咧開害怕又遲疑的微笑，視線不自覺隨著降虎緩慢抬起的腳升高再升高……

啪！

降虎腳掌驟落，重踏拓磨頭顱。鮮血從拓磨的眼耳鼻口噴出，斷除他所有的恐懼。

雙胞胎不屑地看著拓磨的屍體。降虎的腳掌在地毯上來回扭轉，擦去血跡。「我去外面埋伏，如果有白痴闖進來，我們可以前後夾殺。讓他們逃不出去。」

「我就在這等武當。」昇龍在沙發坐下，等待武當這個舊識的到來。

「一定要殺死這個贗品。」

雙胞胎同聲說，潛藏在殺意之中的盡是滿滿不屑。

「好。」

結束通話的武當人在高架橋下，呼嘯的來車一再引起巨大回聲。

鄰近有四散的床墊，還有遊民來不及帶走的家當。跟以前一樣，遊民們見到他都要逃跑。

武當最後還是回到這裡了，熟悉的高架橋下，繼續飄忽不定的流浪。

即使沒當場聽到拓磨的心跳與情緒反應，武當也能辨識對話中的不尋常。拓磨的語調比平常急促，換氣的頻率也不同。明顯是被要脅。

比起被找麻煩的器官交易組織，武當另外有更適切的答案。

一定是昇龍與降虎。

這兩個掠顱者從不掩飾自身的優越感，總是視其他掠顱者為充滿缺陷的產物，如垃圾般不該存在，該被銷毀。實驗室的撲殺計畫失敗，但昇龍與降虎主動接下這任務。來到外面的世界之後，除了隨性獵殺平凡人，還找上其他掠顱者。

過去武當曾經避開，但這次明白避無可避。

除非殺死這對雙胞胎，否則他們會一直尋獵到天涯海角，至死方休。

武當不想再逃。

反正他自認注定流浪的這條命，不重要了。

二十九　虎

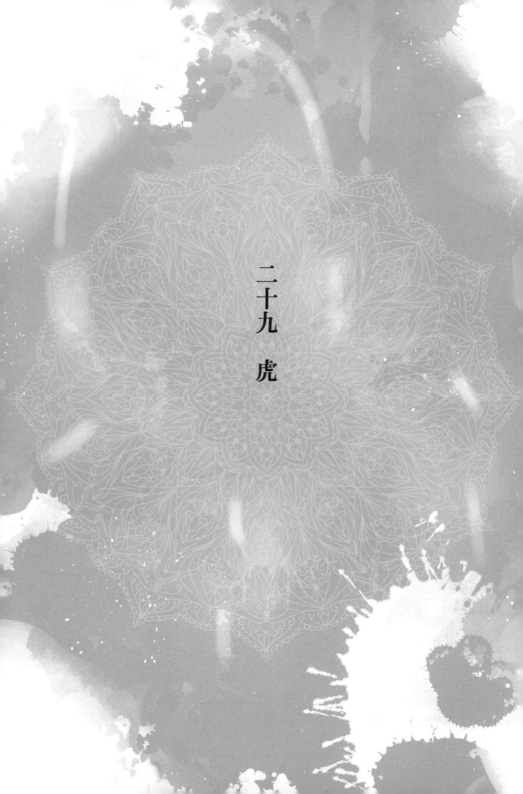

酒店之內。

走廊之上，滿腔戰意的熊叔盯著面前夢寐以求的對手。

「我不會開槍，也不帶槍。那種東西沒意思。」熊叔架起拳頭，肥碩的青筋如網一般覆滿前臂，「我一直想跟你來一場。你是昇龍沒錯吧？我識得你的殺意。」

昇龍看了看熊叔，又看看熊叔身後，降虎和其他僱傭兵戰成一團。僱傭兵們採取了正確的戰法，槍陣能夠有效對付掠顱者。

可惜這些臨時成軍的僱傭兵們默契不足，對付普通人或許可以，但換作掠顱者，僅僅是些許的空隙就能讓掠顱者有機可趁。

降虎一時無虞，昇龍便不急著援手，就這樣直挺挺站著，隨時歡迎熊叔放馬過來的模樣。

熊叔沒想到，熱情的邀請換來如此輕蔑的回應。

熊叔嘴角微彎，絲毫不在意被看低。他架起雙臂護在臉前，以拳擊手的架式向昇龍接近。昇龍不閃不躲，冷眼看越來越近的熊叔。

熊叔抓出距離，踏地後踝動腰轉肩旋一氣呵成，拳頭挾風奔出。

昇龍眼珠斜睨，平淡地舉起右手格擋，彷彿是想打發小孩子胡鬧般地無聊。

轟——熊叔的重拳扎實命中，渾厚的勁力突破昇龍的草率防禦，灌在昇龍的臉上。

熊叔齜牙咆哮，用盡全身之力再施加體重，強硬地把昇龍摺倒。躺地的昇龍雙目圓瞪，這個錯愕的表情讓熊叔無比滿意。

熊叔沒有趁勢追擊，而是咧嘴大笑：「我跟地下格鬥場的拳手不一樣。歡迎來到外面的世界！」

熊叔止不住笑容，想著不枉費長期忍受注射的痛苦，定期施打「斐先生的禮物」，加上千錘百鍊的格鬥技術與經驗，讓他更接近不斷追求的頂峰。

昇龍臉色鐵青地站起，死死瞪著熊叔，是打算要殺他千遍洩忿的狠貌。這令熊叔更加開心，他不怕昇龍下重手，只怕昇龍不打。

熊叔這個天生的戰鬥狂完全不懼死。

「來吧。」熊叔展開搶攻，連番的組合拳接連往昇龍身上招呼。昇龍或迴避或架擋，捕捉熊叔的攻擊節奏。

在佯攻的刺拳後，熊叔來上一記踢腿。硬是接下這腳的昇龍微微晃動，隨即還以正拳，蘊含的寸勁無比霸道，受了這拳的熊叔被震退幾步，趕緊踏定止住退勢。

「好痛的拳。」熊叔快速調整呼吸，無懼地迎上前，拳頭一再颳起呼呼的風聲。

換作是平常人只要挨上熊叔一拳，多半要以重傷收場。偏偏昇龍並非一般人，熊叔的猛攻沒獲得多大成效，只造成輕微的皮肉傷。

反倒是昇龍逐漸加重攻勢，一再破壞熊叔的攻擊節奏，逼得熊叔轉攻為守。熊叔不驚慌，早就知道昇龍有多強大，冷靜地抓住時機，把握每次出拳。

轟——熊叔又是一記重拳，昇龍早一步避開。熊叔的拳落在牆面，打出蛛網般的裂痕。隨著熊叔快速收拳，牆壁碎塊落了一地。

昇龍抓出熊叔揮空的時機，扎穩馬步，雙拳正面齊出，重擊熊叔的胸膛。熊叔悶哼一聲，往後退倒，直到後背撞在牆上。

在熊叔左胸口被擊中的瞬間，可怕的剛勁甚至穿透心臟，讓心跳一滯。他渾身跟著一冷，發熱的汗水同時發涼。

太快了，昇龍的速度太快了。熊叔心想，顫晃的雙手沒有放下，繼續護在臉前，避免被昇龍擊中頭部昏死。

雙方接連過招，熊叔的雙臂遍布瘀青，腹部受了幾拳，餘勁還殘留不去，一直往內臟深入。反觀昇龍僅是出了點汗，在最初小瞧熊叔而吃虧之後，便不再露出破綻，讓熊叔打來格外艱辛。

——真是前所未見的強大對手。

即使到了這種時候，熊叔還能衷心讚嘆對方。支撐他的不僅是堅持的肉體，還有毫不退讓又健康的正面心態，所以當初才能在地下格鬥場奪下漂亮勝績。

正如熊叔所說的，這是外面的世界。

昇龍與他，都該來到外面才能盡興一戰。

「發呆？」昇龍厲聲質問。

熊叔回神，驚覺意識竟然一時飄遠。如果昇龍有意，在那幾秒隨時可以取他性命。

滿身是汗的熊叔露出歉意的笑：「你很強，非常強。在掠顱者之中，你也是頂尖的吧？」

昇龍微微詫異。「你知道我們？」

「我受雇於斐先生，是當初放你們離開實驗室的那位。」

「我記得。」昇龍說時不減敵意，還多出幾絲輕蔑。

熊叔看在眼裡。

「請你不要誤會，」熊叔有些呼吸不順，體力消耗太劇烈了，「我不是要攀關係讓你饒我一命。我非常興奮，已經好久沒遇到像你這樣的人。不過我確實有個請求。」

昇龍聽著。

「請你盡全力殺死我。」熊叔深呼吸幾次，眼神再次銳利。「我也會傾盡性命，為了殺你。」

昇龍撇嘴。

「就成全你。」

Miss S曾以自己的腦子與冷血自豪。

曾經。

若非親身經歷，Miss S不會如此受挫。她正在目睹恐怖的混戰，所有計謀派不上用場，明明找來更多傭兵，卻還是錯估掠顱者的強大。

遠遠殿後的Miss S乾舉著槍，冷靜是冷靜，卻沒有扣下扳機的時機。

降虎搶在傭兵開槍前竄入他們之間，以超群的腿力來回彈跳跑動，不時以其他傭兵充當肉盾。這讓傭兵們不敢輕易開槍，擔心會射殺自己人，只有零星的槍擊，全都被降虎輕鬆躲開。

降虎選擇的破解法，簡單粗暴又十分有效。

傭兵們作出對應，有的試著拉開距離抓出開槍的空檔，有的仗著對自身的自信要與降虎對毆。這僅僅是嘗試。

降虎一個掃腿，把膽敢出手的僱傭兵給掃倒。隨後再跳開，避去後續兩名僱傭兵的追擊。與昇龍剛硬凶猛的戰法不同，降虎是靈活詭譎，宛如飄忽不定的風。

唰唰唰——降虎的三連踢刮起銳利的風切聲，再踢倒一名僱傭兵。那名僱傭兵被踢中的部分皮開肉綻，彷彿被鐮刀劃傷。

得手的降虎再次跳開，不急著咬斷獵物的咽喉，而是以來回玩弄為樂。

僱傭兵們顯然看出降虎的意圖，卻因為抓不到他而惱怒不已。本來該是危急的生死關頭，現在卻變成像在玩鬼抓人。

不甘心一再被玩弄，三名僱傭兵交換眼神，同時從三個方位包夾降虎，降虎迅速跳出包圍網，卻聽到突發的槍聲。這是故意設下的空隙陷阱。

玩得興起的降虎過於鬆懈，反應慢了，只能緊急迴避。他以不可思議的角度扭轉身體，肩膀卻還是多出一道被子彈擦過的血痕。

降虎低頭看著那道傷，轉而掃視僱傭兵們，原先從容的表情陡變，像發脾氣的孩子用力皺眉。

氣勢變化的降虎大步衝刺，僱傭兵們趁他主動接近時瘋狂開槍，彈殼與槍火噴發。盛怒的降虎速度卻要更快，身子一側，以滑壘的姿態逼近，連帶避開射擊。

降虎一記大掃腿踢倒面前幾名僱傭兵，隨即一躍而起，以俐落的腿法把後排僱傭兵手中的槍支踢掉，其中一名僱傭兵不慎扣下扳機，擊發的子彈打中地板，反彈跳起，射到另一名僱傭兵的腿部。哀號聲後，那名僱傭兵捂著流血的大腿跪下，降虎扭腰一踹，先踹中後腦勺接著再把那名僱傭兵的臉印到地上。

「一。」降虎開始計數。

「二。」降虎右腿筆直貫出。一名傭兵被踹飛，口吐鮮血，雙眼翻成昏迷的白。

「三。」降虎又數，反身踢歪另一個傭兵的頸子。

倖存的傭兵聽懂降虎的意思，搶先出手。降虎如陀螺般不斷旋轉，迴旋踢一踢再踢，仗著髖部迴轉的離心力與天生的可怕腿勁，讓踢擊的殺傷力更加凶猛。

「四、五。」轉眼間降虎再幹掉兩名傭兵。

一名傭兵的眼睛被降虎的足尖掃過，兩顆眼球立刻破裂噴血，睜著血淋淋的雙眼慌亂摸索。降虎嗜虐心起，故意留那名傭兵感受眼盲的恐懼，轉身對付其他人。

「六。」降虎扣住傭兵的後頸，膝擊狠狠往臉撞去，泉湧般的鼻血噴灑，然後再以踵落擊退偷襲的傭兵，蘊含重力與速度的踵落撞在偷襲的傭兵頭頂，頭蓋骨以肉眼可見的程度凹陷變形。

「七。」

只剩最後兩名傭兵。一個被踢盲雙眼正跪地顫抖，另一個對著降虎連連開槍，每發都落空。降虎瞬間欺近，再以得意的踢擊收尾。

「八。」

降虎把注意力放回眼盲、跪地摸索的傭兵。那樣的巨漢跪在地上，看上去十分違和而且悽慘。降虎故意踩住那名傭兵的手，再發狠重踢下巴。

「九。」

埋伏許久的Miss S終於開槍。

可惜她的舉動全在降虎的掌握之內，降虎輕鬆一躍，便避開這好不容易擊發的子彈。

「急著找死？」降虎朝Miss S走來。後者瞄準、開槍、落空……再次瞄準、開槍、依然落空……

降虎越來越近。Miss S在恐懼之外，忽然想著一件事。

——明天沒機會帶阿倪出門了。

Miss S子彈用盡，下意識要取彈匣補充。降虎往她手肘一踢，Miss S承受不住那力道，整個人往旁一偏，踉蹌跪倒。肘部的劇痛讓她無法舉起手臂，更遑論取子彈。

陰影籠罩Miss S臉龐，是逼近的降虎。Miss S反射性舉槍，連續扣下扳機，用光子彈的手槍只發出空洞絕望的咖咖聲。

「哈哈哈哈！」降虎大笑，對Miss S可憐的求生姿態感到好笑。

Miss S乾脆朝降虎扔出手槍，降虎懶散地側過身。落空的手槍畫了一道弧，悲哀落地。

失去手槍，Miss S只剩僅存的武器。她掏出辣椒水，還沒來得及噴灑，手上的辣椒水便先被降虎的甩腿給踢飛。

「夠了沒？」降虎嫌煩了，「不要害怕，我殺人很快。」

無數念頭在Miss S腦海旋轉碰撞，完全沒有把握活下來。最後浮現的只有懊悔，Miss S發現太高估自己，以為自己太聰明了……

降虎大腿蓄勁，準備踢破Miss S頭顱。就在他發動之前，酒店大門拉開一道縫，有個披頭散髮的身影幽靈般現身。

降虎感應到了。

「來得真晚。」降虎撇下Miss S，這個普通人已經無關緊要了。

「你是昇龍還是降虎？」武當問，「我總是分不出來。」

「我是降虎。你真是又遲鈍又愚蠢。」

「你們兩個一樣噁心，還是持續性交嗎？真自戀，我聽到聲音都想吐。」遇見討厭的故人，武當的話難得多了起來。

降虎憤怒地說：「你是要繼續廢話，還是動手？」

「不一起上？」武當看往走廊，昇龍仍被熊叔絆住。「你會死。」

「試試看啊！」

降虎邁步狂奔，高高躍起，以膝撞招呼。

武當雙手輕攬，擺起架式。

掠顱者的相互廝殺終於展開。

昇龍果真如熊叔所要求，開始使上全力。

熊叔揮拳落空之後，昇龍迅速壓低身體欺近。勃然暴漲的殺意讓熊叔知道昇龍將採取殺招。

果然昇龍一躍而起，拳頭筆直朝天，打出驚天的昇龍拳。

熊叔高高飛起，腳尖離地，整個人向後仰倒。在那瞬間，熊叔腦中沒有生死邊緣慣見的跑馬燈，只有無盡的空白，他看著視野上下顛倒，直到落地後靜止。

下顎遭受的重擊讓熊叔意識渙散，眼前有朦朧白光，隨後像斷了訊號的電視畫面忽然轉黑。聲音從耳洞中被抽出，一切都好安靜。

熊叔大字形癱在地上，動也不動。

昇龍睥睨一瞥，不再理會。留熊叔全屍不蹂躪，是掠顱者最後給予的敬意。

昇龍轉身要走，忽然聽到身後傳來呻吟，他瞥頭一看，熊叔竟然爬了起來。

熊叔抹掉嘴邊血沫，哀怨地嘆息：「真羨慕你們掠顱者，生來就在不同的基準線上。不管我怎麼苦苦追趕，都還是差了一截。」

熊叔反手從褲腰拿出一個長方形鐵盒，乍看毫無特別之處，但其中另有蹊蹺。昇龍不急著殺死熊叔，反倒好奇在玩什麼把戲？

熊叔拍開鐵盒，盒裡緩衝用的海綿塊鑲著一管針筒。其中的液體是濃得接近黑色的深紅。這是斐先生來訪據點時留下的，是熊叔平常注射的藥劑的加倍濃縮版。

「副作用不需要我說你也猜得到。自己決定使用時機吧。」斐先生如此說。

熊叔認為現在就是最好的時機。他抽去護套，直接往胸口插入，一次將針筒推到底。

「啊啊啊啊啊啊啊啊啊啊！」熊叔胡亂嚎叫，嘴邊再湧出血沫。血管以前所未見的程度激烈地浮出。皮膚底下冒出密密麻麻的細小紅點，雙眼亦漲滿血絲，成了血色的凶瞳。

昇龍見到熊叔這副異狀，下了評論：「你在找死。」

熊叔咧嘴獰笑：「戰死是最適合我的死法。」

熊叔再一次站起，或許是昇龍的錯覺，熊叔的身形彷彿脹大幾分。

熊叔邁開大步，這次沒有架拳，平淡無奇地走向昇龍。

忽然昇龍心中一凜，不作多想立刻果斷後躍，僅僅零點幾秒的時間差，熊叔的拳頭已經落在剛才昇龍所站的位子，被搥裂的地板碎塊激烈噴飛。

「喔！」昇龍居然讚嘆。

熊叔昂然而起，泛紅的身體似乎要滴出血來。他張嘴說話，吐出的熱氣裡有細碎的血霧。

「來吧，以我生命倒數的第二回合。」

三十　掠顱者

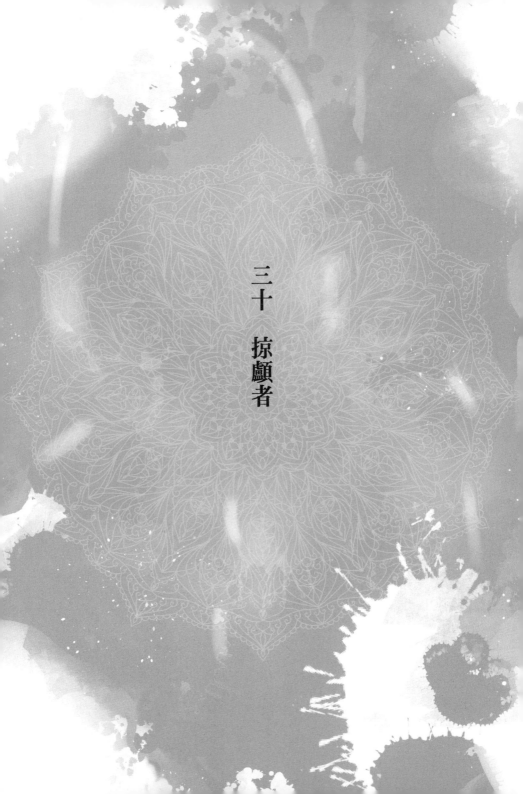

武當與降虎酣戰中。

降虎卯盡全力猛攻，狂風暴雨般的迴旋踢、踵落、連踢、膝撞不斷使出。武當沒有主動進攻，不斷卸去降虎的攻勢，更借力使力甩開降虎。

被甩出的降虎在空中翻了圈，落地後飛躍而起，還以一記膝撞。

武當穩穩接招，雙掌托住降虎的膝蓋，順著衝勢把降虎往牆面扔去。

降虎雙腳踏牆，翻身站穩。「懦夫。不敢出手？」

「降虎，」武當忽然喚對方的名，「你覺得我們到底是什麼？」

「什麼蠢問題？」降虎的迴旋踢逼退武當。

武當繼續問：「我們為什麼要被製造出來？」

「為了殺。你不是樂在其中？」降虎施以連環踢擊，武當邊退邊擋，不知不覺靠近牆邊。降虎猛力一蹴，武當避開，牆面應聲崩碎，被蹴出大洞。

「沒人要我們這樣做了。」武當指的是實驗室的研究員早就被掠顱者們屠殺殆盡，再也無法下達命令。受雇於闔山組時，拓磨倒也沒有刻意要他殺人。

想到闔山組，武當便問：「你把這裡的人都殺了？」

「一個不留。」

武當環顧堆滿死屍卻倍顯冷清的酒店。曾經那些招待小弟親切又熱情地招呼他，拓磨也友善，還有……武當搖搖頭，撇去不想。亂髮下傳出他哀傷的提問：「你開心嗎？」

「非常痛快。」降虎露出森然白牙，猙獰如獸。「你還有多少廢話？」

「你知道嗎？有人跟我說話了。」武當矗立不動，雙手無力地垂在身側，連手指都放鬆開來。這樣毫無戒備的模樣，反倒令降虎止住，沒有繼續攻擊。

武當喃喃自語，不像在與降虎對話，更似單方面訴說：「我在蔓苓面前把人打死，跟她坦白我的過去。你知道怎麼了嗎？她完全不怕我。」

降虎皺眉。「你在說什麼？怎麼會有人喜歡你這種噁心的瘋子？」

「有啊，就是有啊。蔓苓說我是她的武當。」武當歪著頭，又慢慢轉正，啞聲問：「你不信？」

隨著武當的提問，降虎忽然後躍，就連他自己也說不上來，是以掠顱者的本能作出反應，認為要避開、要離武當遠一點。

降虎沒停止與武當的舌戰：「你在作夢？那些脆弱的垃圾嚇都嚇死了。」

「作夢？」武當甩甩頭，「我很清醒。不是夢。不是。」

夢？武當眨眨眼，周圍的聲音忽然好遙遠，都被抽離。眼前的降虎與遍地屍體接著消逝，有不請自來的記憶占據視野，回到包廂那時候。

他打破鐵桶中男客的頭，手掌還有溼滑又黏膩的鮮血……他看看男客破裂的頭顱，再抬頭一看，面前已經無人。蔓苓到哪裡去了？

她人在哪裡？

武當忽然吃痛，被降虎踢飛撞牆，連帶脫離那段記憶。他又回到酒店，地上的屍體都在，血與肉都沒少。

得手的降虎立刻躍開，警戒地保持與武當的距離。現在的武當非常邪門，說不上致命，但絕對比致命更麻煩。

短暫清醒的武當又陷入失神狀態，應該遺忘的片段翻捲而來，繼續被中斷的折磨——他看見蔓苓尖叫，頭也不回跑離包廂，留他與鐵桶的死屍作伴。

武當看見自己漫無目的在街頭兜轉，想尋回蔓苓卻誤闖夜市。那裡只有令他窒息的人潮。

武當也看見自己回到家，空無一人，誰都不在。蔓苓沒有跟他回來。他曾以為那份坦白能被理解，滿是缺陷的他能被接納。

沒有。蔓苓尖叫，然後逃跑。

從此武當再也沒見過她。留在桌上的那些濁液，不過是自慰後的產物。武當對於蔓苓的渴望並不是取決於性，那是自然而然發生的，生物會飢餓疲倦，也會有性欲。即便是人造的人類也一樣。

武當只是、只是希望最後，蔓苓可以留下來，與他說話。待著、待著。

在這時候，武當想起高架橋下的人行道，他本來想帶蔓苓去那裡看看，跟她說以前他總要在這裡徘徊，找人與自己說話。可是現在不需要了。不用再流浪了。

「武當！」降虎終於忍受不了怪異的他，被逼得大吼：「給我清醒過來！你敢瞧不起我？」

武當茫然回應：「我一直都很清醒。」

無論過去如何，至少武當現在懂了。全部都是虛妄的想像。比起接受他安撫他，落荒而逃的蔓苓才是真正的真實。是他撇頭不願意正視的現實。

——謝謝妳跟我說話。

武當的感謝來不及說出口，留給他的始終是無盡的荒蕪，像遊民一見到他就要逃跑的人行道。

最後一定只剩武當一人。

「你錯了。」武當終於看向降虎，把這個同為掠顱者的人造產物完整看入眼中。「我沒有感到絲毫快樂，從來沒有。」

「什麼？」

「我不是嗜殺的瘋子。」

武當捧起披散在身的亂髮，撥往腦後集中並打結成束，露出完整臉龐。半睜的眼睛看起來無神渙散，不如降虎或昇龍銳利又殺氣騰騰。

武當不需要裝出那副模樣，就足以執行掠顱者的天職。

「但是殺了你會很好。」武當雙手成掌，深而粗糙的掌紋中夾藏著血與孤獨。

無須咆哮或言語示威，武當自身散發的氣勢就已如此使人窒息。不是濃烈的殺氣，是從靈魂深處發出的壓倒性絕望，是無法復燃的灰燼。

武當以截然不同的戰法主動進攻，不再架擋或借力，而是連下重手。每一掌都往要害打去。

「是你會被我殺死！」降虎驚險避開，馬上還以連續踢擊。武當硬是以肉身接下，換來在極近的距離給予降虎一掌的機會。

武當這掌的勁力滲透降虎的全副內臟，讓降虎喉嚨翻湧，嘔出一口血來。降虎驚訝地抹去嘴邊鮮血，強忍疼痛，連續向後躍開。

「不可能……你不是只會借力？」

武當不答，趁降虎驚惶的同時，以迅疾的步法貼到降虎身前，雙掌齊拍降虎肋間。即使降虎及時躍開卸力，卻擺脫不掉鬼影般糾纏不放的武當，無論怎麼退避，武當始終緊緊纏在身旁，讓降虎得意的腿法無法發揮，只能以膝撞或肘頂反擊。

武當精準拍開降虎的膝撞，一掌直逼降虎面門，逼得降虎狼狽地後仰躲避。降虎扭腰時借勢向上一踢，足尖掃過武當下顎。雙方同時退開，武當的臉被劃出血痕，宛如給鋒利的刀刃割過。

武當伸手一抹，端詳掌面的血跡，看那些血滲入掌紋。他忽然大笑起來，是蒼涼的笑聲，像在孤寂的山頂獨自狂笑。

「瘋子。」降虎啐罵，決定採取殺招盡速了結。

既然武當不躲，降虎便有加快攻勢的機會。可是他驚訝發現，武當比起剛才又有不同，既能格檔卸力，也會強攻，是至剛至柔。

「嘻嘻、哈哈哈哈、嘻嘻嘻嘻……。」

瘋人般的武當邊笑邊打，打得降虎急躁不堪，還感到頭皮發麻。

瘋子！真是瘋了！降虎不斷心想，有滴冷汗滑過他的額邊。或許是有記憶以來第一遭……

忽然武當一手探出，牢牢抓住降虎，一掌又一掌往他身上痛打。降虎被迫抱頭抵擋，卻難抵掌勁入體，再吐出幾口血。隨後降虎被武當用力一擲，扔到昇龍與熊叔之間，阻斷兩人對毆。

注射濃縮藥劑的熊叔渾身盡是血色，承受不了藥劑作用的皮下組織一再出血，眼耳鼻口都有血滴淌落。昇龍身上終於多出幾道新傷，不枉費熊叔拚死一博。

摔地的降虎才剛站起，忽然面前一黑，是撲來的武當。武當的臉貼得好近，可以看見極黑極深的瞳孔。有什麼從武當體內釋放出來，讓昇龍、降虎同時怔住。

這是掠顱者感受過於敏銳的缺點。在這瞬間，他們確信武當真的瘋了。

昇龍和降虎雙雙想起武當被研究員給予的稱號。

——瘋癲成魔。

這恐怕是密切觀察武當的研究員得到的結論，關於武當的精神特性。

瘋子。真的是瘋子。

武當阻在三人之間，妄想一挑三，來場四人大亂鬥。

「不要攪局！」熊叔憤怒咆哮，嘴中噴出陣陣血霧。眼耳鼻亦蓄飽鮮血，不斷抖落。

武當毫不廢話，衝著熊叔一頓暴打，熊叔勉強還擊，昇龍、降虎跟著出手。

武當扭身，先閃過熊叔的重拳，再抓住昇龍的架肘把他推向降虎。昇龍收勢不及，手肘撞上降虎的踢擊，雙胞胎各自退開，還沒反應過來，武當雙手一托，擊中降虎下顎。降虎意識短暫中斷，武當再用力一推，把降虎按在牆上，舉掌要往降虎的頭蓋骨拍落。

「滾開！」昇龍出手救援，拳頭砸在武當肋間，武當順勢偏開，卸去大部分的力道。降虎及時回神，迴旋踢往武當頸間掃落。

武當壓低身體，衝前拍開降虎膝蓋，斷去他的發力，正要再追擊，忽然身體一頓，被熊叔擒抱無法動彈。熊叔粗壯的手臂如鎖，牢牢扣住武當，皮膚下的紅點不斷擴大，正在激烈出血。

「啊、啊啊！」熊叔朝天咆哮，雙眼流出兩道血淚。注射的藥效在此刻催發到極致，肉體的耐受度也即將逼近極限。

昇龍與降虎把握武當被困住的時機，一上一下，分別攻往武當兩處。武當用力以後腦勺撞擊身後的熊叔。此時熊叔眼耳鼻口早就冒出血來，完全不在意武當這往臉的多餘撞擊，死死地緊抱不放。

武當無法掙脫熊叔控制，又遭到雙胞胎夾攻，立刻下了判斷，盡全力護住頭部，放棄下盤的防禦，硬挨了降虎凶猛的連擊。

降虎洩忿般不斷猛踢，簡直把武當視作沙袋。在連番摧殘之下，武當的左腿發出骨裂聲響，膝蓋與脛骨被降虎踢斷。武當冷靜承受，耐心招架昇龍針對內臟與頭部的猛攻。

終於，武當的忍耐換來預期中的回報，熊叔雙臂的力量漸弱。

這個熱愛戰鬥的肉壯大叔即將耗盡生命。熊叔仰起頭，似乎想望見屋頂之外的廣闊天際，但視線無法聚焦，沉重的呼吸逐漸微弱。

熊叔來不及與昇龍分出勝負，至少是死在最愛的戰鬥中。那些在地下格鬥場的日子化成跑馬燈，飛快穿梭在最後的意識之中。

最後熊叔勾起一抹微笑，僵直不動了。

傷重的武當就是在等這個時機。

武當假裝仍被束縛，默默忍痛，忍受皮肉綻開與鮮血橫飛。直到殺紅眼的昇龍與降虎的攻擊步調一致，早有預謀的武當瞬間掙開熊叔雙臂，再托住昇龍的拳與降虎的踢腿，不僅相互錯開雙方攻擊，還借力打力運勁推動。

昇龍與降虎一驚，終於懂了武當惡意的算計，眼睜睜看著自己的拳腿重創對方。

昇龍、降虎同時發出慘呼。

武當如乍醒的冷血殺神，不再挨打，雙手分別按住雙胞胎的頭，狂狠往地面重壓，磕出兩道血團。神色猙獰的武當見血後更如瘋人，五指扣緊雙胞胎的後腦，反覆往地砸落。

激烈的碰地聲伴隨濺灑的鮮血與彈飛的磚屑，反覆敲響酒店走廊。

武當咧嘴慘笑，黏在臉上的血滴彷彿淚珠。

雙胞胎的頭顱像爆米花發出最熱烈最使人興奮的炸響，雙雙倒在武當身下，不再有動靜。

「嘻哈哈哈哈哈……。」武當笑得全身發顫。

武當舉起發抖的、沾滿爛糊血肉的雙手。

雙滅雙生。同日出生，同日死亡。瘋癲成魔的武當成全了昇龍與降虎。

只剩一條腿支撐的武當，持續發出乾乾的笑聲，嘶啞又難聽，像喉嚨給刀片割傷。他緩緩轉身，遙望看傻的Miss S。

就剩她獨活了。

負傷倒地的Miss S只有看四人相殺的份，毫無插手餘地。這已經不是平常人可以介入的範圍。親眼所見的一切都超出她的想像。不管是熊叔施打藥劑後的異變、發狂的武當、或是雙胞胎聯手卻被武當殺死，都要比電影還離奇。

現在，Miss S看武當拖著斷腿，遲緩地往自己走來。Miss S垂著傷臂，搶著拾起僱傭兵的佩槍——她的槍已經用罄子彈，也沒有重新裝填的空檔。

Miss S才剛握住槍，武當便來到不足十步的距離。Miss S沒有衝動舉槍，不敢輕舉妄動。

武當半睜的眼瞳還是那樣茫然，好像看著Miss S，又好像什麼都沒納入視線。Miss S被看得後頸發毛，握槍的掌心滲出冷汗，差點要手滑掉槍。

武當的眼神筆直穿越她，看往遠方的虛無。

「妳的心跳……有人在等妳回去……。」武當喃喃地說，「真好。」

武當說完撇下Miss S，往酒店的大門走。

被無視不理的Miss S舉槍，對著武當的背影。那種傷勢，是避不開子彈的吧？她想著，幾乎要被這個念頭引誘。

可是此刻在她眼中，看見的忽然不再是殺人如飲水容易的掠顱者。

Miss S放下手臂，也放下開槍的念頭。

她眼睜睜看武當離去。這是Miss S鮮少出現的不理性決策。

獨活的Miss S凝視兩顆老狼的頭顱，沉默地點頭致意後才往熊叔走去。這個無法勸阻的戰鬥狂，終於死在他最愛的戰鬥之中。

Miss S在熊叔覆滿鮮血的遺體旁跪下，凝視他的臉孔。

「你居然還笑得出來。」Miss S看見熊叔掛著一抹淺淺的微笑，是這樣滿足地離世。

Miss S挨著熊叔坐下。從風衣外套掏出手機，進行必要的善後聯絡。還好所有的事情都發生在酒店內，要掩蓋不難。

結束通話，Miss S又凝視熊叔好一會，輕輕捶了他壯碩的胸膛。「都是大叔了，還跟年輕人一樣魯莽。好傻。」

說完，Miss S忍不住哽咽。

滿室的死屍堆中有她壓抑的啜泣。

酒店之外。

阿狐躲在不容易被窺見的死角。

待在車上的阿狐目睹降虎走入酒店，還認出降虎手拎的布包是老狼的衣服。雖然對掠顱者有深仇大恨，但連老狼都輕易被殺，令阿狐不敢亂來。

他恨歸恨，可是更怕死。

矛盾的是阿狐又不甘心這樣作罷，於是一直躲著。直到看見沾滿血汙的武當走出酒店，不僅渾身是傷，還瘸了一條腿。

阿狐握著手槍，子彈早已上膛。就算掠顱者再強大，傷成這副德性也躲不過子彈吧？一定躲不過、一定可以殺死他……阿狐在心中叨念，全為了壯膽。

被毀容的怨與憤，加上武當傷重有機可趁，驅使阿狐離開藏身處。他跳到武當面前，二話不說舉起手槍，顫抖的槍口對準掠顱者。

武當還是那副茫然模樣，看往誰都無法望見的遠方。

緊張的阿狐不爭氣地顫抖，看到武當就會讓他想起在自強隧道被襲擊的情景。除了疼痛，還是疼痛。彷彿鼻樑再斷一次，牙齒再次噴飛。

沒有比這更好的復仇機會了。

就是現在。

阿狐扣下扳機。

槍聲迴盪在夜間的林森北路。

三十一 尾聲

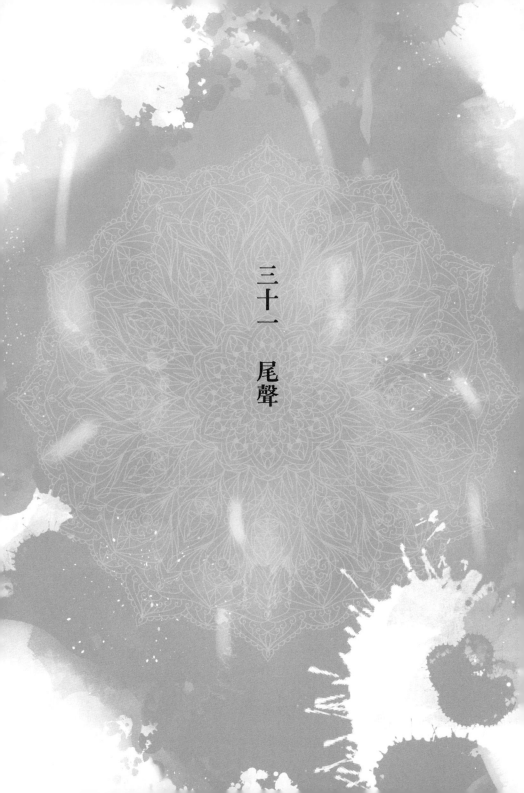

沿著樓梯走走停停，Miss S踏上最後一段階梯。

她身上不見標誌性的風衣，因為沾滿了熊叔以及其他人的血。所以Miss S把風衣留下，與熊叔的屍體一起被善後的專家運走。

後續需要處理安排的事情太多，直到稍早前Miss S才能脫身，在清晨的街邊搭上計程車，然後從不熟悉的巷口下車。

疲憊的Miss S抬頭，湛藍天空過於晴朗，讓她瞇起眼睛。附近的民宅與巷子看起來是那麼和平。這樣再日常不過的景象，讓她有恍如隔世的疏離感。

那些被她帶去摘除器官的苗床，返家時也是類似感受嗎？

Miss S以為，這輩子所有的幸運都用在昨天晚上了，不會再有下一次機會。她居然能活下來……不只是熊叔，當她走出酒店時，發現阿狐躺倒路邊，胸口有深深的凹陷。

都死了。熟悉的搭檔都死了。

Miss S為此哀傷。原來她還不如自己以為的無血無淚。

簡單整理完思緒，她走進熊叔的屋子，走向有阿倪的房間。

房裡開著一盞小夜燈，阿倪試著習慣黑暗。這使Miss S欣慰，這個女孩正在成長。

Miss S看了床上裹在棉被裡的人影，真正安心下來了。鬆懈的Miss S在鬥魚缸周圍呆坐好久。晨間的鬥魚們懶洋洋地在魚缸裡兜轉，是那樣置身事外又自在。

這是頭一遭，Miss S思考要辭去這份工作。已經夠了，或許到此為止。反正累積的資產夠她好一陣子不必煩惱錢的問題，活著是如此奢侈的事，該把握這次的幸運。

正如貓頭鷹所說的，生命是流動的過程。Miss S以為，這個組織不會是她流動的終點。

接著該往哪裡去？

Miss S還沒釐出答案。在這之前，她有件該做的事。

Miss S來到床邊，凝視阿倪的睡臉。她心想，這個死小孩睡著時真是安分乖巧。

想著想著，Miss S露出淺淺的笑。

這是她選擇的。

「阿倪，起床了。」

她輕聲呼喚。

深沉的夜裡。

冷風不停灌入高架橋下的人行道，在水泥牆與鄰近的空曠車道迴盪，形成巨大的轟鳴。

路燈下，有個裹在破爛衣物中的人影。

沾泥的亂髮掩蓋了流浪漢的面容。挨著牆面獨坐的他像死去一般，歪斜的影子從身下蔓延，落入縫隙的陰影之間。

冷風一再撩動那人髮絲。流浪漢始終沒有反應，動也不動，看起來像在遺棄路邊的大型傀儡。

好久好久以後，終於有行人經過。在流浪漢面前停下。

「你還好嗎？」行人擔憂地問。

聲音細小而風聲狂噪，流浪漢依然聽得仔細，有了回應。

亂髮下的頭顱抬起，嘶啞的聲音呼喚：「跟我說話……。」

行人沒有回應。

流浪漢凝視行人許久，雙眼被風吹得乾澀，難忍地眨了眨，終於看清根本無人。

從來就沒人經過。

又是過於期盼而虛構的幻覺。

流浪漢髮隙間的雙眼木然地呆望許久，默默起身，拿了擱置的破爛黑傘充當拐杖，拖著瘸腿，一拐一拐地離開。

他消失在夜的最深處。

謝幕

賣腎分到的錢花光了。

陳俊霆沒想到會這麼快！明明那些錢拿到手裡才像是昨天發生的事，後來破爛的皮夾只剩一張百鈔跟幾枚銅板。

以為償還債務，能夠重新開始的陳俊霆並沒有如願，再次身陷欠債還債的循環。

為了掙錢，陳俊霆參加藥物實驗。他想反正都少了顆腎，打個藥根本不可怕。

可怕的是陳俊霆發現藥物實驗的報酬相當優渥，竟比賣腎分到的錢更多，讓他知道上當了，那個女人隨便拿幾萬塊打發他！

「可惡、太可惡了……這些人吃人的……。」陳俊霆抱頭。

「你怎麼啦？藥物發作了喔？這次不是測抗凝血作用嗎，你怎麼會是頭痛？」有個戴漁夫帽的男人搭話，口氣也不是真的關心，隨口問問罷了。

「沒有、沒事。」陳俊霆別過頭不想互動，只想趕快結束，領錢離開。錢、錢、錢……現在的陳俊霆只想著錢。

漁夫帽男人見陳俊霆沒理，也懶得多說，跑去搭訕旁邊的女生。

現場還有許多人，年紀都在四十歲以下。在施打藥劑後，全部被集中在觀察室，這裡放了許多折疊椅，乍看讓人以為是區公所。

陳俊霆發現多出好幾張椅子沒人坐，更讓他在意的是牆上鑲著單面鏡，受試者是被窺看的那方，讓他心理上很不舒服，後頸與腋下跟著發癢。

他詢問試驗人員，對方說這是初步觀察，之後會轉移到其他地方休息。

大約半小時過去了，陳俊霆沒感受到任何異狀。身體狀況很好。

觀察室的門突然打開，幾個頭髮花白的老人遲疑地走入，陸續找到空椅子坐下。

「哇，阿伯，你這麼勤勞，這種年紀還跑來做實驗？是不是很缺錢？」漁夫帽男人因為搭訕女生失敗，改對老人們說話。

「錢？不是給現金啊……是百貨公司禮券。」那名阿伯又問：「不是做銀髮族實驗嗎？你們年輕人怎麼在這裡？」

「喔，原來是跟老人有關啊。」漁夫帽男人的態度好像早就知道什麼似的。

銀髮族實驗？不是藥物實驗嗎？這讓陳俊霆越來越不安，這場藥物實驗似乎不如他以為的單純。

這份不安驅使陳俊霆走向門口，打算找試驗人員問個仔細……甚至萌生退意，想要中途離場。

就在陳俊霆起身之後，幾名年輕人跟著從椅子站起，神情怪異，雙眼暴睜。

聽到動靜的陳俊霆回頭，在看到老人的瞬間，體內有「什麼」被突然點燃了，瞬間盤據理智。

老人們都察覺到這股不祥的態勢，開始警戒。

除了老人，現場所有人原本平靜的樣貌消失無蹤，變成有深仇大恨般的猙獰，盡是強烈敵意。

他們圍住老人，出拳痛毆或出腳狠踹，開始了血淋淋的暴行。

有老人被壓在地上狠揍，打到眼鏡都噴飛了還給踩裂，綻開的額角不停滲血。有老人被踢到肋骨斷折，即使不斷哀號也無法換來憐憫，反倒引來更不留情的施暴。

這些老人一個接一個倒下，慘叫聲一個又一個中斷。

單面鏡後的斐先生看著這一切，臉上有猖狂的笑意。

「測試非常成功，這就是我要的效果！美妙、太美妙了！」

斐先生研發的雖是病毒，但他自認是拯救世界的解藥。他想像這份研究成果席捲全世界的情景，處處都將成為美妙樂園！

這個病毒被命名為「淨土」。

被施打淨土的感染者陸續停手退開，地上只剩已死的、或斷氣只剩時間問題的老人。

這是「淨土」的效果，感染者會將年老者視為必須消滅的目標，進而出手攻擊直至年老者喪命。

「人類的淘汰機制出了問題。」斐先生發布神諭般大聲宣告：「壞死衰老的細胞在拖垮社會與人類的進步，需要全部排除！『淨土』將引導人類進行正確的汰除。」

斐先生往高腳杯注入紅酒，對觀察室內的感染者們舉杯致意。

「你們是向人類宣揚淨土的第一批代行者。敬即將降臨於世的美景！」

第一部（完）

鏡小說

063

末日森林 I：女王蜂與掠顱者

作　　者：崑崙
責任編輯：王君宇、黃深
責任企劃：藍偉貞、劉凱瑛
整合行銷：何文君

副總編輯：陳信宏、林毓瑜
總 編 輯：董成瑜
發 行 人：裴偉

封面插畫：陳宇雯（ALOKI）
裝幀設計：兒日設計
內頁排版：王金喵

出　　版：鏡文學股份有限公司
114066 台北市內湖區堤頂大道一段 365 號 7 樓
電　　話：02-6633-3500
傳　　真：02-6633-3544
讀者服務信箱：MF.Publication@mirrorfiction.com

總 經 銷：大和書報圖書股份有限公司
242 新北市新莊區五工五路 2 號
電　　話：02-8990-2588
傳　　真：02-2299-7900

印　　刷：漾格科技股份有限公司
出版日期：2022 年 12 月 初版一刷
I S B N：978-626-7229-06-4
定　　價：450 元

國家圖書館出版品預行編目 (CIP) 資料

國家圖書館出版品預行編目 (CIP) 資料
末日森林 . I, 女王蜂與掠顱者 / 崑崙著 . -- 初版 . -- 臺北市 : 鏡文學股份有限公司 , 2022.12
312 面 ; 21X14.8 公分 . -- (鏡小說 ; 63)
ISBN 978-626-7229-06-4(平裝)

863.57　　111019772